★解密一代开国元勋的婚恋往事★

红色婚缘

开国将帅与夫人

的婚恋纪实

创民◎著

中国华侨出版社

图书在版编目(CIP)数据

红色婚缘:开国将帅与夫人的婚恋纪实. / 创民著.
-- 北京:中国华侨出版社,2010.5

ISBN 978-7-5113-0436-0

Ⅰ.①红… Ⅱ.①创… Ⅲ.①纪实文学—作品集—中国—当代 Ⅳ.①I25

中国版本图书馆 CIP 数据核字(2010)第 089256 号

红色婚缘:开国将帅与夫人的婚恋纪实

著　　者 / 创　民
责任编辑 / 文　峰
责任校对 / 志　刚
经　　销 / 新华书店
开　　本 / 710 × 1000 毫米　1/16 开　印张 /16　字数 /180 千字
印　　刷 / 三河市华晨印务有限公司
版　　次 / 2010 年 10 月第 1 版　2010 年 10 月第 1 次印刷
书　　号 / ISBN 978-7-5113-0436-0
定　　价 / 30.00 元

中国华侨出版社　北京市安定路 20 号院 3 号楼　邮编:100029
法律顾问:陈鹰律师事务所
编辑部:(010)64443056　64443979
发行部:(010)64443051　传真:(010)64439708
网址:www.oveaschin.com
E-mail:oveaschin@sina.com

婚礼篇

笑掉大牙吗？”——浦安修千里转战相伴君。

为了上庐山跟彭德怀一起“度假”，浦安修和他在电话里吵了架。赶到庐山，她被眼前的情景惊呆了——阴影：庐山之折。

吴家花园的“分梨”。彭德怀痛苦地说：“如果和我分手，对你的处境有好处，那就分手吧！……”——悲剧并未结束。

“文革”之中：批斗会上的最后一次相见——几个红卫兵冲上去把浦安修的头往地上摁去，彭德怀的照片从浦安修怀里掉了出来。彭德怀大吼一声，冲到浦安修前面，用自己的身体遮挡住浦安修。

如何看待浦安修和彭德怀的婚姻关系，浦安修能否作为彭德怀夫人出席追悼大会问题被提了出来——邓小平说：“彭德怀夫人就是浦安修！”

延河水悠悠向前流淌，日寇的铁蹄已被斩断。同为革命胜利奔波而征尘仆仆的黄杰与徐向前不期在延河畔相知相爱。徐向前不知爱妻曾是自己在黄埔的学员；而黄杰却早钦敬英姿勃勃的军事教官。清清延河水为二人牵线；一只“清煮全鸭”的婚宴……

世界之大且各各不同，然而命运有时又何其相似。徐向前是开国元勋，功劳卓著，军事才能非凡，可谓人中英杰，然而前半生家庭生活却极其不幸，先后有两个妻子死于非命；黄杰小姐闺中逃婚，投身于黄埔六期，二九芳龄即任松滋县第一任县委书记，堪称巾帼英雄，可爱人却惨遭反革命杀害。巨大的丧偶之痛没有将他们击倒，只能使他们更加坚强，更加领略到真情的宝贵和拥有的不易……

山重水复，峰回路转，革命家的理想终成真；新中国成立后的和平日子，一对革命伴侣苦尽甘来，终于能相安一隅，拥有一个真正意义上的家；“半赋闲”的徐向前对《满江红》爱不释手，黄杰工作之余相夫教子；徐向前说：其乐融融……

天地苍黄，风雨又起，徐向前和黄杰琢磨不出江青“举贤任能”的用意；徐小岩从父母严峻的目光里读出了深远的含义；形势紧迫，黄杰心中暗想：如果出了意外，决不离开他。他与她的感情注定要与中国的命运连在一起。“风雨漫苍穹，悠悠笃真情……”

虽然近黄昏，夕阳无限好。北戴河海滨浴场，徐向前尚能挥臂击浪，黄杰爱怜地说：“比不得年轻了。”病榻之上，元勋风骨昭然：“把骨灰撒在……河西走廊”。帅星向天飞，黄老夫人沉痛无语。元帅忠魂在万里舞长空……

情永篇

在“肃反”中张启龙被打成“右倾机会主义”，和李贞离了婚。陈琮英当红娘，李贞嫁给甘泗淇。

雪山的风刮着，凛冽奇寒。草地，到处是茫茫的水草地。沼泽、泥潭，一片连着一片。

李贞看看自己。穿的衣服是男式的，腰间束的皮带无男女之分，头发剪得很短，和男的差不多。

【婚礼篇】

王宗槐，中将。1915 年出生于江西省万载县。1930 年参加中国工农红军。1932 年加入中国共产党。土地革命战争时期，任红三军第七师政治部青年干事，第九师政治部青年科科长，红一军团政治部青年干事、教育营政治委员、军团政治部组织科科长。参加了长征。抗日战争时期，任八路军野战政治部青年科科长，晋察冀军区政治部组织部部长，第三军分区政治部主任，第四军分区副政治委员。解放战争时期，任晋察冀军区政治部组织部部长，晋察冀野战军第四纵队副政治委员，华北军区第三纵队政治委员。中华人民共和国成立后，任第十九兵团政治委员，中国人民解放军总政治部组织部副部长、青年部部长、秘书长、干部部副部长，高等军事学院政治部主任、副政治委员，昆明军区副政治委员，中国人民解放军第二炮兵副政治委员。1955 年被授予中将军衔。

六十五人赠言和窑洞里的婚礼
——王宗槐中将与夫人范景明

相识在抗日疆场，合聚在模范的后方，卿卿我我，话短情长，从此花宿双飞，准备弄瓦弄璋。

60 多年前的一个夏夜，宝塔山下，延水河畔的一孔窑洞，人们欢声笑语，正在为一对八路军干部举行婚礼。

新郎王宗槐，29 岁，是晋察冀军区政治部组织部部长，中共七大代表。新娘范景明，22 岁，白求恩医科学校的毕业生。

八九平方米的窑洞新房里，单人铺板旁又加了块尺把宽的木板，铺着干茅草；盖的是粗布军用棉被。除了从邻近窑洞里凑来几张条凳和配发的一张小桌，再也没有其他摆设。对来宾的招待不要说烟酒糖果，连杯茶水也供不起。物质生活如此贫困，但大伙的精神生活却是富有的。道喜的人们，有的夫妻双双，有的三五成群带着贺礼——写在大红纸上的贺诗贺词，前来表表心意。邓颖超、钱瑛、帅孟奇、李伯钊四位大姐一进窑洞就笑嘻嘻地说：

"我们四人送你们四句话：

互爱互敬，互勉互励，互信互谅，互让互慰。"

顿时一阵掌声飞出窑洞外。接着，郭化若同志打开了他送的条幅：

"得其所哉，得其所哉。"

又响起了一阵掌声。

趁此兴头，陈锡联、粟裕、王盛荣、赵敏珍四位同志，献上了他们的联名赠诗：

"清凉山下延河畔，景秀春明槐荫间，生产学习练武艺，亲亲爱爱庆丰年。"

由于诗中巧妙地揉进了新郎新娘的名字，赢得了大家喝彩。略显矮些的陈奇涵好不容易挤进人群，宣读了他与卫兵等八位同志的赋诗：

"相识在抗日疆场，合聚在模范的后方，卿卿我我，话短情长，从此花宿双飞，准备弄瓦弄璋。"八位同志，四对夫妻。他们的赠诗，点明了王宗槐和范景明恋爱结婚的地方。

张庆孚、刘澜波、王凯、何柱成、刘英勇五人送了一首贺诗：

一个是如花似春，
一个是不世奇男；
那个家居燕北，
这个长在江南。
千里姻缘红线牵，
你俩相识在民族解放战争的最前线。
人说三岛有神仙，
我说神仙在人间。
今天恭贺花烛喜，
明年再赴汤饼筵。
螽斯衍庆，
亿万斯年！

由于窑洞容量有限，人们只得一批批进去。当时，延安有一出怕老婆的闹剧

《背板凳》,陈赓、陈再道、王树声、谢扶民便把这意思写在他们的贺诗中:

干大事业,
背小板凳,
两全其美,
乐在其中。

逗得大家前俯后仰地捧腹大笑。笑声稍停,新郎便诙谐地对新娘说:

"要注意呀!背板凳的事,我可不干!"羞得新娘直捶他的背,窑洞里更热闹了……

夜深人静,前来道喜的人早已退尽了,新郎新娘还在煤油灯下整理大伙儿的贺诗赠词。长条条,方块块,真不少呀!其中,有张庆孚、刘澜波等同志的散文诗《千里姻缘红线牵》;有罗瑞卿、蔡树藩、宋时轮、聂鹤亭、曹里怀同志的无题玩笑诗;还有孔原、谭友林、刘宁一等同志分别书赠的条幅等。数数名字,65 位风云人物尽在其中。新郎和新娘深深感到,此情此谊,是世上任何金钱所不能买到的。可是,在那只能靠马背驮家产的战争年代,不可能把它们全部保存,夫妻俩就把这些赠贺言词工工整整地抄在一个小本本上,永作纪念,保留至今。

王宗槐调任三分区政治部主任。分区政委王平说:"给你介绍个对象吧,我爱人范景新有个妹妹……"

王宗槐将军与范景明同志的"红娘",是王平将军及其爱人范景新同志。范景新是范景明的姐姐。

1941 年,王宗槐由晋察冀军区组织部长调任三分区政治部主任。时年 26 岁,尚未婚配。分区政委王平同志对他说:"给你介绍个对象吧,我爱人范景新有个妹妹,叫范景明,白求恩学校学员,19 岁,人很聪敏,长得也好,抽空认识认识吧!"

范氏姐妹思想进步,品貌出众,王宗槐早有所闻,王平政委又主动做媒,当然求之不得。而范景明却有些顾虑:一是年龄差 7 岁;二是对政工人员有偏见,认为政工干部可敬不可亲。但她却不便驳姐夫的面子,对策是:不卑不亢地把这事扔到了脑后。

一个星期六的晚上,学校放了假,范景明像一只快乐的小白鸽,飞到了 6 里外的姐夫家门口。好几级台阶,她三蹦两跳,就进了门。猛抬头,见一位青年正襟危坐,在跟王平谈话。那青年见她跃入屋内,脸唰地红了。她呢,伸伸舌头,做了个鬼

上图:1937 年 3 月,王宗槐　　摄于延安。

下图:王宗槐与夫人范景明 1944 年 6 月摄于延安的结婚照。

脸，一头扎进了内室。姐姐轻声地对她说："看见了吗?他就是王宗槐，怎么样?"

回答是那样爽直："长相尚可，太拘谨，可敬不可亲。"

这以后，王平夫妇便分头做开了工作。姐姐劝妹妹：

"热水袋，内外一样热，热劲不长；热水瓶，外冷内热，热劲长。看人不能只看表面呀!"

王平则鼓励他的这位老部下说："下次见面，活泼点儿，别总是板着个脸……"

第二次见面，由于事先的"毛毛雨"下得透，使这次会面避免了僵局，谈得蛮热乎呢。当谈到红军时期的政治工作时，王宗槐向她公布了登台演戏的历史。他在小歌剧《红军义务劳动日》里扮演过红军战士，在《小放牛》里还男扮女装演过小姑娘哩!说着说着，他兴致勃勃地唱了起来：

桃花红，李花白，杏子花儿开。只见那边牧童来。头戴斗笠，身穿蓑衣，脚穿草鞋，手拿短笛吹起来。叫声牧童你过来，你呀可知道，《共产党宣言》谁起草，十月革命谁领导?

唱着唱着，他又改了调儿，唱起了"兴国山歌"，那唱腔、那曲子土味十足，南腔北调，逗得她咯咯直笑。

就演技而言，她的嗓子、她的表演要比他强得多。两年前，她还是分区冲锋剧社的专业演员哩!她的笑，完全出于对这种敢于登台的勇敢精神的赞许。这笑声驱赶了陌生，矫正了偏见，飞越了沟壑，弹拨了心弦：

噢，政工人员并不都是板着面孔训人的，他们也有常人尽有的笑容和欢乐……

恋情的初步进展，使王平松了一口气：

"这下好了，组织上再也不必为他操心了。"

战争年代，组织上对干部是极为关心的。为王宗槐的对象问题，聂荣臻司令员还亲自给托媒说合呢。

那是一年前，晋察冀边区第二次党代会刚结束，聂司令员带着王宗槐部长到杨成武负责的一分区去检查和布置工作。他们从平山县蕉潭庄出发，走到易县岭东村，王宗槐突然患了伤寒病，必须去后方治疗。分手时，聂司令员把亲身携带的几盒"维他司保命"送给他，并向军区卫生部长叶青山同志作了交代：

"如果他死了，尸体运到阜平城南庄入殡。要是能救过来，趁他住院治疗，在你手下给找个对象，他不小了，该解决婚姻问题了。"

叶部长真的这样做了，物色了好几个，一个也没谈成。可喜的是，王平的这条线，一下子牵出了成果。

要捎信，得事先写好，揣在身上等候。姑娘们住在一块，专搜情书。

就在恋人进入自行约会的阶段，艰苦的抗战迫使白求恩医科学校迁址了。范景明随校迁到了树沟大台村，王宗槐也调动了工作，到四分区任副政委去了。隔山隔水，难于见面，这才开始了书信往来。

那时寄信，不像现在这样容易，邮件得靠行踪不定的交通员传递。要捎信，得事先写好，揣在身上等候。姑娘们住在一块，专搜情书，还当众宣读，多害臊呀！因此，范景明在学校里几乎不写信，只有偶尔到姐夫家去才背着他人写几句，托通信员捎走。

而王宗槐的来信却是及时的。每次反"扫荡"后，信就来了，询问与敌周旋的简况，打听班里哪些同志牺牲了，生活有什么困难等。还教她这个班长如何团结同志，指点她如何度过艰难的岁月。

白求恩学校生活很艰苦，烧柴、吃粮、吃菜等，都靠师生们到很远的封锁线上去背。山路崎岖，有些同学摔死在山沟里。范景明个子不高，力也单，背柴有困难，但不示弱，依然咬牙拼命。王宗槐来信向她传授背粮背柴的省劲办法，将背负物提高重心，贴紧背后。范景明一试，真管用，心中充满了说不出的感受。

学校没有固定的校舍和课堂，临时借用的民房，大都散落于山野小村，没有食堂，天寒地冻仍然露天就餐，王宗槐则以他长期征战中摸索出的就餐经验传授于她，叫她跟别人身挨身地蹲成小圆圈儿挡风沙。学校发的军衣，都是前线士兵穿剩下的旧衣裳，最小的也可以成为她的大袄长褂。要想合身，得自己动手量体改缝。王宗槐告诉她，改夏装，合体为佳；改棉衣，肥大一些不要紧，衣大顶半被嘛!

其他嘱咐，她都一一照办，唯独改棉衣的事恕不从命：依然奉行她那"美为佳"的宗旨。但从这些一系列的寻常小事中，她看到了他那体贴入微的美好心灵。

他对她的爱，还集中表现在支持她的学业上。

一年多的相识，双方都已情投意合了。婚期问题摆在面前。可学校有条规定，在校期间不准结婚，否则，就得中途退学。王宗槐年届 27 岁，非常理解她那颗不死的求学心。

不容易呀!她高小毕业后，家庭经济力量不允许，加之遇上"七七"事变，世态动荡，她辍学在家，多亏参加抗日宣传的景新姐姐把她带出来，参加了革命队伍，进入了白求恩医科学校。有了这么个学习机会，她从梦中笑醒过好几次。环境艰苦，她无所畏惧，功课再难，也难不倒他。虽说已经谈上了恋爱，却并未因此而影响功课，一直是班里的课代表和班长。如果只是为了寻找饭碗，凭着王宗槐的地位，结婚后退学，完全可以找到个合适的工作，要是那样，爱情岂不成了葬送学业的坟墓?

他和她，都以各自的努力和牺牲，再次证实，爱情，是奉献事业的一束绚丽的花朵。

范景明西行完婚，跋涉了3个多月，行程千里。有艰辛、有险遇，更多的则是爱的真谛……

1944年初春，范景明学完了白求恩医科学校的所有正式课程，该是完婚的时候了，王宗槐却到千里之外的革命圣地延安参加中央七大去了。

党的七大准备时间是很长的。拿晋察冀来说，1940年1月选出了代表，1943年8月，代表们启程赴延安，10月进入了延安中央党校学习。经过一年半的集中学习，才于1945年4月23日正式开会。

就在王宗槐集中学习期间，中央军委决定调晋察冀教导二旅西进。王平则让范景明一同西行。因为，从阜平到延安，途经好几个县的沦陷区，还要通过同蒲铁路封锁线，一个年轻姑娘，是很难单独前往的。

偏巧，中央军委调晋察冀教导二旅(简称教二旅)西进延安。王平则将小姨子委托于教二旅旅长黄永胜，请他将范景明带到延安。

范景明骑着一匹骡子，两只小包裹搭在乘骑背上，跟着教二旅旅部，顺利经过了五台、崞县、代县，进入宁武一带的小河岸边。对岸就是同蒲铁路，铁道上常有鬼子的巡逻队和游动的装甲车，但只要在天黑之后悄然穿行，就可以平安通过这道封锁线。晋察冀赴延安的代表和护送部队以及抗战中一直没有间断的地下交通都是夜间从这里瞅机而过的。而教二旅旅长黄永胜却十分轻敌。他对大家说："我大部队过铁路，他小鬼子奈何于我？我就要白天过去，大摇大摆地过去!"

这天上午八点钟，黄永胜站在小河岸边指着对岸对大伙说：

"看见没有，对面的山头上有我们的大炮，两门最好的炮，只要鬼子的铁甲车一出动，我大炮一响，就砸他个稀巴烂!"他又指着不远处的山坡说，"那儿是我们的十几挺机枪，步兵来了由他们收拾。"

就在他向部队训话的时候，对面山上响起了枪声，机枪、大炮并未到位即与敌人遭遇了，而黄永胜并未引起警觉，仍下令大部队继续过河。当部队进入河谷时，敌人的两辆装甲车开来了，停在临河的铁道上向涉河部队拼命射击。

这时，范景明刚走进河谷的泥沼地段，一粒子弹打飞了那顶肥大的棉帽子。她摸了摸脑袋，那顶罩发用的小衬帽还在头上，没有血，于是自言自语道："还行，脑袋保住了。"

她抬头看看四周，身边好几个战士牺牲了，鲜血流在河滩上。黄永胜的那匹马也被打伤了，像其他受伤的马匹那样，挣扎着、嘶叫着，毫无目标地奔突着。黄永胜在泥沼中叫喊着:"快打炮,大炮呢?"

他哪里知道,那两门大炮已落入敌人手中。无可奈何之中,他只好命令部队"卧倒"。

凭着多次反扫荡的经验,范景明清楚地意识到,结着薄冰的小河虽然很浅,但在敌人火力下卧下去,不被打死也会冻死。因此,她在人喊马叫的混乱中招呼护送她的警卫战士牵马跟她一块向右前方的小桥下奔跑。上了岸,她跟着见机还击的突围分队过了铁路,正遇敌人的步兵追来,队伍全打散了。偏偏遇到了高坡,敌人在身后开枪。她死死拽着山坡上的小树,越过山岗,拼命向右前方跑去。

不知跑了多少时辰,来到荒山坡上,听不到枪声,看不见人影,她以为掉队了,继续朝前走,还是不见部队行踪。前不着村,后不着店,她再也不敢乱跑了,这时也确实跑不动了。

夜幕就要来临,荒无人烟的山坳坳,鬼子当然不可能来,但宁武一带的狼很多,万一遇上了咋办?她害怕了,这一夜怎么过?

她从荒地上搜罗来一堆干草败叶,铺在高坡下的背风处,又找来一堆石块,燕子筑巢似的选择天然地形码了个窝儿,雏燕般地蜷缩在那堆干草中。面前的那堆石块既是挡风墙,也给她壮了胆,提供了对付野兽的精神力量。高度的劳累使她不时沉睡,眼前的现实又常常使她从沉睡中惊醒。寒冷、饥饿、干渴、惊恐,不时地折磨着她。在这难熬的长夜里,除了对麻痹轻敌的怨恨,便是对远方亲人的爱恋。她想到过死,被鬼子打死,被野狼吃掉,或者被荒山困死,要是那样,她觉得,那也无憾,到那时,她会对天长叹:"对得起他了!"

幸好,一夜无事。

翌日凌晨,朝霞踏着霜花向她展示了美丽的画卷。她惊喜地发现山坡下有条小河,对岸散落着三五户人家,炊烟袅袅。她悄悄地摸进村子,遇见一位老汉,一打听,才知道八路军已从这儿进山了。

中国的平民百姓,实在忠厚达理呀。看到姑娘这一脸土、满身泥,听到那外地人的口音,联想到昨天的枪声,便知其中之情,立即让她骑着牲口,催促说:"这个村子也常来鬼子,咱们快走吧,路上要碰上人盘问,你装哑巴……"

老汉陪送了一天,黄昏时分,追上了正在山沟里埋锅做饭的后尾分队,又朝前走了一段山路,终于在岢岚东部找到了教二旅旅部的同志们。

到了绥德,范景明就住在抗大女生队,一边学习,一边参加生产劳动,同时打听王宗槐的下落。

一个月后,晋察冀十分区参谋长萧新怀途经绥德去延安,带着她一同到了贺龙领导的延安司令部,很快在中央党校里找到了王宗槐同志,举行了窑洞婚礼。

屈指算来,范景明西行完婚足足跋涉了3个多月,行程千里,这里有艰辛、有险遇，更多的则是爱的真谛……

在同一个窑洞里，靠着战友的铺位，没有蚊帐，毫无遮拦，新婚夫妇将就了一宿。羞得新娘子一大早就钻出窑洞……

3天的新婚假他俩一天也没休，就奔赴各自的工作和学习岗位。

范景明先在延安中央医院里实习，然后分配到中央卫生处门诊部当医生。只有星期六才能夫妻团聚。当时，因为没有房子，不少师级以上干部都是成家而无家的“游击健儿”。一到星期六，双方都在为归宿发愁，是到男方单位去，还是到女方单位来？王宗槐夫妇婚后的第一次团聚就遇到了这样一件事。

那天吃了晚饭，她来了，他的同舍战友王克就让出了方便，到附近的窑洞里去寻找过夜的铺位。一直找到吹响熄灯号，铺位还没着落，只得回到原处，对已经入睡的新婚夫妇说：

“对不起呀，左边的，三对；右边的两对，比较起来，就这儿空！”

“没事没事。”王宗槐连忙回答。

就这样，在同一个窑洞里，靠着战友的铺位，没有蚊帐，毫无遮拦，新婚夫妇将就了一宿。羞得新娘子一大早就钻出窑洞，捂着脸钻进了姐妹堆里，哭笑不得地叙述了感慨，发誓再也不来这里过周末了。

老姐儿咯咯地笑了：

“傻妹子，羞什么？哪位不都这样！苦日子穷对付呗，莫说咱们这代人不见笑，将来呀，若把这些写进书里，儿孙们见了照样会理解的！”

延安的住房紧张，伙食更差，食品尤为奇缺。但组织和同志们的关怀常使他们感到春天般的温暖。

1945年夏，范景明怀孕了，大伙房里常吃刺刺菜，都是大家上山挖来的。正常人见了都发愁，何况孕妇呢！

她很想吃点青杏子，没钱买。常赶马车下乡的老战士张秋芳见路旁有落果，征得老乡同意，常给拣些回来。有位同志见她营养不良，怕影响后代健康，还特意为她从老远的地方买来一只母鸡给下蛋，补养。大家都那么苦，她养鸡下蛋，不怕显眼？这要感谢朱总司令的独到见地了。其实，这里有个先例：参加过平江暴动的吴自力很会安排生活，菜也种得好，养有几只鸡，窑洞里有时还挂块腊肉呢，可有人却认为建设小家庭会消磨斗志，建议总司令去管一管。朱老总坦然一笑说：

“他一没偷，二没贪，好嘛！他把生活搞好了，我们共产党员里不就少一个受苦了吗？”朱老总的这番话，解除了同志们的顾虑，很快掀起了生产自救的热潮。

在延安，到了周末也办舞会，就办在王家坪或杨家岭的小树林里。一人多高的

1994 年 8 月王宗槐中将的全家合影

树枝上吊着花灯，五颜六色，或拉成线，或围成圈，高高低低，不拘一格。中央首长跟大家一块跳交际舞。周恩来和陈毅二位首长的舞姿非常优美，唯有朱总司令总是踩不到节拍上，不管音乐速度的快慢，他总像信步漫游似的一个固定节奏，常逗得大家哈哈大笑。

范景明在医院工作，文工团员出身，长得也漂亮，是舞会上的佼佼者，级别有限。王宗槐不能出席舞会，但他并不忌妒。每到星期六，他总会对她说：

"去吧，不要中途溜号，要到散场再回来。这儿的舞会不是逗乐耍玩，这里头有政治，让全国人民提高抗战必胜的信心。"

范景明赴延安途中遭鬼子袭击而丢失了所带衣物，婚后又无钱添置，连换洗都倒不过来。不久，中央医院在杨家岭搞了个卫生展览，范景明当解说员。毛泽东、任弼时，还有陕甘宁边区政府民政厅长刘景范等同志一块参观了展览。毛泽东看得真，问得细。他指着那瓶污水问：

"这是什么？"

"水沟里的污水，随便舀来的，里边有 10 多种寄生虫呢！"范景明回答说。

毛泽东从显微镜里看了看，然后指示说："你要让所有参观者都看看，要好好向群众宣传防病知识。"

说到这里，毛泽东问起她的名字。

范景明回答后，毛泽东掏出钢笔在她手上边写边问：

"模范的范？风景的景？"

"是的是的。"

握别时，毛泽东问她为什么穿这件与众不同的草绿色衣裳，她低头不语，没有亮出无衣更换的实情，毛泽东这一问，引起刘景范（时任边区民政厅长）的重视，事后，他设法给她做了件带背带的工装裤和一件灰色的细布褂子。这在当时是很大照顾呀！这套衣服，她舍不得穿，一直珍藏在箱子里。毛主席逝世时，老俩口追忆往事，嚎啕大哭一场。

王宗槐回到家里，女儿会说话了，不认识他，叫他"叔叔"。晚上哭丧着脸说："我们家不让叔叔住。"

解放战争刚刚开始，范景明生下了第一个女孩贝贝。一年之后，二女儿咪咪又落地了。她当时负责军区机关"八一"学校300多名儿童的医疗和保健事务。工作繁忙，加上学校常随战局变化而迁址，顾不上自家的孩子。

在人们印象里，将军夫人的桂冠上，大都缀着荣华、娇贵、富丽等字眼，闪耀着幸运之神的光环，而人民军队开国将帅夫人们的桂冠内，却隐藏着巨大奉献。

咪咪生下后，她就请机关的同志抱到远处的老乡家去寄养。快过年了，她都没顾得上去看望亲生的小骨肉。一次行军途中，王宗槐到那家一看，主人不在，墙角边喂着一只猪，猪圈旁边的一块破席上躺着个干瘦的小女孩，双手抱着个生茄子，不时地乱啃。看到这般情景，将军的心几乎都要碎了。他抱起小女孩亲了亲，这才发现孩子的肚兜上有个王字，细看那芝麻粒似的小针脚，这才辨认出，这就是他的咪咪。他万万没有想到，会在这里头一次见到自己的小女儿。

正当他掏出手绢为孩子擦脸的时候，警卫员过来了，将军二话没说，放下孩子，上马登程了。

鸿雁把父女如此相会的奇遇告诉了范景明，她哭了。月光下，清风里，她除了思念征战中的丈夫，更牵挂久别的孩子，便把咪咪接了回来。从此，她一个人在战乱中拉扯两个孩子。缺吃少穿，费心费力。生活非常艰难，可她却将家庭的苦涩，默默藏在心里。肚子里长了5斤重的大瘤子她一声不吭，自个儿去西安医院开刀，不让周围同志将真相告诉自己的丈夫。每次短暂的相会，她总是这也好，那也好，不让他背着家庭包袱上前线。

1948年11月中旬的一天，杨罗耿兵团在行唐上碑村开完了团以上干部作战会议，纵队司令员郑维山对他的老搭档王宗槐说："王政委，你很久没有回家啦，这回打太原，正好路过，你先走吧，在家住几天，我带着队伍随后就到。"

王宗槐、范景明夫妇 1996 年春摄于家中

王宗槐回到家里，咪咪会说话了，不认识他，叫他“叔叔”，晚上还哭丧着脸说：“叔叔走吧，我们家不让叔叔住。”

这次回家，本可以住三五日，哪知情况突变，第二天下午，一阵马蹄声由远而近，送来了“回师北上，攻打北平”的急件。范景明领着两个孩子站在山坡上，眺望着丈夫远去的背影，尚未改口的咪咪还在叫嚷“叔叔再见”。一溜飞骑消失在尘埃之中，将军夫人的泪水，洒在了“望夫坡”上。

香烟的故事

真金不怕火炼，忠贞的伉俪不怕考验。他和她经历了频繁的战斗、清贫的生活以及进城后舒适环境等种种磨励，不觉来到 1967 年。

王宗槐将军被关进了“牛棚”。在这种情况下，他是多么期待能得到家庭的温暖和老伴的理解呀！范景明深深懂得这一道理，她利用一切可以利用的机会，巧妙地把雾霭和流云化作甘霖，浇灌在那块干枯的心田里。

将军被关押之后，无权买烟，抽的烟必须由专案组人员去他家取。同时规定，只准捎不好的，否则就得挨批。

范景明长期从事医务工作，她知道，烟越不好，毒性越大，对健康不利，很想借机劝他戒了，话未出口，便被情丝所缠。

他，两岁死娘，8 岁亡爹，孤苦少年，寄人篱下，在那低于地面的土洞里抛梭织麻。13 岁，春分那天，他爬出地洞，日夜奔波，投奔红军。半路上，日高人饥，饿昏在

坐者自左至右：王平、王新兰、范景明、王宗槐

坟地里，幸亏遇上了民妇上坟，赐给两块鬼吃过的米饼，长了劲，继续赶路，终于找到了队伍。从此，这个没爹没娘的苦伢子才在党的怀抱里得到慈母般的关怀。拳拳之心，日日思报，行军作战，样样在先。五次反“围剿”他举着军旗朝前冲，胳膊上负过伤，长征途中他得过病，大小战斗不知经历了多少次，总算死里逃生活下来了。长期的戎马生涯使他养成了坚决执行上级指示的美德。1934 年，苏区红军开展了具有历史意义的“青年冲锋季”活动，提出“四不五要三努力”的革命口号，不抽烟就是其中的一项规定。王宗槐是师部青年干事，带头律己，从不抽烟。1937 年冬，他在晋察冀敌后抗日根据地担任军区组织部长，军区司令员兼政治委员聂荣臻交给他一项秘密任务：以慰问为名，代表八路军，去冀中慰问吕正操等我党几个地下党员控制下的人民自卫军，帮助他们建立党委会，以便使这支部队很快成为人民军队的一部分。明确任务后，他带着一批文艺工作者以及平型关大捷的部分战利品到达目的地。通过调查，他发现这支队伍中有些人对八路军不甚了解，担心改编为八路军后规矩太凶，连抽烟也不那么随便。为了给大伙打消顾虑，他解释道：

“八路军不提倡抽烟，是让大家省下钱来赡养父老家小。不强迫，想抽就抽，我就抽嘛！”他根本不会抽烟，但在公共场合他又不得不佯装而行。久而久之，染上了嗜好。

“烟鬼”们的顾虑被打消了，部队的政治工作进展得十分顺利，后来，这支部队在党的领导下发展成为冀中军区的主力部队，八年抗战，他们像一把刀子，插在侵华日军的咽喉要道上……

在这样的非常时刻，范景明想起邓颖超等四位大姐“互爱互敬，互勉互励，互信互谅，互让互慰”的窑洞赠言，便暗暗下了决心：要想法让他抽好烟，以鼓舞他的斗争勇气。

这一天，王宗槐在“牛棚”里接过专案组人员递来的一条工农兵牌的劣质烟，没精打采地拆了包，一口就品出异常的香味，细看烟卷上的招牌，每支上都印着“中华” 二字。内心的感激化成了自言自语的独白：“摊上这么好个夫人，平生足矣！”

馥郁的烟雾稚童般地向看守员泄露了天机。好烟被没收了，大批判有了新词儿：“烟卷里藏着阶级斗争新动向！”“窑洞夫妻”又一次遭到了大批判。

一年后，将军获释归来，主动戒了烟，夫人问：“为啥？”

将军风趣地说：“倘若下次再进去，省得再藏‘新动向’呀！”

当中华大地回春，老战士们按捺不住喜悦的心情，主动组成了老战士合唱团。他们以饱满的政治热情讴歌光辉的历程和美好的未来，受到了各界人民的关注和爱戴。王宗槐和范景明这对“窑洞夫妻”也成为合唱团的两名成员。因为王宗槐是庆祝新中国成立十周年时的将军合唱团政委，大家一致推举他为老战士合唱团的名誉团长。老战士合唱团的新春茶话会上，人们借机来了个再次“闹新房”：

大伙儿七手八脚地把范景明从会场的一角推拥到前排，让老两口亲亲热热地坐在一起，逼着他们唱了一段他俩初恋时唱的“兴国山歌”，并给补拍了一张“结婚照”。闹腾之中，有的还亲切地查问王老是不是“背小板凳”——“妻管严”。有的则以目击者的身份证明，王老确实没有背过“小板凳”，范景明也不是“受气包”。他俩没有辜负邓颖超等几位大姐的赠言，和和睦睦、潇潇洒洒地生活。

涂通今，少将。1914年出生于福建省长汀县。1932年参加中国工农红军。1933年加入中国共产主义青年团，同年转入中国共产党。土地革命战争时期，任红九军团第三十二军九十六师卫生所医生、所长，中央教导师医务主任、红四方面军后方第四医院医务科科长。参加了长征。抗日战争时期，任延安国际和平医院主治军医。解放战争时期，任松江军区卫生部部长，东北民主联军后勤部东线卫生部部长，第四野战军后勤部卫生部副部长。中华人民共和国成立后，任中南军区卫生部副部长。1951年赴苏联科学院神经外科研究所学习，获医学副博士学位，继入苏联医学科学特别系学习，1956年回国。后任第四军医大学副校长、校长，中国人民解放军总后卫生部副部长，军事医学科学院院长、顾问。1964年晋升为少将军衔。

执子之手　与子偕老

——涂通今少将与夫人王黎

“学界泰斗”、“红军博士”。涂通今和结发妻子王黎穿越烽火硝烟与和平风雨的爱情，在半个多世纪里历久弥新。

涂通今的名字或许不为大多数人所熟悉。

轰轰烈烈的中国现代革命史上我军不乏运筹帷幄、决战决胜的帅才，立马疆场、横扫千军的猛将，他们彪炳千秋的战功同他们的名字一起闪耀着耀眼的光芒长存史册，也在人们的心目中留下了一座座壮美的丰碑。但是在风雨飘摇的革命战争年代中诞生的学有专长、造诣精益的“学界泰斗”式的将军，当属凤毛麟角。尽管他们不像前者那样引人注意，却用精湛的技术造福党、造福人民、造福军队，同样为中国革命和建设立下了卓著的功勋。

涂通今就是这样的一位。

中国人民解放军军事医学科学院前院长、我军神经外科的奠基人、“红军博士”涂通今将军，在长期的戎马生涯中，正是凭着对党的赤胆忠心和高超精湛的医术，荣膺二级八一勋章、二级独立自由勋章、二级解放勋章和一级功勋荣誉奖章。

尤其令人敬佩和羡慕的是，将军和结发妻子王黎穿越烽火硝烟与和平风雨的爱情，在半个多世纪里历久弥新，仿佛一曲荡气回肠、热烈隽永的诗篇！他们肝胆相照，执手一生，先后把3个儿子送进了我军高等军事学府。他们的大儿媳1997年8月1日晋升少将军衔，跻身我军10余位女将军的行列……

涂通今15岁参加红军，身经百战，经受了二万五千里长征的磨练。在漫漫长征路上，为了增强红军将士的抗病能力，减少非战斗减员，身为红军军医官的涂通今，绞尽脑汁，想出了种种办法，撰写了论文《长征途中的卫生工作》，后来，美国记者还专门采访了他。涂通今投身革命即为家，把全部身心都投入到了军队卫生事业。

在王黎出现之前，他从未顾及儿女情长。

王黎的家乡在河南省唐河县城。1938年6月中旬，日寇的飞机轰炸了王黎的美丽家乡。在县城读初一的她毅然决定奔赴延安抗日。这一决定得到了父亲牛清山的竭力支持(王黎那时的名字叫牛云兰)。他们冒着敌机的轰炸，随逃难的人群至郑州，最后，乘夜色扒上一列敞厢货车到西安，找到了八路军西安办事处。后来，牛清山回到唐河，立刻遭到国民党县政府的逮捕拷打，逼他说出女儿的下落。王黎在八路军西安办事处等了一个月之后，随学员队伍继续徒步15天，最后艰难抵达革命圣地——延安。

1939年10月，延安的秋天虽然没有满山遍野火红欲燃的枫叶，但高天远云，秋风旷野，同样美丽。

正是这个时候，延安医科大学一队学员涂通今，认识了刚从抗日前线学习司药返校的女学员王黎。王黎的出现拨动了25岁的涂通今心灵深处的爱情之弦。那年王黎19岁，如花的年华，年轻俊美，身着深灰色八路军军装，腰系军用皮带，英姿飒爽，如一株红岩上绽放的红梅。尤其是王黎投身革命的勇敢精神令涂通今赞叹不已，如果能和这样的好姑娘结成革命伴侣，那该多么幸福啊！

当时，涂通今担任组织委员，王黎担任党小组组长。涂通今理所当然地成了王黎的“领导”。这样，他们经常在一起交流工作体会和情况汇报。涂通今想向王黎表白自己的感情，可是王黎比自己小6岁，她会答应吗？他几次欲言又止。

在一个夕阳西下的傍晚，涂通今约王黎来到延河边散步。他们的身影倒映在河里，被夕阳染得酡红。涂通今犹豫了几次，最后，鼓起勇气问："王黎，你有对象了吗？"

王黎明白涂通今的弦外之音。她原先一直把涂通今看作兄长，随着时间的推移和了解的加深，这种感觉被一种朦胧的恋情取代。她羞涩地摇了摇头，目光中流露出了期许和柔情，让涂通今怦然心动。他不由自主地抓住了王黎的手，王黎羞红了脸，却未把手从涂通今的手中抽出来。

爱情的种子在两颗年轻的心中萌发了。

不久，王黎的队长丁俊雅觉察到了王黎和涂通今的恋情，故意开玩笑道："你怎么和涂通今好上了？他年龄那么大，那么老，哪能配得上你呢？"王黎说："涂通今人好，心眼也挺实在的，我愿意跟他在一起。"

从此，宝塔山下，延河岸边，留下了这对革命恋人的身影。涂通今经常以兄长的口吻告诉王黎："咱们都很年轻，应该努力学习，革命需要优秀的军医。"

既是恋人，也是兄长，无论是在硝烟弥漫的战场，还是在歌声缭绕的后方，涂通今时刻无微不至地呵护着王黎。

1940年秋，延安医科大学发动学员徒步10余里往回背树枝，用来扎篱笆。去的时候，大家轻装上阵，谁也不掉队，等树枝背回来的时候，由于女学员体质弱，每次都远远落在男学员后面。这时，涂通今便停下来，等王黎赶上来替她背。每次蹚水过河，涂通今总是先把王黎护送过河，然后再上岸。这一幕幕动人的爱情场景，时隔57年之后，王黎老人说起时，依然沉浸在幸福与甜蜜之中。

秋天的延安，最美的地方应该是结满红彤彤山枣的山坡。

这天，涂通今和王黎趁着星期日休息，来到山坡上采摘野山枣，庆祝他们相爱一周年。他们在山上一会儿手拉手边走边轻声低语，一会儿跑着、跳着、笑着，你追我赶，尽情地采摘野山枣，品尝着野山枣的甜蜜，品尝着爱情的芬芳。涂通今告诉王黎："我们今后的生活难免会受到生与死的磨练，我也说不准会牺牲在前线，但我敢肯定，你只要跟我在一起生活一天，都会感到比这野山枣甜美。""我生死都和你在一起。"王黎坚决地回答。

"走，蹚水过延河，咱俩上街。"涂通今兴奋地招呼王黎。他们下山后，高高挽起裤管，相互搀着蹚过延河，来到桥儿沟街。涂通今说，"今天我破例'奢侈'一回，请你吃饭，你想吃点什么尽管点。"王黎说："那就买一碗红烧肉吧。"在一个石凳上，涂通今和王黎用一碗红烧肉和一碗炒饼，度过了他们相爱一周年的纪念日。这是婚前涂通今唯一一次请王黎"下饭店"。

不久，在宝塔山下的新市场，涂通今和王黎照了第一张合影，算是他们自由恋爱的订婚照。

1941年5月1日，涂通今和王黎喜结良缘。

涂通今少将

这是一场极其简朴的婚礼：在柳万家沟口找了一个带棚的饭铺，一碗牛肉、一碗羊肉、一碗萝卜……十几个人美美地饱餐一顿。然而，这简朴的婚礼却在两个人的心间永远定格。

他们的新婚洞房更加简陋：在窑洞药房后挤出一块长宽各两米的空地，摆一张简易床。婚被是洗得发白的两床军被，除此之外无一件新家什。花烛摇曳，映出了喜字，也映红了他们幸福的脸庞。涂通今和王黎相拥着坐在一起。这晚涂通今英俊的脸上带着几分腼腆的神情，王黎俊美的面容更增添了几分娇羞。涂通今端起一碗酒说："从今以后，咱俩就是革命夫妻了！"王黎深情地说："我们的爱情之花，经过战争的洗礼，一定会永恒开放。"

从此，两个人生死互系，相濡以沫，踏上了半个多世纪的风雨人生路。

丈夫生了病，王黎买回一筐土豆，加工成土豆粉上街叫卖。"爱的长征"，行程5000里。

1942年6月，涂通今和王黎的爱情果实——儿子柳果降生了，在此之前，王黎已经调到涂通今所在的和平医院工作。其时，抗日战争进入新的阶段。我英勇的八路军在毛泽东、周恩来和朱德等的指挥下，屡屡重挫日军，但我军的伤员人数也在增加。为了更好地救治伤病官兵，涂通今和王黎干脆搬到医院隔壁房住。身为外科主治医师的涂通今每天都要做大量手术，经常深夜回家。不久，涂通今积劳成疾，累出了严重的心脏病，院长"命令"他回家休息3个月。

丈夫生了病，需补补身体，可家里哪有钱？于是，王黎就拖着虚弱的身体从沟里买回一筐土豆，加工成土豆粉，然后用报纸装好了到街上去卖。赚了钱买回小麦，磨成面粉，做面条、烙饼，给涂通今"补身子"。冬天，冰天雪地的，王黎每天都要先到很远的沟里挑水，然后到炉渣堆上拣未烧尽的煤核，给涂通今生炉子取暖。王黎的身体虚弱，既要照顾丈夫，又要照顾嗷嗷待哺的孩子，付出的辛苦可想而知。

1945年8月15日，日本鬼子投降，延安军民载歌载舞欢庆胜利。然而，蒋介石此时一边大肆掠夺抗战胜利成果，一边磨刀霍霍准备进犯解放区。1945年8月28日，毛泽东、周恩来等赴重庆谈判的这天，涂通今到中央组织部请示工作。彭真告诉他："党中央制定了'向北发展，向南防御'的方针，我们准备派你到东北工作，你回去准备一下立即启程。"

9月初，涂通今离开延安，奔赴东北。在战争年代，每一次分别都可能是一次诀别，更何况涂通今去的是几千里之外的东北。分别之际，王黎紧紧握着丈夫的手，泪水禁不住流了出来："你多保重。"涂通今说："家里全靠你了。"

不久，延安炮兵部队准备开赴东北，王黎找到首长，要求和部队一起北上。首

抗日战争时期的延安

长同意了王黎的请求，和平医院给了王黎一头小毛驴，算是搬家行军的运输工具。9 月 20 日，部队出发，王黎把行李放在驴背上，再抱儿子骑在驴上，小毛驴驮不动。最后，炮兵卫生部长想了一个办法，把孩子放在筐里，再把筐挎在驴背上，王黎牵着驴走。

11 月，部队行进到承德，搭上了开往沈阳的运煤火车。此时，东北局势不稳，土匪很多。炮兵部队担心继续带着家属行军会影响部队行动，就雇了一辆马车，派一名战士护送王黎到了中共中央东北局驻地。王黎在东北局打听到了丈夫此时正在哈尔滨松花江军区任卫生部长，不禁高兴得泪流满面。这几个月丈夫音讯皆无，

生死不明，令她十分担心。

王黎随部队开始了开往哈尔滨的长途徒步行军。尽管那年东北气温零下30多度，王黎缺衣少食饥寒难耐，但她心里依然充满了即将见到丈夫的喜悦。第二年春节，部队依然行进在途中，但推进速度较慢。3月初，王黎到了哈尔滨市东边的宾县，松花江司令部的同志告诉她涂通今正在这里。

王黎激动得心都快跳出来了。她从1945年9月启程，第二年3月抵达丈夫的所在地，历时半年，行程5000多里。

这是一次爱的长征，以信念、毅力和心中那坚韧的真情来恒量，这次长征也许不次于涂通今参加的举世瞩目的红军二万五千里长征。女人是水做的，但如果她们心中有真爱，骨头就比钢还硬。

新中国派遣的第一批医学科学博士留学生。王黎亲手挑选了一套瓷器给丈夫寄去。瓷器的英文名叫 CHINA。

1951年8月，在南昌华中医学院兼任院长的涂通今正忙着学院的扩建工作，突然接到命令，让他准备和其他人一起启程赴苏联攻读医学科学博士学位。涂通今高兴极了。这是新中国派遣的第一批留学生。

8月底，周总理设宴欢送他们，鼓励他们到苏联后好好学习。

涂通今和其他人员即将登上火车奔赴苏联。在站台上，王黎流着泪送走了丈夫。在长期战争生涯中，他们今日聚，明日散，如今，好不容易盼来了解放，涂通今却奔向异国他乡。

涂通今留苏期间，几个孩子全部由王黎一人带着。她既要工作，又要照顾孩子，十分辛苦。为了不打扰涂通今的学习，她把思念全部压在心底，尽量不给他写信。但是，当接到涂通今一月一次的来信时，她即使再忙再累，也要赶在第二天把写好的信发出。为了减少丈夫的挂念，每次给孩子做了新衣，她总是马上到照相馆给孩子照张相片，然后给丈夫寄去一份。

王黎在江西省卫生厅工作期间，一次去景德镇检查工作，她亲手挑选了一套瓷器给丈夫寄去。瓷器的英文名叫 CHINA（中国），寄给丈夫瓷器，意在鼓励丈夫为国争光。

1956年，涂通今完成了学业计划和6个基本考试，获得苏联医学科学副博士学位，从而成为我军的“红军博士”。涂通今说：“我的成功凝聚了王黎的心血。”

文化大革命期间，由于涂通今鼓励学生努力学习，遭到批斗，在这段风雨如磐的岁月中，王黎深情地告诉涂通今：“老涂，我了解你，也相信你。”

“九·一三”事件后，涂通今任解放军总医院代院长兼党委书记。1975年任总后勤部卫生部副部长,1978 年任军事医学科学院院长。此间,涂通今在我国神经外科研究领域独树一帜,成就非凡。他编著的《实用神经外科学》是我国第一部神经外科学著作。

涂通今全心致力于医学研究,家庭的重担全部落在了王黎的身上,每念及此,涂通今都感慨不已。

红花尚需绿叶扶。相信没有王黎的鼎力支持和默默奉献,涂通今也不会有如此不凡的成就。他们不仅是生活中的亲密伴侣,还是事业上的得力搭档,一人摇橹,一人掌舵,穿越险滩激流,驶向了幸福之岸。

1991 年 5 月 1 日,涂通今和王黎迎来了他们的金婚日。这天晚上 7 时,他们被儿子、儿媳、孙辈们簇拥着,走进了国际饭店最高层的旋转餐厅。在踏上旋转餐厅红地毯的瞬间,饭店总经理亲率乐队,演奏了一曲《迎宾曲》。此时此刻,他们想到了 50 年来肝胆相照、风雨同舟的历程,想到了 50 年前延安的婚礼场面。如今,他们终于走进了爱情的最高境界。

这次金婚酒宴,完全由儿子儿媳操办,没让老两口操一点心。起初,二老不想搞得太铺张,儿子说:“你们 50 年忠于爱情,恩爱如初,经历了生与死的考验,这个金婚多么值得庆贺啊!”

乐队奏响了《友谊地久天长》,全家人频频举杯,祝福两位令人尊敬的老人,祝福他们穿越半个世纪的传奇婚恋。从美国专程飞回来的小儿子涂西华,给妈妈披上了一件新买的风衣,老两口相视而笑。

涂通今、王黎的家庭充满了幸福欢乐,在二老的影响下,他们的孩子十分出色,在各自的事业中都取得了成就。

长子涂柳果从第四军医大学毕业后,在解放军某医院工作,深受领导和同事的好评,现任该院普外教授。他的妻子王晓钟从第三军医大学毕业,现任解放军某医院医务部主任,1997 年 8 月 1 日被中央军委授予少将军衔,是该年度授予少将军衔的唯一女性。

次子涂雪松文化大革命后考入第三军医大学,学神经内科,现在国防科工委某医院工作。他的妻子也在解放军医院工作。1991 年涂雪松患肾癌,涂通今和王黎强忍悲痛,鼓励儿子与病魔斗争。如今,他已奇迹般地度过了 5 年的危险期。

1957 年出生的小儿子涂西华,通过自学考取了国防大学研究生班,后留学美国……

了解涂通今家的人开玩笑说:“涂老全家军人 8 名,将军 2 名,可以组建一支军官队伍。”1997 年夏,北京评选首届“五好家庭”,涂通今全家以非常高的票数获此殊荣。

涂通今少将夫妇

现在，涂通今和王黎已离休，但他们离而不休，继续在二线发挥余热。他们谢绝了勤务员的照顾，坚持自己打扫卫生、洗衣、做饭。

王黎曾笑着告诉作者："老涂正在编写一本名为《急症神经外科学》的书，我给自己定下了照顾好他的'庞大计划'。"

王树声，大将。1905年出生于湖北省麻城县。1926年加入中国共产党。曾任区、县农民协会组织部长。1927年参与领导黄麻起义。土地革命战争时期，任中国工农红军第十一军三十一师分队长、大队党代表，鄂豫游击区总预备队总指挥，红一军第一师支队长、团长，红四军第十一师副师长兼三十三团团长，第十一师师长，红二十五军第七十三师师长、军长，红四方面军副总指挥，红三十一军军长，西路军副总指挥，红九军军长。参加了长征。抗日战争时期，任晋冀豫军区副司令员兼晋冀豫边区游击纵队司令员，太行军区副司令员兼人民武装部部长。解放战争时期，任中原军区副司令员、第一纵队司令员兼政治委员，嵩岳军区副司令员，鄂西军区司令员。中华共和国成立后，任湖北军区第二副司令员、司令员，中南军区副司令员兼湖北军区司令员，中国人民解放军总军械部部长，国防部副部长，军事科学院副院长、第二政治委员。1955年被授予大将军衔。于1974年逝世。

"调皮遇厉害　花好配月圆"

——王树声大将和夫人杨炬

大将求婚：王树声听说门诊部有个杨医生挺不错，未等介绍人说好就自己找上了门。不承想话到嘴边口难开，吃了杨炬的"闭门羹"。

杨炬22岁生日是在中央门诊部的窑洞里度过的。

1943年初秋来临，延安的山峁沟壑被成熟的庄稼点缀为金色世界，陕北黄土地迎来一个少有的丰收年景。党的整风和大生产运动使中央根据地在敌人的重重

王树声，红军长征时任红四方面军副总指挥、红三十一军军长

围困下反显出往年所没有的生机。周末宝塔山与星光辉映的夜空下，不时传出中央党校礼堂欢快的舞曲旋律。

那天杨炬门诊值班。同平日一样，打发走了几个病人。这时，王树声来了。

王树声是中央党校一部军事队的队长，湖北麻城人，1926年参与领导了著名的黄麻起义，担任过红军师长、军长，参加过长征和西征，曾担任红四方面军副总指挥、西路军副指挥，是赫赫有名的战将。杨炬当然是以后才知道这些的。那时候找她来“看病”的王树声只是一个身穿灰布军装脸膛黑红的中年人。

经过整风和大生产运动的延安，到处洋溢着一派明朗、舒畅气氛。但微妙的是，在紧张的学习之余，王树声心灵深处，却不时隐约泛起阵阵难以名状的孤寂之感，特别是周末和节假日，每当他看到战友们成双成对的倩影，闻到小家小户窑洞里飘出的缕缕饭菜喷香，他那孤独的心绪就无法描绘了。

使他孤独的心得以慰藉的，是党校偶尔举办的文娱晚会上，每当听到外单位一群姑娘的欢声笑语，他的心境才神奇地觉得轻快些。也不晓得为什么，这群姑娘中的一位，一下子就把他吸引住了！她那修长的身材，白皙的皮肤，大大的眼睛，总萦绕在他的脑际。她到底是谁呀？根本不认识。可王树声真想跟这位陌生的姑娘哪怕搭一句话，可姑娘庄重、矜持的神韵，“吓”得这位威震敌胆的将军甚至不敢近前一步。这样，几次晚会上，王树声只能孤单地坐在不显眼的地方，时不时地对那姑娘偷偷地瞟上一眼。

但王树声的“秘密”，还是被老战友汤明春给发现了。一天他神秘地凑到王树声的耳边，轻声问：“队长，想啥心事？”

队长轻轻扛了他一膀子，也细声道：“莫瞎猜哟！”

“不怕你是老革命，也瞒不了我这‘过来人’的眼！”汤明春诡谲地一笑，接着说：“那个漂亮姑娘，我认得。怎么样，求不求我帮忙？”

王树声心里暗暗一喜，说：“你吹牛吧？”

“说真格的，队长！你这么大年纪，也该解决这个问题了。同志们都在关心你哪。”停了下，汤明春又凑近队长的耳朵，说：

“那个姑娘叫杨炬，是中央门诊部的‘一枝花’，呱呱叫的医生，和我爱人在一起工作，俩人熟着呢！你说能不能帮这个忙？”

讲好了“帮忙”，可一连几天没有回讯。这对性急如火的王树声，是何等难耐

1956年，王树声大将与夫人杨炬合影

呀，他简直度日如年！现在，既然晓得那姑娘的姓名、工作单位，期盼了几日，又无任何音讯，于是，他决定借看病之名，鼓起最大勇气，亲自跑到中央门诊部去了。

说来也巧，当时看病的寥寥无几。他等到只剩下自个儿时，就赶紧拢到杨炬的办公桌前。杨炬对他自然如平素待病人一般，边写边问："叫什么？哪个单位的？哪儿不好？"

王树声按捺住狂跳的心，边答边脱袜子。开头，他的谈吐还算自然，并反问人家哪儿人？多大年纪？可说着、说着，音调就禁不住颤抖起来，以致变得结结巴巴了：

"就，就是这儿裂了口……唔，杨，杨医生……我，我对你的印象，很、很……好。"

没等王树声的话音落地，杨炬的脸刷地红了！她把手中的笔一撂，扭头就跑进了隔壁的诊断室。她的心砰砰跳着，好一阵才安静了一点，意识到发生了什么，真是又怕又急！

王树声见状，便茫然了……

"这莫非就是求爱吗？可这人又是一个多么不顺眼的大老粗啊！笑话，笑话……"杨炬简直不敢再往下想。瞧瞧那个满副窘态的"大老粗"走了，她才重新走进自己的办公室，忽地想起，还没有给人家治病呢！内心又不由涌起一缕歉意。

没隔几日后的一天，只有杨炬和护士连军，也就是汤明春的爱人在门诊部值班。聊了几句闲话，连军突转话题，说：

"你知道么？杨医生，我们的副总指挥可真是个英雄！年纪轻轻，就参加了红军，跟咱们的徐向前老总，从鄂豫皖打到川陕边，还参加过长征。啧啧，立的战功数不清！别看人家是个大首长，可一点架子也没有。前两年挖窑洞啦，搞大生产啦，样样带头干，还抢着挑大粪哪。你说，这同志好不好？"

杨炬听了真有点莫名其妙，微微笑着问道："你咕咕哝哝了这半天，究竟在夸谁呀？"

“你是装傻,还是真不晓得?”连军也神秘地笑着,说:“就是前几天找你看病,你请人家坐了冷板凳的那一位,嗯……”

“别说了,别说了!”杨炬慌忙捂住了连军的嘴,眼前顿时又幻化出使她“又怕又急”的那一幕。身负特殊任务的连军,此刻哪肯住口,她紧盯着杨炬艳若桃花一样绯红的脸,接着说:“怎么样?人家对你这个杨医生,印象可挺好啊!”

见杨炬没吭声,连军更干脆了:

“说是说,笑是笑。真的,杨医生,如果你——我愿作媒——不,不,当介绍人!”

“讨人嫌的媒婆,去你的吧!”杨炬羞涩地搡了连军一掌,就跑开了。身后,是一串银铃般笑声。

哪想,刚推走了个“媒婆”,又蹦出个“红娘”。那是不几日后,在清盈盈的延河畔洗衣服的黄昏。这“红娘”,也是杨炬的同事——中央门诊部的王一楠医生。俩人洗着衣裳,聊着天儿,不知不觉间,王一楠的话题也转到了王树声的身上,自然说了这位老革命许多好话。王一楠素来跟杨炬要好,再加谈得那么恳切,使杨炬不能不用心倾听,并暗自思忖:“自己是不是太傲慢了点,对人家过分轻藐了……”

“哦,真奇怪!”原先不敢想、也不愿想的问题,涌上了心头,从此打破了姑娘心灵的平静:在工作的余暇,在辗转反侧之中,怎么也排不走王树声的影子了!

嗯,嗯——听来,人家真是个不错的同志!只是年纪大了些,样子又像一个“大老粗”。而自己哩,年华才22,又是医科大学的毕业生。这、这、这怎么相配呢?特别是“大老粗”最烦人了,一点不懂感情,不是有人‘竟把月亮比烧饼’么……

有天清闲,杨炬坐在办公桌边,正这么海阔天空地想着,忍不住哑然失笑了,忽然有人喊了声:“小杨,到我那去一下!”抬头看,原来是她的顶头上司、中央卫生处处长傅连璋。

到了处长办公室,傅处长请她坐下,就笑咪咪地问:

“小杨,你最近有什么心事吧?”

杨炬抿嘴笑了笑。傅处长温和地说下去:

“我都听说了。树声同志是个老红军,我们长征时共过患难,那可是个好同志啊!对党一片赤诚之心,立过不少汗马功劳。虽说也有过失,可他光明磊落,一向襟怀坦白。遗憾的是至今还是一个‘光杆司令’哪!”

说到这,傅处长呵呵地笑了,把杨炬也逗乐了。傅处长收敛了笑容,慢慢地站了起来,边踱步边又说:

“真的,小杨,对于树声同志,就连我们的周副主席都没少操心呢。他几次对我讲,你们卫生部门女同志多,给人家树声同志当当‘月老’嘛。对呀,既然人家树声对你印象挺好,又礼贤下士,亲自找上门来,你们可以谈谈,互相了解了解嘛!”

喏,多有意思!刚出个“红娘”,又加了个“月老”。杨炬心里忍不住又偷偷笑了。

傅处长为人正派，医术高明，领导有方，关怀下属，一向受到杨炬的敬重；但他热心当"月老"，杨炬还是头一回听到。他不止一次这样表示过：延安的医务人员非常宝贵，如果他手下的"白衣战士"，一个个都"飞"了，他这个"卫生司令"，也将变成"光杆"了。现今，傅处长却一反常态，要给自己当"月老"，而且谈得又这样诚挚，杨炬还怎能拒之千里呢？

看杨炬只是抿嘴儿含笑，傅处长又追问一句："我说得，你听得入耳么？小杨，别再那么小资产阶级气了！"

傅处长这最后一句话，声音虽很轻、很轻，可杨炬却觉得宛若重重的一炮，击中了自己的灵魂。既然人人都赞扬王树声，自己为什么就不能与他谈谈呢？

想过这些，她向傅处长点头了。

杨炬的心从此变得忐忑不安了。

不久，杨炬意外地收到了王树声的一封信。她双手颤颤地拆开，简直是又惊又喜：那钢中带柔的墨迹，那情真意切的文笔，与她合演"又怕又急"那一幕的王树声，怎么也联系不起来。噢，原来人家并不是自己想象的那种啥也不懂的"大老粗"，而是少见的"外粗内秀哟……"

这当儿，王树声更是怀着极度不安的心情期盼着：若能有幸窥见此刻的倾心人，她那红艳艳的脸儿，美得恰如山丹丹花啊！

他俩终于正式交往了。有情人的首次约会，总是令人永生难忘的。那天，王树声依旧是上次"大老粗"的打扮，异样的是，音调不再颤抖了，谈吐也不再结巴了，而是稳重中带着洒脱，浑身散发出军人的特有气质。他开口笑笑，就说：

"小杨同志，真对不起，我上次太鲁莽了！"

杨炬不好意思，也笑笑说："该我向你道歉才是。我这个医生失了职，连病也没给你看，就跑了……唔，好了吧？"

"那点小毛病，对我们当兵的算个啥！"王树声跺了跺脚回答道。

接下来，他就简明扼要地谈了自己多次负伤的情况，以及参加革命的经过和家世。杨炬默默地点头听着。末了，王树声瞅瞅她，说：

"你看，我就是这么个人。"

杨炬由衷地赞许说："早就听人传过一些。你果真不简单，是个有功之臣！"

"那可不敢当！"王树声赶忙说，"你不知道，我还犯过不少错误哩！"

王树声的坦诚、豪放，使杨炬深为感动。她想，人家对自己既然如此以诚相待，自己又有什么话不能向人家讲呢？于是，她面对王树声，娓娓地道出了自己的身世：

她是湖北南漳县人，父亲是位中学美术教师，也算个书香门第。只因有祖传的

1955 年 9 月，毛泽东主席在授衔授勋典礼上，给国防部副部长、总军械部部长王树声（左四）等授勋

几十亩地，全家又无人参加劳动，就成了地主。她兄弟姐妹共 10 人，姑娘群中她排行老二。1935 年，考入襄阳省立第五中学读初中。毕业前夕，抗日战争爆发了。同学们激奋得热血沸腾，整天三五成群聚在一起，议论前线的战事，民族的前途，也商量自己今后怎么办。有的主张参加国民党政府的抗日团体，有的打算投奔共产党领导下的延安。她是后者。

在这方面，思想倾向进步的历史教师易先生，给了她和许多同学以很大影响。易先生常讲延安怎么好，说那儿有陕北公学，读书不收学杂费，还管食宿，教授革命理论，男女平等……同学们听了很向往。同时，她通过哥哥的介绍，也看过艾思奇的《大众哲学》和不少救亡书刊，谁愿当“亡国奴”！这样，她就毅然邀了一名叫金宇的要好同学，决定去延安！

王树声听到这儿，不由赞叹地说：“你们两个小姑娘，胆子还真够大的！”

“都亏了我哥哥带路！”

杨炬接着说，她哥哥叫杨宗权，原是西南联大的学生，当时正在陕西的凤翔，参加一个抗日救亡团体。听说妹妹和同学要上延安，怕她们年幼无知，就急请假回

杨炬与长子鲁光(1947 年)

来,先把她俩送到武汉;再经友人推荐,和八路军驻汉办事处取得联系,又护送她俩到了西安,指引她俩踏上征途,并约定了随后在延安见,他才回转凤翔。不想,国民党顽固派封锁了边区,兄妹俩就没再相会。

“嘿嘿,有味儿!”听到这儿,王树声又打趣地插了一句,“你这也算参加了小长征哩!”

“你听吧,热闹还在后头咧!”

杨炬微笑着说,到了陕北,她进了陕北公学。在这里,主要是改造思想,学了 4 个月的政治理论,就毕业了。紧接着,她又幸运地被组织上送进卫生学校,以后改为医科大学,学了 3 年,直到去年 9 月毕业,当了医生。

“哈,小杨,没想到你还是个大学生。我可是个大土包子!”王树声瞧着杨炬,爽朗地笑了。

“你这个大首长,别拿我们小干部开心了。”杨炬也瞥王树声一眼,咯咯笑了。“难受的事还在后头呢!你再笑我,我就不说了。”

杨炬思索片刻,接着说道:“你看,我的家庭出身和革命经历,不就是这样简简单单、清清楚楚么?可伤脑筋的是,前些时,我被‘抢救’了一顿!有人追问我,‘你家是地主,生活肯定富有,为什么还要跑到延安来?’还问,‘你哥哥把你们送到延安,为什么不一起来延安?’‘你们襄阳五中,有什么党派斗争?’……天哪,我一五一十,早说得明明白白,他们硬是不信,又对我采取了‘车轮战’:这个来,那个走,不让我睡觉,连着逼问,问得也越来越离奇,什么‘你们五中哪个是军统,哪个是中统?’‘你参加过青年党没有?填过什么表没有?’吼我‘老实交待’。我当时困得睁不开眼,被弄烦了,就心一横说,‘你们说什么就算是什么好了!’以后,又说我没问题。没问题,为什么乱整人?我至今想不通!”

王树声听着,面孔变得严肃起来。他看看杨炬满面委屈的神情,慢慢地开导说:

“应该想得通。这要从两方面想:一方面,要看大局。胡宗南几十万重兵包围着延安,不能不防备国民党反动派和日伪派遣特务;另一方面,要看实践。你没有问题,结果不是整不倒你么?当然,那样的逼供和‘车轮战’,肯定是错误的!我们单位也出现过这种情况,我也提出了自己的看法,那不符合我们党实事求是的一贯作风。不要说对自己的同志,就是对放下武器的敌人,也不能那么办。这准是那些政治水平不高的人干的。他们不能代表我们党,不是吗?”

“你讲的这个道理,和我敬佩的一位老同志讲的差不多。”杨炬信服地答道。“真是英雄所见略同。我再不怄气啦!”

说着，她更靠近王树声一些，仿佛觅到"知音"的一股欣慰之情，油然涌上心头。

从此，在窗外飞雪的温暖窑洞，在桃李盛开的宝塔山麓，在知了欢唱的延河岸边，不时闪现出王树声和杨炬的身影。沐着春风，吮着夏雨，经过一年的耕耘，播在俩人心田的爱情种子，也渐渐萌芽、生长了。

这是一个明朗的夏日星期天，他俩漫步在芳草萋萋的田野。还是豪爽的王树声，首先敞开了爱的胸怀。他讷讷地对杨炬说：

"小杨，你有没有兴趣，听听我往日婚姻上的风波？"

"那一定是英雄和美人的故事喽？"杨炬顽皮地一笑。

"不！"王树声神色庄重地答道，"是一幕又一幕的悲剧。"

"哦?！"杨炬有点愕然了。

王树声凝思了一会儿，才缓缓地说道：

"早在16年前，也就是1927年大革命失败之后，家里强迫我成婚了。当时，我正好是你这个年纪。按说懂事了，也参加了革命，可在这事上，斗争性还是不强，扭不过最疼爱人的老祖母。我们是从小订的'摇窝亲'。对方叫胡静贤，家庭是个小财主。凭心而论，这个女性人品、长相，都不坏；并且为了赶时代潮流，她还剪了发、放了脚。但强扭的瓜怎么会甜呢？我们都像陌生人那样，处处感到别扭，找不出几句话好谈。所以，婚后没过三天，我就溜回队伍，又打起我的游击了。"

"人家新娘子哩？"杨炬扑闪着大眼睛问。

杨炬在大别山区与长子鲁光（1949年）

“谁晓得呢！”王树声又慢吞吞地说下去，“反正只记得过了不少日子，有天我带着游击队正准备远走，她忽然找来了，拿着几双亲手做的布鞋，问我什么时候回去？说实话，我当时真有点动心了。可又一念，想想那‘包办婚姻’的痛苦，想想今后革命生死的难卜，就咬咬牙对她说，革命队伍提倡婚姻自由，我们是包办的受害者，干脆好离好散吧。看她眼泪汪汪，我又狠狠心说，你也看到了，我们革命的人，脑壳都是糍粑粘的，说不准哪一天就掉了，也害你一生。我接过她手中的布鞋，又递给她 5 块银洋，说，鞋子就算你拥我这个红军了；钱你也收下，今后好好生活吧。说完，我头也不回，就带着队伍远走高飞了，再也没有回过家。”

“这人不挺好吗？”杨炬显然也感动了，关切地问道：“后来呢？”

“听说，她改嫁了，找了一个真疼她的汉子。但是，”王树声顿了一下，“结果又很惨！”

“怎么？”杨炬更急了。

“也是听说，不过消息绝对可靠。1933 年春，也就是我们红四方面军离开鄂豫皖不久，国民党反动派疯狂围攻我们老苏区，她和许多乡亲逃难，被困在万紫山。敌人捉住了她，看她剪发、放脚，就把她当作‘党婆’残杀了！唉——”

俩人迈着沉重的步伐，几乎同声叹了一口气。沉默了一会儿，王树声又说：“还有哩。你还有没有兴致听？”

“噢?！”杨炬忽闪着美丽的大眼睛。

“这事就没有那么复杂了。”接着，他说，自己随红军离开鄂豫皖后，就辗转入川，参加了开创川北根据地；随后，又是长征、西征，大仗小仗不断，个人问题就难以顾及了。只是 1936 年前后，他到了晋冀豫边区、太行山抗日，环境才稍稍安定一些。同志们看他 30 多岁了，还孤独一人，就串通着要为他撮合一个“老婆”。那时，他想想自个儿已是“半老头儿”了，就马马虎虎把事办了。要说对方，除了个头太矮，政治条件不算赖，还是当地一个县级妇女领导干部。但怪的是，俩人从思想感情到生活习惯，硬是合不来，三句话没完，彼此就憋不住发火了。这活似“捆绑的夫妻”，怎么能天长日久呢？不消几个月，俩人通过协商，又经组织上批准，就又各获自由了。

讲到这儿，王树声又长叹一声，有些内疚地说：“回想起来，我也不够慎重，有些对不起人家！”

“是噢，应该慎重。”杨炬闷声说。

又走了一段，她调子一转，有些难为情地说：“听罢了你的该听我的了吧？”

“喔?！”王树声一怔，瞧瞧杨炬，“你年纪轻轻，难道也还有什么不幸？”

“对，和你差不离儿。”杨炬微微点着头，说，“从小，家里也给我订了‘娃娃婚’，说是门当户对。起初不懂事，也无所谓；后来上了中学，就慢慢明白过来了。尤其是

上图:1965 年 8 月,王树声夫妇同徐向前夫妇合影。左起:王树声、杨炬、黄杰(徐向前夫人)、徐向前元帅

下图:王树声、杨炬全家合影

亲眼看见姐姐初中没毕业，就当了地主奶，整天活受窝囊气，我就更恨这包办婚姻了！所以，每年寒暑假一回家，只要大人一提这事，我就跟他们闹，爹娘骂我是‘死丫头’。眼看我就要被推入火坑了，嗨，抗日的枪声响了！我一鼓劲奔了延安，这才得救了。”

“哎唷！小杨，真没想到，你投奔延安，还有点‘逼上梁山’的味儿哩！”

“是有那么一点儿。”杨炬莞尔一笑，“所以，我参加革命的另一个动机，就是为了死也不当地主少奶奶！”

“小杨，你可真称得上一个德才貌三全的新女性！”王树声由衷地夸赞道，“只是——”

“只是什么？”杨炬忙追问道。

“只是，只是——”王树声又犹豫了一阵，才不情愿地说：“我慎重考虑再三，总遗憾自个儿是个‘大老粗’，年纪也不轻了，只怕，只怕配不上——”

王树声“你”字尚未脱口，杨炬深情地看了他一眼，接下说：

“不瞒你，这些我也反复想过了，都不是什么主要问题。我看重的是品德和感情。我觉得咱们挺合得来！”

王树声两眼闪着激动的光芒，紧紧地握住杨炬的双手。刹那间，一股幸福的暖流，洋溢了这对恋人的全身……

好一阵，杨炬才轻声细语地说道：

“只是我想，我的年纪还轻，现在抗战也紧，咱们是不是打败了日本鬼子再——嗯？”然而，沉浸在无限幸福之中的王树声，哪儿还能听得清这莺声燕语呢？

王树声一听到结婚两个字，就把杨炬的手握紧了，说：“好！我就等你这句话呢！”贺龙和徐向前哈哈大笑，说：“这牌一打就走不成喽！中秋夜，圆月夜。”

以后，中央卫生处组织杨炬她们到蟠龙、安塞一带搞巡回医疗。一两个月不通信，王树声急了，趁学习间隙便请假去“慰劳”杨炬。从延安街里买了几斤猪肉白面。不巧延河发大水。王树声找了个河面宽阔的地方牵马下河，走了几步水就齐腰深了。同行的一位喊队长，不行！王树声大笑，没关系，我看水就这么深了。两个人走了七八十里山路见了杨炬，吃罢午饭王树声就又走了。

中秋将临。杨炬说，工作快结束了，中秋节是傅连璋处长的生日，我们赶回去给处长过生日。这么一来，中秋节对两个人来说显然是来得太慢了。节前一天，医疗组从安塞步行走了一天，天擦黑时回到延安。傅连璋见到杨炬，说快去王树声那里吧，人家电话可是打了好几次。杨炬说，处长，还是让我明天去吧。

第二天，1944年的中秋节。杨炬到党校一部军事队见到王树声。王树声拉杨炬到几个同事家里走过一圈，然后到联防司令部去看看两位老总。两位老总即联防军司令员贺龙和副司令员徐向前。杨炬说不去不去，那么大首长咱不敢去。还是去了。贺龙和徐向前都在。热情招待。听了王树声的介绍。徐向前拿出一副新扑克牌说打牌，四个人就打。杨炬打牌时想，该走啦，看看首长不就该走了吗？谁知两位首长哈哈大笑，说："不走啦，这牌一打就走不成喽！"徐向前说，"你们的婚事今天就办了吧，我的房间让出来，给你们做新房。"

杨炬一下子就"懵"了。

中秋夜，圆月夜，清凉山一片银辉。王树声的老战友、同在军事一队学习的陈赓站在窑洞上喊，王树声结婚喽，大家快去看啊，快去吃喜糖啊！联防军司令部徐向前的办公室成为这一对新人的"洞房"。杨炬身上还穿着刚下乡回来的那身列宁装，两颗扣子没了，用别针别着，光脚穿一双毛边布鞋。陈锡联、陈再道、谭友林、王进山等都赶来祝贺。两位老总亲自指挥办酒席，布置新房。徐深吉、邵式平张罗着写对联。大家七嘴八舌，吵吵嚷嚷，竟然对出一副绝妙联：

上联：调皮遇厉害

下联：花好见月圆

横批：革命伴侣

调皮，是王树声说杨炬。厉害，是杨炬回敬王树声。杨炬说，"其实在工作上咱是一点也不调皮的。"

蜜月刚过，毛泽东点将王树声。中原突围，杨炬化装成国民党的团长太太。也许是纯粹偶然，也许苍天有意，把更多的恩爱时刻无限情意都留给了八月十五中秋节。

蜜月刚过，毛泽东把王树声叫去交代任务，请他挂帅出征组建河南军区。毛泽东说，"听说你新婚不久，有什么困难吗？"王树声说，"没有困难，请您放心！"1944年底，王树声走马上任河南人民抗日军司令员。杨炬留在延安。次年5月，杨炬在组织派人护送下，穿过日军和国民党顽固派重重封锁线，辗转4个多月来到豫西根据地。见到王树声那天，正巧，又是个八月十五。

1946年夏，蒋介石调集30余万部队包围中原军区。6月，惊心动魄的中原突围拉开序幕。这时杨炬已怀孕5个多月了。

先是随着部队向外突。过了平汉路，过了襄河，西渡汉江。连日血战，弹雨纷纷。在汉江边上朦朦的夜色里，化装成国民党团长太太的杨炬和护送她的"国民党少校副官”李连城还有一个勤务兵与大部队分别。生死历险，万千曲折。他们终于到了解放区。在临沂新四军军部，张云逸副司令员和政治部主任舒同见了杨炬，说：“快给王树声发个电报吧，说你们安全到达了。”王树声收到电报时，恰还是个八月十五。11 月 2 日，杨炬在临沂高店子生下了男孩鲁光。

1947 年春节过后，组织派人护送杨炬母子来到武安县龙虎河北岸一个叫冶陶的小镇。王树声在这里养了一段时间病。解放战争到了关键时刻，对国民党反动派的战略反攻在即。王树声和杨炬商量，他要随部队南下。杨炬说，“你身体还没完全恢复，能行吗？”王树声急了，说：“等病好了，那还有仗打吗！”党中央很快批准了王树声的请求，任命他为鄂西军区司令员。

又是夫妻离别时，又是一个中秋节。

人世间有过多少中秋节，月圆中秋，有过多少聚散离合的大悲大喜。然而对于杨炬和王树声来说，也许是纯粹偶然，也许苍天有意，对这一对战地伴侣特意关照，把更多的恩爱时刻无限情意都留给了八月十五中秋节。王树声要走了，再一次送丈夫出征，难说是最后一次送行，杨炬心里有一种说不清楚的感觉。王树声从挎包里找出一张照片，掏出钢笔，在有些发黄的照片背后写下了一首诗：

久别重逢今又别，
不知人月几时圆？
伤思艰险犹尝尽，
誓将奋斗会中原！

杨炬接过照片，发现细心的将军还在诗后写了两行小字：

赠给我亲爱的杨炬同志留念
树声　八月十五于冶陶

贺龙，元帅。1896年生于湖南省桑植县。1914年加入孙中山领导的中华革命党。曾任县讨袁护国民军总指挥，湘西护国军营长，靖国军团长，四川警备旅旅长，混成旅旅长，建国川军师长。1926年参加北伐战争，任国民革命军第9军1师师长，第20军军长。1927年参加领导南昌起义，任起义军总指挥，同年加入中国共产党。土地革命战争时期，任中国工农红军第4军军长，中共湘鄂西前敌委员会书记，红二军团总指挥兼红二军军长，红三军军长，红二、六军团总指挥兼湘鄂川黔省革命委员会主席和湘鄂川黔军区司令员，红二方面军总指挥。参加了长征。抗日战争时期，任八路军120师师长，冀中军政委员会书记，晋西北军区司令员，陕甘宁晋绥联防军司令员。解放战争时期，任晋绥军区司令员兼晋绥野战军司令员，西北军区司令员，中共中央西北局第二书记。中华人民共和国成立后，任西南军区司令员，中共中央西南局第三书记，中央人民政府人民革命军事委员会副主席，国务院副总理兼国家体育运动委员会主任，中央军委副主席，中共中央军委国防工业委员会主任。1955年被授予元帅军衔。于1969年逝世。

最简单的婚礼

——贺龙元帅与夫人薛明

龙的传说。两把菜刀闹革命。贺龙拉起了自己的队伍。这个军就是打响“八一”南昌起义第一枪的主力军。

龙，是中国的“神物”。

龙，是中华民族的图腾。

贺龙追随孙中山，参加中华革命党，两次“菜刀革命”，却都在军阀混战中遭到

左图：南昌起义时的贺龙　右图：红军时期的贺龙

失败。然而他矢志不渝，决心坚持革命斗争到底。

1917年12月，深灰色的迷云低低地压着大地，古老迟暮的村落在烟雨中更显得凄楚衰朽。

贺龙奔波在常德返乡的路上。走到桃源、慈利两县交界处时，遇到故友吴雨森，吴雨森腰上插了两把明晃晃的菜刀，是专门来投奔贺龙的。

"好样的！"贺龙两手抓起菜刀，碰撞出铿锵之声。此间，他们得到消息，说有一支川军被湘军击溃后，残部二三十人流窜到此，持枪抢劫，扰民滋事，准备伺机逃回四川。

贺龙意识到，"这是个夺枪的好机会！"

然而，仅凭手里的两把菜刀很难成事。

"川军敲诈百姓，肯定会激起民愤，把大家发动起来，不怕成不了大事。"贺龙果断地说。

贺龙的大名威震乡里，登高一呼，莫不云集响应。

几天后的一个早晨，晨光微启，川军便背着大枪匆匆踏上了归蜀之途。

"不许动！缴枪不杀！"忽然，田畦里跳出一个精壮的汉子，吼声如雷。

川军如惊弓之鸟，呆立不动。

"不许动！缴枪不杀！"前后左右吼声一片。

川军没做任何反抗，乖乖地举手投降。

这次起事后，贺龙拉起了自己的队伍，他率领部队打贪官污吏，缴土匪恶霸的枪，终于部队发展成一个军。这个军就是向国民党反动派打响第一枪的"八一"南昌起义的主力军。

贺龙的原配夫人死于南昌起义。后在湘西，他又娶“红军两姐妹”的姐姐蹇先任为妻。与薛明的婚姻：天缘巧定。

贺龙的原配夫人死于南昌起义，后在湘西，他又娶红军战士蹇先任为妻，到延安不久，两人由于感情不和离婚，当时，许多热心人忙着为贺龙当红娘，无奈，贺龙热情不高。

1942 年春的一个星期天，延安。

阳光明媚，和风煦煦。

山下传来汽车马达的隆隆声。“会是什么人来呢？”薛明边朝坡上走，边嘀咕。

“薛明，你下来，有客人！”延安县委王丕年书记喊道。

薛明马上想到那辆汽车。只见一个身着戎装的军人站在前面，有棱有角的方脸上，两只弯成月牙形的眼睛笑眯眯的，还留着短短的唇须……

薛明刚想起一个名字，王书记已热情介绍：“这是贺司令员。”

“贺司令员……”薛明轻轻地叫了一声。

“噢，来这儿转转，问点情况。”贺龙边点头边握手。

他的手很大，薛明的手一下子被他握满了。

一天，薛明被西北局组织部长陈正人叫来汇报工作。正当汇报妇联工作时，贺龙挑帘走了进来。

薛明一阵莫名的脸红心慌，一种明知有戏却又不知怎么回事的感觉搅得她坐立不安，说话也不顺了。

从这天起，或白天或晚上，薛明都要汇报一段工作，每次贺龙都要听听。

一连十几天，什么鸡毛蒜皮的小事都汇报了，薛明提出回延安县委。陈正人就是不让她走。

“你是真糊涂还是装糊涂？”陈正人哭笑不得，“老贺他是一肚子感情说不出来呀！”

“我听过他的报告，挺能讲的么。”薛明心里一震，想到这十几天的情景，噗哧一笑。

“我回去还有很多工作要做，这件事以后再谈。”薛明平静地表了态。

“我说了，不许走。”陈正人命令道。

几天后，彭真来找薛明。

“嗨，老贺喜欢你，看中了你，你考虑了没有？”彭真温和地说。

“没考虑。”声音很小。

“没考虑我不信，天天这么多人陪你，你不考虑？”

薛明沉默了。从到延安,她就听许多同志讲过贺龙的传奇式故事,听战士们唱《贺龙投弹手》那支歌。以后见了英武、纯朴、豪迈的贺龙本人,要说毫不动心是假的。可是,崇敬和爱情毕竟不是一回事。论到婚恋,她确实存在许多顾虑……

此刻又有几名老同志进来,薛明孤立地站在众人面前,那股羞劲又涌上来,嘴唇里迸出一声:“不行,我们岁数差好多。”

“爱情不在岁数大小。”彭真笑道。

薛明不语。

“你怎么想的?”贺龙终于自己说了。

“我现在工作忙,不考虑。”

“什么时候考虑?”问话接得很紧。

“工作做出成绩以后。”

贺龙忽地立起身,从桌上拿起搪瓷缸,提壶倒水,又“咚”一声放到薛明面前:“喝水,喝了水再谈。”

薛明双手捧着茶缸,呷了一口茶水。

“说具体点,再过几年吧?”贺龙目不转睛地望着薛明。

“再过三五年吧。”

薛明听到咕嘟咕嘟的喝水声。

“好,你有事业心,我支持你。我就等你三五年!”

薛明又感动,又着急:“还是别等了,三五年,情况没准就变了,说不定我跟别人结婚了……”

“嗯,实在话。不过,三五年之内,不管怎么变,我起码不会考虑这种事了,太累了!”贺龙的声音有些伤感。

“其实,我们两个还是有许多共同点的,至少有五个。”

“五个?!”

“对。”贺龙掰着手指头,“第一,我们都是共产党员,都讲党性;第二,我们都抗日。”

薛明无言以对。

贺龙继续掰指头,“第三个共同点是,你父亲叫王锦发,我母亲叫王金姑,咱们两

湖南桑植县洪家关贺龙故居

家都有姓王的。”

“这算什么共同点呀？”

“你敢说一笔能写出两个王字？”贺龙得意地笑了，“这第四条，你母亲是做衣服的，我父亲也是裁缝，我们俩也都懂缝纫，没有错吧？”

“你怎么知道的？”薛明心里一热，“他要是对我没意，怎么知道这么细？”

“你现在姓母姓，说明你尊重母亲。我家是‘母系社会’，家里最受尊重的就是母亲和大姐，这不是第五个共同点吗？”

“可我们还有许多不同点……”

“不同点可以在生活中协调么。我家种地，你家做工，咱们工农结合，不是很好吗？”

薛明深深地低下了头，再也说不出一句话。她明白，她已经属于他了。

最简单的婚礼。婚后小插曲。“你怕人议论！嫁给贺龙怎么了，做人就矮一头吗？”

1942年8月1日，李富春、任弼时、林伯渠、贺龙等人散会的路上，正巧遇上散步的薛明和肖里。陈正人将薛明往贺龙身边一推：

“你们两个去商量商量，看说点什么？”

贺龙笑着对薛明说：“咱们商量商量？”

薛明轻叹一声：“唉，已经这样了，还商量什么！”

“好，你们就算结合了。”陈正人兴高采烈地喊道：“大家一起祝贺啊！”

薄酒一杯，同志们纷纷表示祝福。

任弼时开玩笑说：“老贺，这杯酒你得喝吧？”

“我们的你也要喝。”李富春和林伯渠也趁机起哄。

看着不胜酒力的贺龙，薛明接过酒杯，“我替他喝了。”

欢呼声中，薛明替贺龙喝了一杯杯敬来的酒。

“还是薛明关键时刻帮你挡着！”任弼时的一句笑言，却预示了以后的许多曲折。

这就是贺龙和薛明的婚礼。没有鲜花，没有音乐，却有革命志士的祝福，有夫妻双方的理解和关爱……

像许多女人一样，薛明的性格也存在着矛盾的两重性：既有鲜明的个性，更有强烈的组织观念；既要顽强地实现自我价值，又能恰当地确定自己的位置。

薛明性格上的这种矛盾，在新婚不久又一次表现了出来。

1960 年，贺龙元帅(中)与谭政大将(右)会见外宾

那天，贺龙开完会留下来看戏，就打发警卫员接薛明一道看。

警卫员赶回家，进门就喊："薛部长，首长叫我接你去看戏。"

薛明瞄了一眼光亮的天，说："你先去吧，我知道了。"

"一块走吧，不然回去我不好交待。"

"天这么亮，你先走，待会儿我自己去。"

薛明的心态是：我有自己的事业，并不是依赖丈夫、仅做夫人的女性。

天逐渐黑了，薛明伴着暮色一步步走来。

贺龙正在聊天，他见到薛明，脸上浮起一丝不悦之色："你怎么现在才来？"

"戏还没开始呢。"

"要等到天黑才来，你怕什么？"

"没怕什么呀。"

"我知道你怕什么，你怕人议论！嫁给贺龙怎么了，做人就矮一头吗？"贺龙目光明锐，直言不讳说道。

薛明张了张嘴，最终却没说什么。

正应了那句古训，"退一步，海阔天空"。气氛很快恢复了祥和愉快。

毛泽东说："我当你的保皇派。"儿女情长。会诊不久，曾使敌人闻风丧胆的开国元勋、中华人民共和国元帅含恨离开了人世。

1966 年 9 月 5 日，东交民巷八号。

天已近午，满怀心事的薛明放下已看了多遍的文件，在廊中来回踱步。她在等贺龙。

上午 9 点左右，毛泽东的秘书打来电话："主席请贺老总立刻到游泳池去。"

"什么事？"贺龙习惯地问。

"可能有急事。"秘书交待，"你立刻就来。"

贺龙放下电话径直出了门。

贺龙走后，薛明的心忐忑不安，一刻也静不下来。当年面对日本人的疯狂扫荡，面对国民党的全面进攻，她都不曾如此慌乱过，那是因为贺龙像大山一样支撑了她的意志。

曾几何时，这世界变了，变得连名震中外的贺龙元帅也笑不出来了，整日迷惘惶惑，忧心忡忡，最近一个月，只能听到老帅的长叹。

吉凶未卜，薛明踱步的两脚越走越急、越走越乱。

突然，她停住脚步，分明听到汽车马达声。车门很快地一开，迅即又一关。她的心也跟着砰地一声。是贺龙回来了，她早已习惯了这种迅捷干脆的声音。

薛明顿时松了一口气，抢步迎出门。

贺龙气色很好。

"回来了？"薛明仍然不放心，问了一句废话。

"回来了。"贺龙和他的妻子一样说了句废话。

"没……事？"薛明惴惴地问。

"没啥事。"贺龙豪爽地挥了个手势，"一些人搞名堂，不到 10 天的时间，联合了十来个单位，告我贺龙的状。主席对此没当回事，他对我还是过去的三条：忠于党、忠于人民、对敌斗争狠，能联系群众，他还说，要当我的保皇派。"

1958 年 11 月 1 日，贺龙（左四）与罗荣桓（右二）林月琴（右一）夫妇、聂荣臻（左三）张瑞华（左二）夫妇、罗瑞卿（右四）郝治平（右三）夫妇等在大同云岗石窟。

周恩来比贺龙更清楚贺龙的处境。在当时的局面下，只好劝贺龙“休息”。

1967年，玉泉山象鼻子沟。

日子一天又一天慢悠悠地过着，枯燥且单调，仿佛与世隔绝一般。

每当夜深人静的时候，薛明总是难以入睡。

“孩子们在哪儿，究竟怎么样了？”

一件件往事把孩子们拉到薛明面前。

鹏飞，是战争年代马背上出生的。贺龙对这个儿子，非常喜欢，一回家就把他高高地举起来，用短茬茬的硬胡子扎鹏飞娇嫩的胖脸蛋，有时还瞒着薛明悄悄地带儿子去骑马。

有一次，鹏飞带着两个妹妹去看电影，可是票卖完了。男孩子胆子大，就对检票的叔叔说：“我是贺龙的儿子！”

结果如愿以偿地看了电影。事后，遭到贺龙与薛明的严厉批评。

不久，躲在廖承志家的小女儿贺黎明来了一封信。

贺龙捧着这张薄薄的信纸，激动得手都在微微颤抖，连声叫薛明把老花镜找出来。

“还是我念给你听吧。”薛明高兴地擦去眼角沁出的泪珠说。

“快，快念。”贺龙催促道。

黎明在信中说：我很好，很想念爸爸妈妈，哥哥、姐姐都隐姓埋名在一只海船上劳动，表现很好，8级大风也不晕船，水手们对他们很爱护……

信不长，可是给薛明与贺龙带来了很大安慰。

薛明念了一遍又一遍，最后连标点符号都能背下来了。

贺龙自己也接过来，一字一句看了又看，喃喃地说：“幺女哟，我们的幺女来信喽。”

薛明看着磨毛了边的信，有点舍不得，找了张报纸把信包好，说，“原件由我保存，你要是想看，我就背给你听。”

贺龙点点头说，“我也背得了。你让我每天摸摸就行，就像是摸着幺女了！”

自此以后，在贺龙的生活中又多了一件事情，就是每天戴上老花镜，一字一句非常认真地给孩子们写信，在信的结尾之处，端端正正地写上“爸爸、妈妈”几个字。

在这无法投递的信中，贺龙总是勉励孩子们，要好好地经受革命风雨的锻炼，无论发生什么情况，都要跟着党。

“文化大革命”开始后，贺龙上保刘、邓，下保诸多战友、同事，终于连自己也保不住了。

1968年3月26日。

贺龙坐在桌前给总理写信，旁边还放着一本毛选。

薛明站在窗前，望着窗外，“哎，又是一个春天了……你说接下来会怎么样。”

“嗯、嗯……”贺龙嘴唇翕动，却说不出一句完整的话。

“你怎么了？”薛明感觉有异，忙赶过去，只见贺龙目光涣散，手中的笔机械地在一个位置上“书写”着。

“怎么回事，你说话呀？”薛明的呼喊不起任何作用。

薛明拼尽力气将贺龙架到床上躺下，看瞳孔，看不出名堂。

“你哪儿不舒服，告诉我。手、脚、胳膊，还是腿？”

贺龙吃力地举手在头上点了点。

薛明意识到问题严重了。

过了一会儿，专案组指派的医生来了，“哪儿不舒服？”

“头病。”薛明忙答道。

“没你的事，我问他呢！”医生大声斥责。

贺龙吃力地用手指指头部。

医生捏了捏贺龙的胳膊说，“先吃片索密痛。”

薛明把药片捣碎，泡在水里喂贺龙，贺龙蠕动着嘴，药水顺嘴角流下，却难以下咽。

贺龙被送进专案组指定的医院。病历上的诊断记录是“诈病。”——“要知道，右派是从反面教育我们的人”；“凡是敌人反对的，我们就要拥护，凡是敌人拥护的，我们就要反对”；“药：低分子右旋糖干，请主治军医决定”。

一份医嘱，只有一句是治病的话。

其实，贺龙患的是典型的缺血失语症。

“医疗为专案服务”，这是林彪、江青的指示。

“尽量用现有的药物，维持现在的水平就行，也不要像对待好人那样。”这是贺龙专案组对医生下达的指示。

第二天，医生开始给贺龙输液。最初两天，贺龙仍无法讲话。两天后，能说一些简单的话了，贺龙开始了他生命最后的一段历程……

1969年6月8日，贺龙垂头闭目地坐在椅子上听早间新闻，忽然嘴一张，“哇”地一声，呕出一口黄水，没容喘口气，又是连续地呕吐。

薛明一边用塑料盆接呕吐物，一边为贺龙轻捶后背，直到平息下来，才帮他擦嘴、端水漱口……

漱口水刚吐掉，贺龙又"哇"地一声，吐了起来。他呕得很厉害，脖子胀得紧盈盈，透不过气，像是要把五脏六腑都吐出来一样。

连续三次的剧烈呕吐，开始只是黄水，后来是绿水，那是胆汁。

薛明慌了，连扶带架，才将贺龙放倒在床上。

"来人呀，快找医生！"薛明跑出去，喊道："这里有重病人。"

见哨兵去报告了，薛明赶紧回屋照看贺龙，她抚摸着贺龙的胸口劝慰："喘这么粗的气，很难受吧？"

贺龙微睁双眼，竭力想说什么。薛明把耳朵凑过去，终于听到两个字："没有。"

1969年6月9日15时零4分，这个曾使敌人闻风丧胆的开国元勋、中华人民共和国元帅，便含恨离开了人世。

八宝山上空升起一缕白烟，贺龙的遗体火化了。铺天盖地的雨幕中，是极宏大又极细切、极深远又极接近的哭诉声……

"我们是军委办公厅的。"

薛明脑子轰地一声响，生活经验告诉她，此刻军委办来人意味着什么。

她无法接受这个事实。

泪水无声地顺眼角淌下，她并不觉得，直感到浑身上下落进冰窖一般发寒发僵。

"人在哪里？我要看人！"

"你先等等，冷静冷静……"

"等等，我们接孩子去了。"

"孩子不能接！"薛明的脸一下子煞白，她睁大被泪渍红的两眼，怒斥道，"你们在干什么？啊？活着你们不让见，病了你们不给治疗，死了，你们想起接孩子，你们还想刺激他们？你们……你们还有人味吗？"

"妈！"贺晓明一声尖叫，飞扑过去，抱住母亲放声大哭，哭得昏天黑地。

贺鹏飞坚强得多，默默站在一边，偶尔抹去顺眼角淌下的泪水。

薛明和她的子女无声地站在床前流泪，只见白被单一直盖到贺龙那挺拔的鼻子部位，那两撇举世闻名的黑胡子被遮在白色中，只露了棱角鲜明的额头和灰白的头发。

她们不能去揭被单，也不忍去揭被单。

贺晓明漫无目的地在海淀街上徜徉徘徊，泪水没完没了地涌流。

贺龙(左一)薛明(右一)夫妇与罗荣桓(左二)林月琴(左三)夫妇在杭州

突然,一道闪电划破黑夜,紧接着便是喀咤咤的雷声炸响,像要把整个天地劈开一般。

贺晓明淋在雨中,她分不清脸上是泪水,还是雨水——爸爸,你冤哪!

此刻,八宝山上空升起一缕白烟,贺龙的遗体火化了。

铺天盖地的雨幕中,这里那里都是极宏大又极细切,极深远又极接近的哭诉声……

1973年2月29日,毛泽东终于讲话了:

“我看贺龙没问题,要为贺龙平反。”

薛明夫人在人民大会堂

严冬过后是春天。

1975年6月9日，贺龙元帅逝世6周年之际，中共中央决定在八宝山革命公墓举行“贺龙同志骨灰安放仪式”。

贺龙去世后，遗体被秘密火化，骨灰被专案组藏了起来。

家人在周恩来总理的关照下，问301医院，问服务处，几番周折，终于在八宝山找到了一个贴着“王玉”名字的很差的盒子。

薛明轻轻地靠近骨灰盒，她用手慢慢地抚摸着冰凉而光滑的盒面，仿佛像以往抚摸着元帅那温暖的大手一样。

总理来了，握着薛明的手说：“我没有保护好老总呀。”

下午4时，仪式开始。

总理拿着一张薄薄的讲稿，就像举着很重的东西，抖个不停。

悼词念完，在贺龙的遗像前，总理没有按惯例鞠躬，而是深深地一连鞠了7个躬。

气氛是那样的沉重，许多老同志都哭成一片。

1982年10月16日，党中央做出了为贺龙彻底平反的决定，高度评价了贺龙的一生是“战斗的一生，革命的一生，光辉的一生”。

这一年薛明66岁。

【患难篇】

傅崇碧，少将，四川省通江县人。1916 年生，1932 年参加中国工农红军，同年加入中国共产主义青年团，1933 年转入中国共产党。土地革命战争时期，任四川省通江县区少先队长、青年团区委书记，中共仪陇、通江、长池、江油、宝兴县委书记兼独立团政治委员，川陕省工作团团长等。参加了长征。抗日战争时期，任中国人民抗日军政大学学员队指导员，大队组织股长，抗大总校干部科科长，抗大第二团政治处主任，第二分校二大队政治委员，晋察冀军区第三十五团政治委员，第四军分区副政治委员兼政治部主任。解放战争时期，任晋察冀野战军第四纵队第十旅政治委员，华北军区第十旅旅长，第十九兵团第六十四军副政治委员兼政治部主任。中华人民共和国成立后，任第十九兵团第六十三军军长，中国人民志愿军第六十三军军长，北京军区副司令员兼北京卫戍区司令员。1968 年 3 月 24 日，在震惊全国的所谓"杨、余、傅事件"后，被监禁到辽宁、吉林等地达 7 年之久。1974 年 9 月经毛泽东主席亲自过问和批准，恢复名誉，重新回到北京。1975 年被重新任命为北京军区第一副司令员，1977 年重新兼任北京卫戍区司令员。1979 年春，中央为"杨、余、傅事件"平反。1982 年，任北京军区政治委员。曾荣获二级八一勋章、二级独立自由勋章、一级解放勋章和一级红星勋章。并荣获朝鲜人民民主主义共和国授予的一级国旗勋章一枚，二级国旗勋章二枚。1988 年荣获一级红星勋章。1955 年被授予少将军衔。于 2004 年逝世。

卫戍司令:离别不言情

——傅崇碧少将与夫人黎虹

16 岁投身革命。一次动员数百人参加红军。3 次负伤。长征路上,拒绝手术:因为怕被锯掉了腿。

四川,人称“天府之国”。

四川北部的通南巴地区,位于川陕边界。背靠巴山天险,俯视川东盆地。这里河川纵横,土地肥沃,山峦层叠,林木茂盛,加上温暖的气候和充沛的雨量,使这里成为一片物产富饶的土地。但在旧中国封建军阀的统治下,这里长期以来经济发展十分缓慢。

傅崇碧自记事起,这里便只有农业和农村手工业,没有专业化的商品生产,交通不便,经济处于长期的落后状态。军阀连年混战,经济衰败,人民生活困苦不堪。

1916 年,傅崇碧出生在通江县一个叫沙溪嘴的村子。

爷爷是个教书先生,父亲是铁工,母亲是普通的农村妇女。他记得爷爷以上家境很好,来往的人很多。爷爷考过秀才,但没有考上。母亲是个很能干的人。她略识几个字,心地善良。傅崇碧六七岁时跟爷爷上学,爷爷自然就成为他的学堂老师了。

傅崇碧 8 岁那年起,家中境况就日见艰难。爷爷和母亲在不到一年间相继去世。为了把丧事办好,父亲只好把田产当了出去。谁料不到 3 年,奶奶又告别了这个多难的人间。奶奶去世又要花钱,只好再卖一部分地产给奶奶办丧事,结果家境败落。不久,他的父亲又娶了个后娘,后娘带来了个儿子。父亲农闲时凭借铁匠手艺打造猎枪和农具,得些钱补助家庭生活,供傅崇碧继续上学。一到农忙时,傅崇碧便得下田去劳动和放牛。

有一次,傅崇碧放牛没注意,牛跑进地主家的稻田里,被地主的儿子看见了,就跑过来打他。傅崇碧毫不客气地还手,把地主的儿子痛打了一顿。这一下闯了大祸。还没等他回到家里,地主已找到他家大闹。父亲当然惹不起,只得赔礼道歉,赔稻田损失。但地主还是不干,提出很多无理条件。父亲一生气,就狠狠揍了傅崇碧一顿。

傅崇碧愤愤不平地来到学校，平时对他不错的吕老师问清事由，给了傅崇碧一块白洋，让他拿回去赔地主。这一块大洋使傅崇碧和父亲很感动。这个吕老师，以后成了傅崇碧参加革命的引路人。

1932年9月间，川北南江县爆发了反对"预征烟款"的群众游行，成千上百的人成群结队进城示威请愿，先后达两个多月时间。10月底，通江县发生大规模的抗捐斗争，群众手持刀矛棍棒从四面八方拥入县城，大闹公堂，在团总、保正身上贴上"官逼民反"的标语。在巴中等县也爆发了饥民"吃大户"运动。傅崇碧和吕老师也跟着去"吃大户"。人们那种志气高扬的精神，让傅崇碧无比激动和开心。

1932年10月间，红四方面军决定挥师入川。四川的形势突然紧张起来。国民党军阀部队到处派夫抓丁，镇压"吃大户"的群众。吕老师告诉傅崇碧，必须赶快离开这里。他们两个以叔侄相称，匆匆忙忙离开了家乡。

沿途碰到有人盘问，傅崇碧不答话，由吕老师对付。这样走了七八天，来到陕南和四川交界的城固、洋县地区。只听群众纷纷说红军到某地了，快到我们这里来了。土豪劣绅都向县城跑。吕老师这时告诉傅崇碧，他是共产党员。介绍他加入共产主义青年团。

入团宣誓仪式在一间黑暗的屋子里举行。门窗被紧紧地关严实。这一个神圣庄严的仪式，自此改变了傅崇碧的一生。

和地下党组织接上关系，党组织派人把傅崇碧送到红四方面军第十师政治部，见到了红十师政治部主任傅钟。

傅崇碧参军以后，在团委会跟老同志学习。第四天夜里，部队开始行动。在茫茫夜色中，汉水滚滚奔流。数九寒天，江风刺骨。浅滩处结着亮晶晶的冰凌。过河以后向山边走了大约10里路，他们身后响起了枪声。部队在原地占领有利地形开始挖工事。工事还没挖好，敌人的进攻就开始了。在第一次战斗中，傅崇碧便缴获两支长枪、一把大刀，受到红十师团委书记的表扬。

后来，红四方面军夺取通江、南江、巴中。傅崇碧被派去跟李伯选书记到他的家乡沙溪嘴开展工作。他们到沙溪嘴接连召开了四五次群众大会，每次都有上千人参加。每次群众大会上，傅崇碧拿着李伯选书记写好的稿子做演讲。每讲到打土豪、分田地、免除苛捐杂税时，台下掌声雷动。傅崇碧每次可以演讲一二十分钟。有时候赶集的人多到上千，一敲锣全来了。演讲以后写个牌子往那一竖，愿当红军的报名，一下子报名的就有几百人。

不久，县推选出席省共产主义青年团代表大会的代表，傅崇碧当选为省共产主义青年团执行委员会委员。红九军占领了仪陇后，傅崇碧被省委任命为少共书记。

傅崇碧还负责儿童团、工会、贫农团、妇女生活改善委员会的工作。1933年2

左图：傅崇碧与儿子傅欣、长女黎力

下图：1960 年，傅崇碧与夫人黎虹

月，傅崇碧调任通江县委书记。这一年他只有17岁。

1933年10月，四川军阀刘湘在蒋介石调动50万大军对江西中央革命根据地发动第五次“围剿”的同时，对川陕根据地进行六路围攻。

在一次战斗中，傅崇碧拿起望远镜观察敌人时，突然听见子弹响声不对。他赶快一低头，一颗子弹擦着后脑勺飞过去。鲜血从脖后流下去，浸透了衣衫。如果头低得稍慢一些，这颗子弹就正好从他的脑门打进去。

又一次，傅崇碧带着10多个人与敌民团100多人在山头相遇。打到最后，大家就从悬崖上往下跳。傅崇碧纵身跳下去，却被头朝下挂在树枝上，离地面还有几丈高。他用脚使劲蹬缠在腿上的树藤，人就头朝下掉到沟底，脸被石头划出一条大口子。敌人从山上往下扔了一颗手榴弹，手榴弹却也被树枝夹住，没有爆炸。

1935年初春，傅崇碧带着两千多名游击队、赤卫队员加入了红四方面军长征的行列，匆匆离开故乡，从此离别了生养他的川陕革命根据地。

在掩护主力部队突围的战斗中，一颗手榴弹在距傅崇碧很近的地方爆炸了。团长牺牲，傅崇碧腿部嵌进一块弹片，被担架队抬着转移。

天还未明。他躺在担架上只感到口干想喝水。这样坚持到夜间，进了一间老乡的小房子内。一片漆黑，半天才弄了一个小油灯。很长时间，担架员才弄来开水。天明，医生来换药。解开绷带后，发现绷带已让血浸透了。部队开始转移，然后就是不停地行军。

转了20余天，到了一个比较大的地方。傅崇碧的伤口从外表看已经长得很好了，但是仍不能动，而且越来越痛，腿开始发肿，最后肿得像个小桶，疼痛难以忍受。医生每天给他吃止痛药。没有办法，把他转送到红四方面军总医院。

总医院政委周光坦和贺诚院长来看，见傅崇碧的腿肿得这样厉害，马上叫医生来检查。两位医生看了说，腿已经化脓了，必须动手术。一听要动手术，傅崇碧怕把腿锯掉了，就无论如何不做手术。第二天周政委和贺院长又来了，还来了昨天检查的两位医生。贺诚说，再检查一下，看是否真的需要动手术。傅崇碧躺下后医生用点东西在他鼻子上洒了两下，他就感到迷迷糊糊想睡觉。过了不久，就什么也不知道了。

到了后半夜，傅崇碧开始呕吐。他喊警卫员，问这是什么地方？警卫员说，已经给你做手术了。他赶快摸腿，腿还在，心里就踏实了。

天亮以后，周政委和医生又来看，说你怕锯腿，不愿动手术，给你用了麻药，才给你开了刀，取出来两块弹片。

半个月后，傅崇碧的伤口果真好了起来，但腿仍是伸不直，走路仍是困难。周光坦政委弄到一匹马，行军走路的时候硬是把他拖到马背上。部队又开始行动，傅崇碧随总医院在草地连续走了10多天，到了大金川县。翻过夹金山，部队到宝兴县。傅崇碧被留在宝兴县担任县委书记。

黎虹：从洛阳到西安，从西安到延安，从延安到晋察冀。也就是在这里，"听组织的"，嫁给傅崇碧。

黎虹是1938年到延安的。

黎虹的家乡在河南信阳市。1937年，兵荒马乱，黎虹跟叔叔、姑姑一家4人从河南跑到西安。临走前，在洛阳住了一段时间，等叔叔的消息。她有个叔叔在国民党部队，和共产党地下组织有联系。这个叔叔写信让他们到西安找八路军办事处。

到了西安，也是一片混乱。青年军到处拉人。他们拿两封信，一封公开信介绍上学，一封找共产党的办事处。但找不着，钱也快花完了。

住在一个大澡堂里，各式各样的人都有。黎虹天天都会碰到令人提心吊胆的事。这样大约过了快一个月，她的叔叔找到了八路军办事处，立马叫了辆黄包车搬到那里。那里全国各地青年挺多，编队走到延安。黎虹叔姑4人编到陕北大学分校，学军事、政治、站岗、放哨、排进攻，学到1938年底。

1939年初，黎虹到卫生学校学护士，分到八路军总后方医院。总卫生部就在延安宝塔山下。那时抗大需要人，黎虹想上前方，就通过卫生部，被分配到了抗大卫生处。

随抗大总校过了黄河，黎虹走到忻县，吃不惯山药蛋，老是发烧。于是让她留队，不要再往前走了。大家说黎虹，死也要看看铁路是什么样，不能留下。几个人架着她过了封锁线。过封锁线一跑，浑身大汗，她的病也好了。到了太行山上，没吃没穿，一根棍子，一个小口袋，一个饭碗，和要饭的一样。1939年快入冬时，她才到了晋东南抗大总校。

黎虹在抗大总校卫生处工作了一段时间，大队需要人，她就跟两个人下到大队。这时傅崇碧已是抗大总校干部科长。组织干事是个女同志，有意给傅崇碧和黎虹"做媒"，分别就给二人谈了这件事。

把黎虹叫去谈这件事的时间是一天早上。组织干事正经地对她说，给你介绍个对象，这人很好，经过长征，是个非常优秀的同志。我是代表组织向你介绍。黎虹当时的想法，在家听父母，出门听组织。组织说好，就好；让认识，就认识吧。

就这样，傅崇碧和黎虹认识了。

认识以后，平常也不在一起。偶尔见面，也没多说几句话。那时候恋爱不会谈，各自忙于自己的工作。这时抗大总校分开，傅崇碧要去晋察冀前线的抗大二分校，如果不结婚，黎虹就不能到前方去。于是决定结婚。婚礼只请团的主要领导吃了个便饭。在晋东南农村，两床被子往一块一抱，就算结婚了。

抗日战争、解放战争、抗美援朝。傅崇碧从旅长到军长。没有时间在一起。黎虹冒险只身赴朝前线相会，一见面就挨了一顿批。

1941年2月，傅崇碧到了晋察冀军区。抗大二分校设在军区所在地灵寿县陈庄、女庄。校长孙毅，政治部主任李志民。傅崇碧任抗大一团政治处主任。

为了解决平原战斗的教学问题，他们决定利用青纱帐长起之际，挺进冀中地区，与抗三团汇合。从冀西到冀中必须横跨平汉铁路，而敌人对平汉铁路封锁甚严。铁路两侧岗楼密布，公路纵横，并挖了三四米宽、两米多深的封锁沟。封锁线周围的树木全被砍光，不许老百姓种高杆庄稼，只能种点红薯之类的农作物。敌人白天、黑夜有岗哨在炮楼上瞭望，夜晚还派出"铁甲车"在铁路上来回巡逻，车上的探照灯四处照射。

傅崇碧的抗一团队伍曾先后两次准备通过封锁线，但都遇到敌人的铁甲巡逻车，只有先头梯队少数同志通过。过封锁线时，每人都背一捆玉米秸，以便填沟。但封锁沟太深，人还没过去，敌人就发现了。探照灯照得雪亮，枪炮不断地打来，只好往回撤。那一次撤回来好远，傅崇碧清查人数，发现团部书记余震不见了。马上派人带枪返回去找。走时还让他们带上傅崇碧骑的牲口。余震那时候正患虐疾，掉在封锁沟里无力上来。几个同志把他从沟里救了上来。以后余震当了六十六军副军长，到老也记着这件事，给黎虹寄一些纪念邮票，称傅崇碧是他的"救命恩人"。

抗大二分校一团共7个队，在李志民主任率领下开往冀中平原进行训练。刚过铁路进到七分区，路东和路西的敌人就开始大扫荡。敌人采取多路包围合击，傅崇碧率领的4个队利用青纱帐和村落组织民兵反扫荡，掩护老百姓转移，与敌人周旋。这时李志民主任病得很厉害，一直发高烧。冀中军区指示把他坚壁在群众中。傅崇碧不同意，从学员中抽调八、九人组成担架队，抬着李志民一起行动。

经过一个多月的反扫荡，他们在激烈的战斗中回到了路西。大家见面后倍感亲切。李志民恢复了健康，说，"没有傅崇碧，我在扫荡中早见了马克思。"

1945年8月14日，日本政府宣布无条件投降。傅崇碧所在晋察冀军区第四军分区的3个团，协同冀中军区奉命收复石家庄周围敌伪占领的县城。傅崇碧冒雨赶到阜平白求恩医科学校，黎虹正在白求恩医科学校学习。

风雨无遮无拦地下着，两个人匆匆忙忙说了几句话。自从结婚，两个人就很少在一起。现在黎虹就要毕业了，可以随着他到需要的部队去。傅崇碧问黎虹是不是跟着去？黎虹说可以，但要征求领导的意见。两人又一起见了白求恩医科学校的领导，得到批准，便一起动身出发。

1966 年，北京卫戍区司令员傅崇碧与毛泽东主席在天安门城楼上

走到军区驻地住了一晚上。第二天，傅崇碧跟王平回到了四分区。黎虹到了分区卫生所。战事频繁，夫妻两个仍是不能在一起。一直到解放战争结束，傅崇碧从旅长当到军长，几乎打了解放华北和进军西北的所有战役。清风店、石家庄、太原、宁夏、兰州、银川，每一场血战，都留下了他的足迹。黎虹则随着后方部队，时东时西。有一阵子病得厉害了，只好由参谋长的爱人照看起来。部队转移，别人的家属都有丈夫在身边，黎虹偏偏没有。负责后勤的干部给她找来一头骡子，让她骑上走，可她却不会骑。硬着头皮骑上去，那牲口便不停蹄地跑。黎虹摔下地，被摔得鼻青脸肿。

1950 年 6 月 25 日，朝鲜战争爆发。

1951 年 2 月，六十三军军长傅崇碧率部跨过鸭绿江大桥，踏上朝鲜燃烧的土地。在朝鲜前线，傅崇碧率部参加了抗美援朝第四次战役后期战斗和第五次战役全过程。在铁原阻击战、开城保卫战、西海岸和三八线上的持久防御等多次作战中，给打着“联合国军”旗号的美骑兵一师、陆战第一师、第三师及英军第二十八旅、第二十九旅等侵略军以沉重打击。六十三军受到彭德怀的高度赞赏，傅崇碧本人也荣获朝鲜人民民主共和国授予的一级国旗勋章一枚，二级国旗勋章二枚。

在傅崇碧赴朝之前，黎虹还在陕西三原的军部后勤留守处。临行前，两人没有说一个通宵话。傅崇碧当军长着实是太忙了，黎虹对这已习以为常。但是到朝鲜一年多过去了，他的情况究竟如何呢？

恰在这时，随志愿军回国的一位老熟人、也是傅崇碧的一位部下见到了黎虹。此时黎虹已搬到了北京，到地方卫生部门工作。她向老熟人打听他们军长，那位部下说：“嫂子，你也太沉得住气了，军长忙于战事，不能顾上给你写信。你就不能想

办法去看看他吗？“

到朝鲜去看他？黎虹惊讶得差点叫起来。从国内到朝鲜，远隔千里，况且那里正是在战争之中。她似乎忘记了，她也是刚刚从战争中走过来的。

其实那位熟人心中有数。他这次回国也就有这种打算。军长派他来，一路联系、车辆、保卫人员等等，他是熟悉了。于是他告诉黎虹，我可以带你去。

黎虹难抑心中激动。按期准备，毅然上了路。

一路颠簸，一路风尘，一路危险。有几次他们遭遇美军飞机轰炸，司机把车开得飞快，差一点掉到深不可测的沟里。黎虹满心紧张，但想到即将见到傅崇碧，就咬了咬嘴唇。见到他时，还不把为他冒的生命危险讲给他听？

谁知一进山洞工事，第一眼见到分别近两年的他，竟是绷着脸扔下的一句话："你怎么来了？仗就要结束了，我们都该回国了。"

黎虹在那一刻委屈得直掉泪。她把脖子一梗，"不乐意人家来看你？那我马上回去！"

毕竟是内心相亲。傅崇碧不吭气了。在异国战火未歇的土地上，一对久别夫妻，度过了他们短暂难忘的一段日子。

因病得"休"。一对"夫妻病人"互相勉励。坐了飞机，住了海滨。孩子们高兴若狂。傅崇碧心里嘀咕：是不是给我安排后事？

1957年10月，傅崇碧进入中国人民解放军高等军事学院学习。

高等军事学院学制3年，傅崇碧被编在基本系一班。学数学、语文、化学，上课请的是大学教授。高等军事学院快毕业时，一帮同学跑到山上去玩。这时天下起了雨，就急着往回跑，这一跑，傅崇碧晕倒了。送到医院一检查，医生说他的肾脏有毛病。到301医院照片子，发现是肾癌。

医院决定做手术。傅崇碧到高等军事学院学习时，黎虹在北京市卫生局工作，身体也不好，俩人谁也顾不了谁。傅崇碧学开坦克时搞了个脑震荡，黎虹也没时间去照顾。1960年，黎虹被诊断为神经紊乱，组织安排休息。这时傅崇碧也有了大病，两个病人倒有了时间在一起——"因病而得休"，互相勉励。

傅崇碧住院之前，黎虹并不知道他的肾病这么严重。现在，她一直陪在身边，住院做手术、做化疗。黎虹还要照顾孩子。当时他们的大孩子刚上初中。

1960年8月，傅崇碧在301医院做了肾癌切除手术。手术后即被转到北京肿瘤医院做治疗，吴恒新院长亲自担任主治医师，手术效果非常好。傅崇碧的病例成为301医院肾癌手术存活期最长的病例。

傅崇碧生病后，叶剑英、聂荣臻元帅都到医院去看望。在住院期间，几个军区

1979 年，傅崇碧与黎虹在杭州

司令也都来看，大家各尽所有，对他几乎是要什么给什么。从医院搬出来，他还是一直疗养休息。刚好赶上国家经济困难时期，北京军区党委决定让傅崇碧住在解放饭店，生活由饭店负责。

叶剑英元帅说："傅崇碧，你出去转转，愿到哪里就到哪里去，愿吃什么就吃什么。"叶帅告诉空军司令员刘亚楼，"傅崇碧出去时要让他坐飞机，空军没有飞机用民航的。"看到如此安排，傅崇碧心里直发毛：难道说真的就活不长了？这好像是在给我安排后事呢！

坐飞机到广东、海南岛转了一圈，住了一个多月。傅崇碧的身体恢复得很好。在没有做手术前，医院安排他们一家到大连去休养一个月。平时与家庭聚得少，分得多，难得和孩子们在一起。现在"借病"和孩子们一起去玩，几个孩子都高兴得像过年一般。去了大连，又去了青岛。住在海滨，孩子们天天去游泳。有一次游毕上岸，竟连衣服也找不见了。

1960 年 5 月 18 日，傅崇碧重回石家庄任六十三军军长。1961 年 6 月，傅崇碧被任命为北京军区副司令员。

毛主席亲点的卫戍司令。文革中紧随周总理，保护老干部。

1966 年 5 月，傅崇碧被任命为北京军区副司令员兼北京卫戍区司令员。他去找总政治部徐立清副主任，说自己不能胜任这个工作。徐说："你不干是不行了。你看，毛主席批准了，林副主席也批准了，周总理同意，你再提干不了不妥当。"他这个卫戍司令也就这样定了。

1966 年 6 月 3 日，首都工作组和北京军区在北京京西宾馆召开了卫戍区部队营以上干部会议，会上宣布了中央军委关于北京卫戍区扩编的命令。扩编后的北京卫戍区共有 4 个师、每师 6 个团，加上一个独立团，一个军乐团，级别相当于兵团一级。

周恩来对傅崇碧说，“你解决不了的问题，就来找我，我可以跟你一块去解决。第一是要保证北京的吃饭问题，第二是要有烧的，第三是要保证不停电。”傅崇碧从警卫一师调了两个团，到煤矿刨煤。又下命令让六十九军抽调一个师负责装煤。同时还要绝对保证各国大使馆的安全问题。傅崇碧在周总理的直接领导下拼命工作，以致有一段时间累得尿血住了医院。

当然，也不是所有人对傅崇碧的工作都满意。林彪、江青一伙指使一些人要把重病住院的罗瑞卿抓走。周总理知道了，让傅崇碧告诉这些人：“绝不能乱抓人！”

1978 年，傅崇碧全家福。前排右起：儿子傅欣、傅崇碧、黎虹怀抱孙子傅斌、大女婿钱永刚。后排右起：儿媳滕爱萍、三女儿黎燕、二女儿傅亚平、长女黎力

为此，陈伯达、江青质问傅崇碧：为什么不让抓？为什么阻挠和压制“革命群众的造反行动”？你对罗瑞卿是什么感情，为什么保护他？为什么“只开红灯不开绿灯”？傅崇碧回答：“要是允许随便抓人，警卫部队就没法按中央军委批准的警卫规定执行任务了！”

1967年7月，武汉发生了震惊全国的“七·二〇事件”。毛主席、周总理通知武汉军区司令陈再道、政委钟汉华等人来北京谈问题，让他们住在京西宾馆。林彪、江青一伙煽动一些人冲击京西宾馆，几千人突破了门外的警卫线，有几百人冲到楼上，情况非常紧急！

正在天安门城楼上的周恩来对身边的傅崇碧说，“你立即赶到现场，无论如何不能让他们把人抢走。”傅崇碧指挥警卫部队立即采取了应急措施，按事先制定好的方案，让陈再道等人躲进一个不常用的电梯里，使电梯在9层与8层之间停下，告诉他们只有听到指定人给予的信号才能出来。同时，反复地给冲击宾馆的人做工作。周恩来把戚本禹找去，责令他“退兵”，这伙人才退走。

在周恩来的亲自指示下，傅崇碧将30多位省市第一书记和老部长秘密“监护”在警卫一师东高地营房。不想第二天一到钓鱼台，江青就查问起来，步步紧逼，正在这紧张的时候，毛主席打电话找傅崇碧，他赶快去了。

到了中南海，毛主席刚游完泳，准备吃饭。见傅崇碧到，主席让多准备一些，一块吃。傅崇碧趁机告诉了毛主席卫戍区藏起来30多个人的事，毛主席说：“这样很好。总理叫你们保护，比让他们抓起来好得多。”

傅崇碧说：“主席，你说我们这个事办得好，可现在有人追查我。”

毛泽东问：“是谁？”

傅崇碧说是中央文革小组的人。

毛泽东说：“不管是什么人追查，你就说是我让你办的。”

这一句话让傅崇碧笑了起来。

一次傅崇碧到林彪家里汇报民兵工作，林彪留他吃饭，恰好周总理3次电话相催，要傅崇碧和他一起到北京机场处理一个紧急问题。傅崇碧起身告辞，使林彪脸上没了一点表情。后来，叶群曾几次叫傅崇碧带着爱人和孩子到林彪家里看电影，都被这卫戍司令谢绝了。

1968年3月22日晚9时30分至23日凌晨1时30分，林彪、陈伯达、康生、江青、姚文元、谢富治、黄永胜、吴法宪、叶群、汪东兴等人在人民大会堂接见中国人民解放军各总部、国防科委、国防工办、各军兵种、驻京各军事院校、北京军区部队所属各单位团以上干部、各军区参加学习班和开会的干部以及在北京参加“三

上图:1982 年,傅崇碧与孙子傅斌、外孙钱磊在一起

下图:1990 年,傅崇碧与儿女亲家、“两弹元勋”钱学森(左)、滕海清中将(中)在北京

支”“两军”的干部一万余人。会上林彪宣布：“中央决定撤销杨成武的代总长职务；要把余立金逮捕起来，法办！撤销北京的卫戍司令傅崇碧的职务。”这就是震惊全国的“杨余傅事件”。

离开人民大会堂时周总理握住他的手。给夫人黎虹写下了几行铅笔字。7年监禁。夫妻与儿女。

3月22日晚上，傅崇碧正在北京市革委会开会讨论一个文件。他到人民大会堂时，干部们都到了。这时周总理从小会议厅走了出来，让傅崇碧跟他进去。文革小组的成员和林彪都在小会议厅里，周恩来边走边悄悄对傅崇碧讲，“你千万不要激动。”

进了小会议厅，林彪宣布命令：“决定傅崇碧同志任沈阳军区副司令。”命令宣布后，他们去前台接见团以上的干部。小会议厅里只剩下傅崇碧和沈阳军区司令员陈锡联，慢慢地剥橘子吃。周总理来了，说，“飞机已经准备好，现在送你到沈阳去。”傅崇碧压不住火了，问总理：

“调动工作有这么调的吗？又不是打仗，哪有这么急！”

总理说：“你是不是回家取点东西？”

傅崇碧说：“不取！”

总理说：“好，你干巴利脆，写个信给家里。”

傅崇碧说：“不写！”

这时总理的秘书递过来纸笔，总理说：“你就写点吧。”

傅崇碧就用铅笔给爱人黎虹写了几句话：

> 黎虹同志：
>
> 我的工作调动到东北军区，因走得很急，不能回家，需要用什么东西，到东北军区以后再给你去信。我的一切请你们放心好了。
>
> 傅崇碧 3月22日

写完就把它交给了总理秘书。傅崇碧走出小会议厅，发现秘书、警卫员都没了。周总理一直把他送到人民大会堂门口，紧紧地握住他的手说：“你身体不好，一定要把身体搞好，工作有的是，不要着急，要经得起考验。”

周恩来又对陈锡联讲：“他的身体不好，到东北你要照顾好他。他什么东西都没带，你要给他准备好。”

当夜，傅崇碧被送到了沈阳。一下飞机，有四五辆小车在等着。车一直开到沈

1985 年，傅崇碧与夫人黎虹在北京

阳军区司令部大院，停在一幢二层楼底下。进去后有两道岗哨，原来沈阳市里已布置好。自此，在沈阳、辽源，傅崇碧被监禁了长达 7 年之久。

黎虹和孩子们都来了。他们全都被改了名字，编了号。

1968 年底，傅崇碧的儿子和大女儿被下放到辽宁盘锦农村。三女儿小虹那时 13 岁，要求上学，改名黎燕就近在沈阳上了中学，以后又跟傅崇碧和黎虹转到辽源。

黎燕学习成绩很好，在学校表现也好。儿子傅欣和大女儿黎力在农村，一个当了生产队长，一个当选为知青代表。后来黎力入了团，代表可以教育好的子女参加了地区团代会。1972 年，有了上大学的机会，傅欣就到了沈阳农学院机械系学习。

1973年初，生产队又来了招生的。在当地政府和群众的关心帮助下，黎力也上了大学。

在被监禁期间，夫妻二人学会了劈柴做饭。在处处受到监视的环境里，感情弥坚。傅崇碧坚信，终有一天会真相大白。

毛泽东问："傅崇碧在哪里？在北京我要见他。"非常时期。二度出任卫戍司令。邓小平指示："你用百分之四十力量搞卫戍区整顿。"

1973年，对于监禁中的傅崇碧及身边的黎虹来说，已是第六个年头了。

这一年，中央派人来调查傅崇碧的事。与以往不同，来人给傅崇碧带来了几件事关重大的消息。一是林彪坐飞机往苏联逃跑时摔死了。二是陈伯达出问题了。来人拿出一份中央文件来让他看。傅崇碧看见上面的内容，以为是眼花了。放下，擦眼，再看，傅崇碧掉眼泪了。

傅崇碧说，"他为什么要炸毛主席？"

来人说，"你先不要激动。你先抽一支烟。"

傅崇碧说，"我没看出林彪是个坏人。"

来人写条子给傅崇碧，说，"你的问题基本上弄清楚了，毛主席还亲自过问了。"那天晚上傅崇碧一夜未睡，抽了一包烟，把林彪、叶群、陈伯达的问题写了几千字的反映材料，天明时交给来人，让他们带回去。

此前不久，毛泽东在八大军区司令员对调时讲："杨、余、傅都要翻案，这些人的问题都是林彪搞的，我听了一面之词，所以犯错误。罗瑞卿，林彪说他搞突然袭击，林彪对罗瑞卿也是搞突然袭击的。在上海是我听林彪的话，整了罗瑞卿。有许多问题听了一面之词，就是不好，向同志们作自我批评啊！"

1974年9月，东北的天过早地冷了。这时中央派人来东北，通知傅崇碧回北京。到吉林坐飞机，天气不好不能起飞。于是就买了火车票，坐火车回到北京。

傅崇碧被安排住在总政西直门招待所。第二天，聂荣臻派他的秘书来了。晚上，叶剑英让他的女儿来了，还送来许多水果。

第三天，驶来一辆大"红旗"，说周总理要见傅崇碧。车七拐八拐来到一座大楼下。门开时，有人说到了。进了院子，进第二个门时，周总理出来了。那时的周恩来已经病得很重了。

周恩来紧紧握住傅崇碧的手，连说两遍：

"见到你，我太高兴了！我太高兴了！"

傅崇碧一下子哭了。

7年前，总理也是这样握着手把傅崇碧送出人民大会堂。7年来，为了昭雪傅

中华人民共和国成立五十周年时的傅崇碧将军

崇碧的冤案,周恩来不知花费了多少心血!

总理说:“这几年你受苦了。”

傅崇碧说:“我是受教育了。”

进了会客厅,桌子上摆着水果和香烟。傅崇碧说:“总理,我能抽烟吗?”

周恩来说:“摆了你就抽。”

这年的秋天,周恩来专程到湖南,向正在湖南休息的毛泽东汇报情况。毛泽东问:“杨成武和余立金都出来了,为什么傅崇碧还没有出来?”后来毛主席从长沙回到北京,中央政治局开会时,发了火,说,“傅崇碧在什么地方?你们说在北京,在北京我要见他。”

这样,江青等人才不得不同意,派了飞机匆忙去接傅崇碧。

周恩来把总政、总参的负责人找来交代:对傅崇碧同志,一要修房子,二要派车,三要派人照顾,并把家属接回来。

1974 年 10 月 1 日,傅崇碧、萧华、刘志坚等人出现在国庆招待会上。

黎虹被接回北京就住进了医院。她的身体已被折腾垮了。医院为黎虹做了手术治疗。

后来,家也搬了回来,平反补发工资,傅崇碧和黎虹立即补交了 7 年党费。几个孩子也按政策规定,陆续到了各自的工作岗位。

十一届三中全会以后，中共中央专门发文为“杨余傅事件”公开平反。

1975 年 4 月，傅崇碧二度出任北京军区副司令员。

1976 年 9 月前后，傅崇碧因腿伤住进“301”高干病房，与住在这里的 10 多位将军秘商解决“四人帮”的对策。许世友来了，告诉他们：“上海帮全来了，你们要小心。出门要带枪！”

许世友让几位将军看他随身带的两支手枪。大家建议由傅崇碧去准备枪，因为北京军区最近。那一天，傅崇碧到西山叶剑英元帅家里。叶帅说：“不要害怕！他们积怨甚大，要捞棵稻草，却没捞到什么。”

叶帅又说：“要跟他们斗，但要注意斗争方法。”说完之后就去弹钢琴了。

临走时，叶剑英对傅崇碧说：“你们以后别到我这里来了，这里有坏人在监视我。我要搬到玉泉山去住。”

傅崇碧告别叶帅出来，在门口遇见粟裕。出了大门，又碰上萧华。

2004 年，作者与傅崇碧夫人黎虹在双凤山革命纪念馆

1976年10月6日，中央政治局采取断然措施，一举粉碎“四人帮”反党集团。

1977年9月12日，中央军委任命傅崇碧再度兼任北京卫戍区司令员。

此前邓小平找傅崇碧谈话，说：“你回去把卫戍区整顿一下，用8个月到一年时间。”

傅崇碧还想推辞，小平说：“你百分之四十力量办卫戍区整顿，百分之六十在军区。”事情就这样定了。

二度出任北京卫戍区司令，在新中国成立以后，傅崇碧是唯一的将军。

和以往一样，黎虹又眼睁睁看着傅崇碧一天到晚，只知道工作了。

一生不曾还乡，八十回眸往事。金婚之日夫妻合璧。最大的遗憾：文革抄走了一箱子“宝贝”。

20世纪60年代初，傅崇碧到重庆，见到老战友黄新庭。黄新庭当时任成都军区司令员。傅崇碧说，“我想回家乡看一看。”黄新庭就给当地政府部门打了招呼，还准备好了汽车和医生。第二天，黄新庭突然来了，说：

“傅军长，你还是不回去的好。听说你要回去，通江县政府门口等你的人排成了队。他们问你要人啊！”

1933年扩红，傅崇碧担任仪陇县少共书记、通江县县委书记，在家乡一次动员数百名青年参加红军。第一次国内革命战争时期，通江先后参加红军的有3万多人，他们中的许多人是傅崇碧亲自送上前线的。是啊，面对父老乡亲，他该说些什么呢？

1934年，傅崇碧随红四方面军长征离开家乡。半个多世纪的岁月，傅崇碧再也没有回到过养育了他的家乡。

退出领导工作岗位以后，傅崇碧时常回忆过去。许多年来，他曾陆续积累了一些资料，对有的还做了整理。但文化大革命期间，这些多年辛苦集累起来的一大箱资料被抄走了。1974年，傅崇碧从监禁地吉林辽源回到北京，落实政策后第一件事就是想追回这一木箱历史资料。粉碎“四人帮”后，邓小平找傅崇碧谈话，他提出被抄走的材料问题。小平当即说：“要清理退还！”让秘书向有关单位转达了他的意见。

但那一木箱资料一直查无下落。

这对于晚年的卫戍司令是最大的遗憾。

时光进入1999年，在北京不算寒冷的冬天，老将军开始着手撰写回忆录。

一生风云往事，时时如天空的景色，涌入眼底。

黎虹晚年喜画，在老年书画班习笔并取得毕业证书。黎虹所画之梅，最是精神，引得懂画人一路夸奖。在傅崇碧和黎虹结婚 50 周年时，黎虹却一改画梅，令子女们惊喜地画了一幅《寿桃图》。老树遒枝，双桃灼华。在儿女们的“鼓动”下，傅崇碧于飞白之处，提笔留诗：

求真理志同道合，
结伴侣共度人生；
五十载耕耘春秋，
获正果福寿双全。

黎虹画竹

陈沂，1912年生于贵州遵义县。1929年参加革命。1931年加入中国共产党。1937年参加八路军。曾任《新华日报太南版》、《冀南日报》、《鲁西日报》、《冀鲁豫日报》、《大众日报》社社长、总编辑，解放军总政治部文化部部长，中共上海市委副书记兼宣传部部长等职。1955年被授予少将军衔。

“左王小陈毅”和他生命中的两位女性

——陈沂少将与夫人马楠

“大右派”陈沂被开除党籍军籍21年，香港文艺界却称他为“左王”。陈沂坐过三次监狱，三次都是在爱人的安慰中顶过了艰难时日。

少将陈沂是中国大陆文艺界的权威。香港文艺界称陈沂为“左王”。

这是因为陈沂的身份：新中国成立之初，他任中国人民解放军总政治部文化部长；离职休养之前，他是上海市市委副书记兼宣传部长。

二十世纪30年代初，不满20岁的陈沂加入左翼作家联盟，即使在战火纷飞的前线，也一直笔耕不辍。

然而就是这个陈沂，因为自己这一支文人的笔，一张文人的嘴，1957年被错划为“右派”，被开除党籍、军籍，受军法审判，被下放在东北某农场劳改了21年。

陈沂有一个信条：不管别人如何折磨我，我从不折磨我自己。

1959年4月，陈沂在齐齐哈尔赋诗一首，题为《严峻的考验》。诗中写道：

……
六亿人民过的还是最低生活，
可他们付出的是什么干劲
心甘情愿同吃，同住，同劳动，
这是最好的群众观念。
作为一个普通劳动者不容易啊！
受自己的党处分不发怨言更难，
但这是考验，
严峻的考验。
有朝一日，
哪怕日子再长，一年，十年，
二十年……
党总会收回他——
这一片赤心的'流浪儿'，
……

当我们了解了陈沂21年的坎坷历程，读这首诗的时候，就不能不产生一种感动。不是因为词藻，不是因为技巧。它完全是一种人格魅力，是磊落的襟怀和赤子之心折射到人心灵上的光焰！

那么，马楠——陈沂的爱人，这位献身于革命也献身于艺术的女性是不是也为这种光焰的照耀，才没有背叛陈沂，才和陈沂相濡以沫度过了最艰难的岁月呢？

有一点我们可以肯定：马楠必定拥有着同样磊落的襟怀、同样的赤子之心。

陈毅对马楠说："要陈沂给总理写封信，总理一定会批给我办，我就给他催办。可你不要说是我说的。"

陈沂原名陈毅，后来才改叫陈沂。陈毅曾当着面说陈沂："同名有什么不好？俄国不是有大托尔斯泰、小托尔斯泰吗？咱们就不能有个大陈毅、小陈毅！"所以军队中就曾有"大小陈毅"的说法。

陈毅同志不仅是元帅，也是诗人，横槊赋诗，倚马万言，既是军事大家，又是文艺行家，和总政文化部长陈沂打交道的机会自然不少。

1957年夏天，反右运动开始。一日，陈沂到天桥剧场观看苏联新西伯利亚芭蕾舞团演出。

陈沂的座位是5排1号，毛主席的座位是6排1号，陈老总和苏联大使尤金分坐在主席左右。

陈沂与马楠摄于四平保卫战前线

那天陈沂军容齐整，肩佩少将军衔。

主席一见陈沂，就和陈沂握手，说:“你翻了身了！”

陈沂一愣。

主席接着又说:“这些时日右派攻得你好苦。”又向陈毅介绍说:“你认识他吗？他是军委文化部长陈沂同志，他们是左派。”

数日之后，陈沂却被打为右派。陈毅得知感到惊奇，也感到激愤。

陈毅当即给总政主任打电话说:“不是那回事嘛！他这个人就是嘴巴子厉害一点。”对方甩回一句:“你不了解情况。”啪地挂了电话。

5 年之后，陈老总同总理陪同西哈努克亲王到哈尔滨参观。陈老总通知了陈沂，想见面谈谈。后来时间实在安排不过来，在车站上见到为他们送行的马楠。陈老总说:“过几天你到北京去找我，详细谈谈，我会帮助他的。”

不久，马楠进京，在中南海晤见了陈老总。陈老总讲了他当年给总政主任打电话的事，说:“好家伙，人家是那样一位重要领导，一级组织，我是元帅也难奈他何。”

陈老总告诉马楠:“让陈沂给总理写封信，总理一定会批给我办，可你不要说是我说的。”说完，陈老总笑了。

周总理拖着基本不会跳舞的马楠跳了场舞。第二天哈尔滨就传开了总理接见陈沂夫妇的消息。

1962 年，哈尔滨的夏天。正是这颗东北明珠一年中最美好的季节。游人成群结队地到太阳岛消夏。

为了看望在哈尔滨的妻儿，陈沂从齐齐哈尔来到了哈尔滨。

这天傍晚，陈沂和马楠正沿着方石铺筑的中央大街向着松花江畔漫步。快到江畔时，忽然看见一队轿车迎面驶来，向南而去。从车队的阵容，陈沂联想到这几日报纸上的消息，便对马楠说："怕是总理的车队啊！"马楠还没来得及回答，车队很快就驶过去了。

尽管陈老总说了要陈沂给总理写信，尽管总理对陈沂并不陌生，陈沂还是连想都没敢想总理会接见他。他和马楠继续向江畔走去，享受着这来之不易的温馨安宁，还顺路去串了个门，直到夜里9点钟才回家。刚进家门，孩子便告诉他们："刚才省委交际处来电话，说中央有位客人要见爸爸，不久就开车过来了，见你们不在家，便要我们带他们到你们常去的地方找，走遍了也找不着你们。临走时他们留下电话，让你们一回来就打过去。"

不一会儿，车来了，把陈沂夫妇接到了和平村宾馆。

他们到时，总理正在参加舞会，总理的待卫长等在门口，一见面，就对陈沂说："陈部长，你到哪里去了？总理派人找了你好久啊！"

总理看到陈沂夫妇走进舞厅，马上停止跳舞，把陈沂和马楠拉到一个长沙发上坐下。总理说的第一句话就是："陈沂同志，这些年你受苦了。"总理说罢，紧紧拉

晚年的陈沂

住两个人的手。

总理说:"刚才去街上我没有看到你们,是小超见到后对我说'那不是陈沂同志吗?'所以我一回宾馆,就要他们去找你们,在 11 点前一定要找到。"

陈沂向总理简单谈了这些年自己下放的情况。总理边听边点头,说:"在上面工作一段,又到下边去工作一段,将来再回到上面来工作,工作就会做得更好一些了。"接着,总理问陈沂:

"最近毛主席讲了司马迁的故事,你知道吗?"

陈沂说:"我听说了一点儿。"

总理提高了声音:"司马迁受了宫刑还写《史记》,你陈沂一个共产党员,难道还没有司马迁那几根骨头吗?"

陈沂明白总理的良苦用心,大声回答:"我是共产党员,我应该有比司马迁还硬的骨头。"又有人来请总理跳舞,总理便拉起在一旁聆听谈话的马楠去跳了一场。马楠不会跳,这场舞可以说是总理拖着她跳的。

这一对患难夫妻体味到了异样的温暖。

作者与陈沂、马楠夫妇于上海合影

分别的时刻来临了，总理要动身去大庆。在朦胧的泪花中，陈沂和马楠看着总理的汽车渐渐远去。第二天，在哈尔滨便传开了总理接见他们的消息。有人情不自禁地说："看来陈沂的右派是抓错了，不然，总理怎么会接见他呢？"

挚爱亲情，这是人间最可宝贵的，幸而有了亲人，有了不是亲人又是亲人的父老乡亲，陈沂夫妇才过了难关。

回到党内、回到军队的希望，随着"千万不要忘记阶级斗争"的口号破灭了。陈沂被下放到了双城拖拉机站。

1966年文化大革命，陈沂夫妇被揪斗得无处藏身，幸而有三个亲人的无私援助。这三个亲人，一个是马楠的弟弟马光政，一个是马楠学院的丁司机，还有一个，是他们孩子保姆的嫂子孙大娘。

每天晚上，马光政用自行车驮着陈沂夫妇——马楠坐在大梁上，陈沂坐后架，送他们到他们的驻地或是孙大娘家；常常是在孙大娘家睡到天明，在大娘家吃过早饭，然后两人才去各自的机关听审；等到天黑，去丁师傅家吃晚饭，再去马光政家，再去孙大娘家……

这种周而复始的日子持续了近一年的时间，直到陈沂夫妻双双被送进监狱。

在这一年的时间里，这3家人不畏生死地保护着这对患难夫妻，丁师傅一家和孙大娘一家都把他俩视做了自家人。尤其是孙大娘，他们俩该到还未到的时候，孙大娘就总是在门口倚着、望着，直到看见他们的影子才放心。一个母亲对自己的亲儿亲女，也不过如此吧！

陈沂复出之后和妻子重访了哈尔滨。孙大娘流下了喜泪，她说："我早知道会有今天的，我当时的心思就是：怎么也得让你们活着，活着，你们这些从在俺山东打鬼子时就受过苦的人。"马楠的泪水也夺眶而出。

陈沂和马楠这对八路军中的才子才女结合后，1941年生下了女儿陈聪。陈聪出生不到10天，马楠就受伤被俘，此后陈聪就一直寄养在老乡家，很久以后陈沂才找到女儿。

临别，孙大娘拒绝了车送，说："你大娘怎么来，就怎么回去。"马楠要送大娘到公共汽车站，大娘拦住她："你也不老小了，好好保重身体，给人民再做点事，你们的苦就不算白受了，不用远送你大娘了。"这是多么质朴的话语，同时，这又是多么深重的嘱托！

在陈沂心中，深深埋藏着一个年轻女性的身影，他爱她爱得那么深，以至于50年后一见到她，一写到她，笔尖上溢出来的情感依然像家乡的赤水河清澈而深

挚。

“回到市里，已经6点了，顺路去绥阳县城一趟，这里是我死去的爱人徐励的家乡，可惜这个县城实在是太破，还要加把劲才能赶上去，家乡再变化，她也看不见了。”

陈沂 1985 年 1 月 14 日日记

“去表妹家之前，先去了郑场一趟，聊表对徐励的思念。

……匆匆转了一下，只能是寄托一点哀思，回首，50年过去了，想当初，看着徐励从学校出来，也看她在另一家人家的楼上看戏……如今，这些旧地都不知何处去了。人逝旧地也逝。”

陈沂 1985 年 1 月 20 日—22 日日记

这是一个受过21年不公正待遇的老人内心世界直白的陈述。

谈到它们，怕是石人也要落泪。

落泪的原因很多：

为徐励，为她逝如闪电的生命握住了永恒，永恒的爱情；

为陈沂，为他历尽沧桑久经磨砺之后依然能有一颗拳拳之心；

也为马楠，陈沂也同样会给她一个地老天荒，因为她的丈夫忠诚而坦荡。

徐励多么像一场梦，像一个传说。她为陈沂而生，又为陈沂而死。

陈沂年长徐励一岁，两家都是贵州遵义一带殷实人家书香门第。两个人是从小就在一起长大的，青梅竹马，两小无猜。最可贵的，是徐励在思想上对陈沂的了解。

18岁，陈沂离开贵州考进国立北平大学法学院读书，学银行会计。陈沂书念得不错，但是这并没有妨碍他成为一个职业革命家。

1933年，陈沂第二次被捕，并且由北平押解到南京。陈沂的父亲和徐励千里迢迢赶去探监，徐励留在了南京。

徐励进了医校，学护士，学产科，在教会医院里过着最低的生活，尽自己最大的力气劳动，把自己辛苦挣来的一点血汗钱拿去送给陈沂。

对陈沂来说，徐励是一生最珍贵的安慰。

我们还是来看一看1936年，年轻的陈沂是怎样用他那充满爱意的笔触来写他的阿励吧：

“小雪后三天，阿励送来了一个她亲手做的枕，在枕的一端绣了一个花篮，另一端绣了如下几个西文字:No Pains,No Gains。

当我接到这个枕的时候,特别是看到这几个西文字的时候,我的心花都开放了,我想吻……

书怎么也看不下去,想起刚才接见时阿励的话。'不要着急啊,着急是没用的。这年头,监狱同外面有什么区别?'……

夜来睡在床上,把枕枕在头下,心里似乎得了不少安慰似的,想到好多年没有'亲'的阿励啊!"

1937年冬末春初,一个下雪的早晨,陈沂为了送一篇稿子踏雪出了家门。

回来已是深夜。脚踏上扶梯,就听见徐励的惨叫,陈沂慌张地跑进门,徐励脸色惨白地躺在床上,一见陈沂,就说了声:"我快死啦!"陈沂一惊,俯下身去,用手摸摸徐励的额头,烫手。听一听,她的心跳得像打鼓。"怎么会这样?"陈沂难过地把脸贴上了徐励滚烫的面颊。半晌,徐励才说:"你去了多一阵没回来,家里一点菜也没有,我想喝开水也没有,就冒着雪出去了一趟,回来……回来就受凉了……"断断续续说完这些话,徐励"哎呀"一声,眼睛就闭上了。陈沂惊惶失措,以为徐励完了,但是很快,她的眼睛又睁开,勉强微笑着说:"不要紧,伤风惯了的,给我刮刮吧!"

善良的徐励,深爱着陈沂的徐励知道,他们没有看病的钱,她不愿提出任何一个让陈沂有一些为难的要求。慢慢地,徐励的惨叫变为呻吟,一会儿呻吟也止住了,徐励静静地睡着了,陈沂也放心地睡了。然而凌晨3点,徐励又惨叫起来,心脏跳得像要爆裂,而且,还咳出了鲜血。天亮后,陈沂找人借了钱,把徐励送进了医院。

徐励的病情开始好转,惨白的脸上有了红润的颜色。住院的第3天,人已经很精神了,陈沂的心情也跟着好起来。但是第4天,徐励又忽然发起高烧。陈沂去探视时,徐励的额上敷着冰袋。陈沂咽下伤心,安慰徐励。徐励却说:"护士开玩笑,说我低烧。我也是学过医的呀,为什么不给我打退烧针呢?"陈沂马上去问看护,看护不答,反倒说医生要见他。陈沂一惊。

医生告诉陈沂,徐励有了孩子,心脏病人不适宜生育,打算给她做流产手术。陈沂同意了,回到病房他把情况告诉了徐励。徐励知道手术的风险,但是她怀着生的希望点了点头。4点半又到了,看护又催着陈沂走。陈沂俯身去亲徐励,徐励突然紧紧搂住陈沂的脖子,不放他走。陈沂把她的手轻轻拉开放进被窝,徐励的脸一沉,眼睛使劲儿地一闭。

第二天清晨，当陈沂被医院的人急匆匆唤到医院里时，他最忠实又善良的爱侣已经走了。陈沂哭着，眼前一黑，晕倒在地上。

陈沂因革命而入狱，徐励冲破封建家庭的阻力，千里迢迢来南京探监，以繁重的工作，微薄的薪水支撑着两个人的生活，并且为陈沂的出狱多方奔走。3 年的时间过去，陈沂终于出狱了，徐励做一名妇产科护士的心愿还没有实现，却……

徐励生前曾笑着问陈沂："我死了，你怎么办？"陈沂说："跟着你去。"徐励嗔了一声"呸！"陈沂懂得徐励的心：要你跟着去干什么？一个女人死了，真正爱她的人，应该继续做她没有做完的事！

"No Pains, No Gains"（没有耕耘，哪有收获）

枕上犹余梦泪痕。

埋葬了徐励，陈沂带着两个人的心投入到了生活和革命的激流中去。

"七·七事变"爆发后，他几经辗转来到太行抗日根据地，从此开始了八路军中的文化和思想政治工作。抗战期间，陈沂先后活跃在晋冀鲁豫边区和山东纵队，解放战争中陈沂参加了辽沈、平津两大战役。新中国成立初期，他成为我军文化工作的领导人。即使是在 21 年的蒙冤中，他也坚信，党和人民会收回他这个流浪的孩子，会笑着说："亲爱的孩子，你考验过来了。"

1978 年，党的十一届三中全会召开了。在北大荒农场的陈沂夫妇看到了曙光，他们筹集了路费，马楠到北京见到了胡耀邦，向他递交了陈沂的申诉。胡耀邦连声感叹："陈沂同志这些年不容易呀，不容易！"胡耀邦说："3 个月解决陈沂的问题！"马楠回答："莫说 3 个月，3 年也可以等啊！"

1979 年 2 月 24 日，陈沂接到了中央军委为他平反的通知，他又重新回到了党的怀抱，回到了军队。他立即打电话给马楠，让这个与他分担艰难 21 载矢志不渝的人第一个分享这幸福。

马楠喜极而泣，哽咽着说："这是喜报啊！"

如今，已经离职休养的陈沂马楠夫妇在上海安度着晚年。儿女都长大成人，女儿还秉承妈妈的天赋成为一名小有成就的美术家。孙儿、外孙们也健康地成长起来了。

回首往事，陈沂这位至情至性的老人必当无愧无悔。

罗瑞卿，大将。1906年出生于四川省南充县。1926年加入中国共产主义青年团，同年入黄埔军校武汉分校学习。1928年转入中国共产党。1929年参加中国工农红军。土地革命战争时期，任闽西游击大队大队长，红四军第五十九团参谋长、纵队政治委员、师政治委员、军政治委员，红一军团保卫局局长，中央红军先遣队参谋长，陕甘宁支队第三纵队政治部主任，红一方面军保卫局局长，红军大学教育长、副校长。参加了长征。抗日战争时期，任中国人民抗日军政大学教育长、副校长，八路军野战政治部主任。解放战争时期，任北平"军调处执行部"中共代表团参谋长，晋察冀军区副政治委员兼政治部主任，晋察冀野战军政治委员，华北军区政治部主任兼第二兵团政治委员。中华人民共和国成立后，任中央人民政府公安部部长，公安军司令员兼政治委员，国务院副总理，中共中央军委秘书长，中国人民解放军总参谋长，国防部副部长兼国防工业办公室主任，中央军委秘书长。1955年被授予大将军衔。于1978年逝世。

八载磨难更同心

——罗瑞卿大将与夫人郝治平

1974年的秋天，郝治平陪同罗瑞卿来到福建，请老中医林如高先生治疗腿疾。次年年初，郝治平因事回了一趟北京。按说这样短暂的分离，在任何家庭，都是极为平常的事情。然而，罗瑞卿在这期间，写了总题为《忆往事书赠治平》的组诗，诗中对这暂短的离别，流露出无限的眷恋之情。这种感情，在过去，在惯于征战的罗大将军身上，是不多见的。他在组诗的前面写了一段题记：

去年10月来闽治病，时近半年，初见成效。近日治平因事回京，这里只留我与点儿两人，颇感大有所失。

我与治平在抗日战争最艰苦的1941年结婚。“咬紧牙关，度过两年”，这是当时伟大领袖毛主席对抗战根据地的党政军民的庄严号召！婚后在太行的岁月，确属艰苦难言的岁月，但也是我们感到十分美满幸福的岁月……

1965年12月，林贼因我们坚守主席和党的阵地，拒绝上他们的贼船，竟以突然袭击的卑劣而又奸险的手段对我们横加诬陷，百般折磨，对待我们甚于对敌，致我腿残身病。某些方面，治平所吃的苦头比我还多还大。

“九·一三”林彪事件后，我们重见光明，家人团聚，喜出望外。林贼自我爆炸，我们能见这群逆贼的可耻下场，实为平生最大快事。

本年4月3日为我们结婚34周年，时光易逝，好景却长。我们之间时日愈久，相知愈深，感情愈厚！公不离婆，秤不离砣（四川俚语），水乳交融，牢不可破，此之谓也。

在题记之后，罗瑞卿用过去惯于起草文电报告的笔写了三首诗。

这一阶段，罗瑞卿写的诗不仅仅是这三首。他的女儿点点回忆道：

除了在青年时代父亲做过一些诙谐的打油诗外，我不知道父亲是否还有别的诗作。但在福建治腿的这一段时间里，父亲却很认真地写了一些诗。多是与一些老同志的唱和之作。这些诗后由四川人民出版社结集出版。父亲并不是一个善写诗的人。但这些文字却是他在那一段时间里心态的真实记录，从而成为我们珍贵的纪念。

亲写诗像他做所有的事情一样认真，先打草稿后翻字典，使每一个字或词的用法都尽可能准确。为了字典，父亲先让我去福州军区司令部的图书馆去借。也怪，那么大的图书馆，竟找不到一本像样的字典。跑到福州大街上的新华书店去买，竟也空手而归。后来，还是警卫员小孙把他们连队发的一本学文化用的《新华字典》拿来。虽然太小，但也只好凑和着用。父亲写好还要誊写清楚，然后封好寄出。这些信都是寄给李文一和魏传统两同志的。信寄出后，父亲就等回信，有时等得心急，一天几次催我到传达室看回信来了没有。这些来往信件和唱和之作给父亲稍显寂寞的休养生活带来过不少安慰。

诗之一：延安相识未知心，太行始得互恋情。艰苦备尝开颜笑，生死与共爱更深。藐视敌顽如草芥，只知工作与斗争。三十四年虽往矣，堪幸儿女已成林。

提起“相识”，应当说是郝治平先认识了罗瑞卿。

郝治平原是开封第一师范的学生。1938年春天，她不满16岁，便同当时成百

左图：1938 年，郝治平在延安

右图：担任红军大学教育长时的罗瑞卿

上千的热血青年一样，奔向革命圣地延安。她到陕北公学不到两个月便因工作学习方面表现突出而入了党，随后又进入抗日军政大学第四期学习。

到抗大不久，她就认识了抗大的校长、个子高高的罗瑞卿。

那是在“五四”青年节的傍晚，延安北门外抗大三大队驻地广场，举办了“五四”营火晚会。抗大在延安的几个大队都到了。熊熊燃烧的篝火映照下，各个连队互相拉歌，歌声此伏彼起，一首比一首唱得整齐，一首比一首唱得嘹亮。晚会开始时，罗瑞卿作了简短的讲话。讲话的具体内容郝治平已记不清了。她只记得罗讲话极富感染力、极富鼓动性。本来，参加晚会的抗大学员大都正值青春年华，似乎都有一股用不完的精力。罗瑞卿一鼓动，人人心头的火苗都腾腾地燃烧，欢呼声、掌声响成一片；红红的篝火，年轻的容颜融在一起，场面欢快、热烈，郝治平终身难忘。

听了罗瑞卿几次讲话以后，郝治平感到他既有质朴、坚韧、忠实等红军老干部的共同点，又显得很不一样。他讲话层次分明、干脆利落，常常把一些“大道理”说得通俗易懂，让人心悦诚服地接受。还听老同志说，毛主席曾把罗瑞卿比作口才极好的黄埔军校副校长邓演达。她想，这样的干部大约就算得上是知识分子工农化了。

随后，她又发现他十分严肃、不苟言笑。有时他幽默的话语引得台下哄堂大笑，自己却若无其事，仍然那么严肃。她听到一些老同志说，在第二次反"围剿"时，一颗子弹打中了他的左颊，他负了重伤，长时间昏迷不醒，生命垂危，组织上已经给他做好了一个长长的棺材，但是，他摸了摸阎王的鼻子，又回来了。可是，他的左颊却落下了伤痕，嘴张不大，因此很少笑，显得十分严肃。她一度也相信了这颇为夸张的说法。后来，她才知道，不完全是这么回事。

延安这一阶段，在郝治平心目中，罗瑞卿是一位深受同志们敬重的老红军、老首长，她没有也不可能有别的想法。

罗瑞卿认识郝治平，则要晚得多。

第一次可能是在 1938 年 10 月中共六届六中全会期间。郝治平参加了抗大的演出队到会进行慰问演出。表演的节目是跳工农舞。一些较矮的女同志扮农民，她和几位个子高一点的女同志则女扮男装演工人。

一个少女有时着男装会更显俊俏，而白衬衣、蓝色背带工装裤在当时的延安不啻是时装。以往是罗瑞卿在台上，郝治平和学员们坐在台下，大家的目光都集中到罗瑞卿身上。而如今却倒了个个儿，郝治平等在台上跳舞，包括罗瑞卿在内的与会领导同志坐在台下看。显然，这次演出使罗瑞卿知道了抗大有这么一批文艺骨干。但也仅此而已，当时，他连郝治平的名字也不知道。

直到半年后的某一天。

1939 年，由于国民党顽固派推行消极抗日、积极反共的政策，对陕甘宁边区实行军事包围和经济封锁，加上 1938 年陕北大旱，边区的财政经济发生极大困难。中共中央在号召根据地的军民自力更生、上山开荒之后，又决定将抗大、陕北公学等学校迁移到晋东南去。7 月 7 日，罗瑞卿等率抗大总校、陕北公学等单位离开延安东进。此时，郝治平已结业，留校任第二大队的技术书记。

抗大转移到延长县后，这一天，郝治平在路上同罗瑞卿迎面相遇。她向他敬了一个礼，便走了过去。他停下脚步，把她叫住，问她是哪一个单位的，叫什么名字，干什么工作。她有些拘谨地一一作答后便又走开了。罗瑞卿在和郝治平结婚以后对她说起这一段往事。他对她说："那个时候你好高傲呐！"郝治平则"振振有词"地回答："你是副校长，我是一个基层干部，我们以前又不熟悉，难道还要我主动同你拉呱儿不成？"罗瑞卿听了不禁莞尔。

认识，郝治平早于罗瑞卿，而产生恋情却是罗瑞卿早于郝治平。1940 年 6 月，

1936 年 6 月，罗瑞卿在中国人民抗日军政大学成立三周年大会上讲话。

罗瑞卿调任八路军野战政治部主任，离开了抗大。1940 年底。从抗大毕业的女书记郝治平被安排到北方局党校学习。

说是党校，实际上条件很简陋，学员上课坐的是砖头或石块，也没有教材，全靠听讲课，做笔记，展开讨论。睡觉是在老百姓家里打地铺，吃饭别说吃什么好的了，饿肚皮也是常有的事。这样的条件却没有一个人嫌苦，学员们学习兴致都很高，文化水平高的主动帮助学习有困难的同志一道学成毕业蔚然成风。一批批中华好儿女就是从这里走上抗日前线，为国家民族建功立业的。

这时郝治平 18 岁，正是女儿家一生最美好最艳丽的时光。

一封封情书雪片似地飞到她的手中。但郝治平不是那种没主见的姑娘。追求平等的人格，追求革命的理想，追求高尚的爱情，是她从乡间女娃娃到八路军女战士的成长三部曲。每每接到求爱信，她总是淡淡一笑收起，看后仍是淡淡一笑了之。有一次，一位入了迷的求爱者竟为她写了一本厚厚的情诗，令她好不难为情，她还是婉言谢绝了。

这一天课间，郝治平又收到一封信。像往常一样，她淡淡一笑，往笔记本中一夹，接着上课听讲去了。

回到住处后，郝治平放下本子准备洗衣服，忽然想起那封信。拆开一看，却是一封称她为“紫萍”署名为“洛水清”的信。奇怪，这写信的人会是谁呢？

第一次，郝治平对来信感到费猜了。她不得不静下心来，把近期的一些看似寻常又似乎不那么寻常的事情一幕幕地在脑海中重新放过：操场上，官兵间的亲切问候；课堂上，师生间的尽兴答问；好友家，上下级的融洽交谈——那朗朗的熟悉的四川口音，不是曾亲切地称她“紫萍”，还自称“洛水清”吗？一点没错，就是他，罗瑞卿，当年的罗副校长，如今的罗主任！

第一次，郝治平失眠了。“罗主任现在是单身一个，又给我写信，又约我谈谈，那一层意思很可能是要有的。当然啦，我从心里也是很敬重他的，可仅仅是敬重呀！眼下正是艰苦的战争年代，又不可能有什么条件和时间去谈情说爱，互相加深了解，我该怎么办呢？”她辗转反侧，弄得身下铺的干草窣窣作响。

约会的时间到了。郝治平的决心也在那一刻定下。“去就去，谈就谈，罗主任是老上级了，平日不也经常和我们一起谈笑风生吗？怕什么呢？”

这天，他们谈得很融洽，完全是同志式的热烈。

罗瑞卿回忆着撼人心魄的往事，禁不住心潮难平。

第一次约会，虽然郝治平的话不多，但心里却更亮堂了。

1940 年，郝治平（后排右二）在延安抗日军政大学女生队

“罗主任，谢谢您教我明白了更多的道理。”

“紫萍，今天是我应该谢谢你。我还想求你一件事，你今后就叫我水清吧，好不好？”他恳切地望着她。

“嗯。”郝治平埋下头去，好久，用只有他们两人才能听到的声音回答。

罗瑞卿向郝治平坦诚地谈了自己的家庭：

“我对我的母亲特别有感情，我记得最清楚的一件事，就是小的时候有一次我和弟弟都染上了天花，病得很厉害，父母亲就各自负责照管一个，我是母亲照管的。结果呢，我母亲就日日夜夜的守着我，她怕我把天花疮抓破了脸上落麻子，就把我手捆好不让乱动，后来我的病全好了，脸上身上一点疤也没落下，而我的母亲却累得大病了一场，好多天都起不了床。我的弟弟呢，虽然也好了，却是落了一脸麻子。母亲对我真是恩深比过江海，来生再世也报答不完——可惜，母亲自嫁给我父亲就没有享过一天福。父亲的祖上本来还有一点家业，可是父亲吃喝嫖赌样样都会，就是不会养家糊口，母亲受尽折磨，还生了我们兄弟姐妹六七个，弄了一身重病，死的时候还不到 40 岁。

“我下决心离开家投奔革命，除了当时受革命思想的影响以外，也和两位女性的命运对我的影响分不开。一个是我的母亲的悲惨命运，特别是母亲的死，我简直觉得那个家就没法让人活下去。另一个是我的幺姨婆的命运。幺姨婆长我两辈，却只比我大 6 岁，实际上是我少年时代的好朋友，我们很合得来，幺姨长得很漂亮，思想也很开化，当时在我们南充县是第一个剪了头发的女子。本来她是很有希望的，可结果呢，她正上着学，就被她母亲做主嫁到一个有钱人家去做妾，男方不但已经有了一大群孩子，连儿媳妇也都娶上了。幺姨当然气得要死要活，我知道了这事也很难过，只有劝她想办法继续读书。还算不错，幺姨婆说通了丈夫，又出来继续上学，还考上了北京女子师范大学。可到这最要紧的一步，幺姨婆的丈夫生病了，幺姨婆也怀孕了，幺姨婆只好和同学们抱头痛哭了一场，终于做了封建家庭的又一个牺牲品——这些事情，对我的震动很强烈，我就觉得一定得离开这个家，终于想尽办法逃了出来。”

听了罗瑞卿对她的坦诚讲述，郝治平很感动。早在几年前，她就听到了不少关于罗瑞卿的传奇故事。

“我只是一个普通的八路军女战士，我真的很平常。”多年以后，郝治平还是这样真诚地说。她至今还记得这样几件事：

“那是 1938 年 2 月份，我们到延安的第一天，是成仿吾接见了我们。他向我们要介绍信，我们说没有，他又问我们是怎么来的，我们就把一路的经过说了一遍，他又看看我们，我们那时每个人都成了地地道道的无产者，比叫化子强不了多少。成仿吾鼓励了我们，接着就编队，我被编进 18 队。第一天晚上，我睡在用新泥巴糊好的炕上，上面只铺了一点草，睡到半夜冻醒了，用手一摸，身子下面粘糊糊的，全是泥和水。原来这炕白天是湿的就冻了，晚上经过热身子一暖，就化了。本来走了一个多月的路，脚也冻坏了，浑身痛得不敢翻身，我是农历 4 月 16 生的，当时还不到 16 岁，又睡这样的湿炕，真是又疼痛又难过，一下子就想起家，想起妈妈来了。那天晚上，还真的好好哭了一场呢！后来回想起来，那点苦也算不了啥呀。

"记得是在抗大军事队的时候，我第一次晚上在野外站岗，山沟沟里的风声很大，风声里还夹着狼的嚎叫声，我开始还给自己壮胆，可半夜就不行了，越想越怕，我就往附近的一个山洞的洞口躲了躲。这时，排长来查哨，一时找不到我，仔细一

郝治平与罗瑞卿

看才知道我是躲到山洞口去了。也不知那天怎么那么没出息，我到延安4个月入了党，还是党小组长呢。排长找到我，也没批评，就带着我一起站岗。那时我就是有点儿胆小，后来时间长了，胆子才慢慢大了。

“我一生一世都不会忘记我们女生队的指导员。她的名字叫李行，是个广东姑娘，一个很好的女干部，会做思想工作，也非常懂得以身作则。本来，她自己身体很弱很弱，常常病得腿都拉不动，脸色蜡黄蜡黄，可是她从来都不照顾自己，更不让别人照顾她，总是坚持背着行李和大家一样走路。上级不是给连部配了一匹牲口吗，说是驮连部干部的行李，可我们女生队的干部谁也没有用那牲口驮过行李，更没有骑过那牲口，都是和大家一样行军，那牲口就成了专门驮病号行李的工具。这一天，李指导员病得更重了，我们都看出她实在支持不了啦，就含着眼泪竭力劝她骑牲口，可她还是摇摇头，声音很微弱地说：‘我没有什么，给别的同志骑吧，我可以走。’说着，还是坚持自己背着背包走路，就这样牺牲在挺进太行的路上……”

再后来，罗瑞卿与郝治平又谈到了自己：

“从家里逃出来以后，我先是去成都考上了成都高等蚕桑学校，因为没有钱上不成，正好这时候黄埔军校要到重庆招生，我就想，国家这么乱，实业救国也是个梦，不如去重庆投考黄埔，最后真的考上了黄埔。再后来，又经过了好多磨难才找到共产党。找党之前，我在武昌生了一场差点要命的伤寒病，没有钱治病，也不知昏睡了多少天，浑身瘦得只剩一张皮。当时要不是连自杀的力气都没有了，我也许早就自杀了。”

“人在绝望的时候都会想到自杀吗？”郝治平问。

“我想是吧。还有一件重要的事应该告诉你，我17岁的那年，是1922年吧，由我的外公和母亲做主，给我娶了一个乡间医生的孙女为媳。她姓林，是个不识字的女子。我们之间没有什么矛盾，也没什么感情，就那么凑合着过。我们有一个孩子。我离开家的时候，知道自己是不会再回来了，便明白告诉她不要再想着我，她随时可以嫁人。我到延安后听我妹妹说，她在我走后吃了不少苦，后来嫁人了。老实说我心里觉得很对不起她，她毕竟跟我生活了几年，一天也没享到福，是个不幸的女子。还有在延安也有两次，我以为自己已经过了感情的关，过了个人生活的关了，我曾经如痴如迷过，也曾经以心相许过，但时间太短暂了，也许双方心灵没有真的沟通，彼此了解得太不够了，结果还是忍痛分手——人分手了，痛苦还留在心里——”罗瑞卿说着说着，竟说不下去了。

第一次，郝治平在爱她的男人面前哭了。

“紫萍，你，你别哭啊。我，我是不是伤了你的心？是不是因为我结过婚？”罗瑞卿又急又难过。

“不！”郝治平只坚定地说了一个字，便呜呜地哭——她是幸福的痛哭，她知道罗瑞卿已经深深地爱上了她，命运，已经把他们紧紧连在一起！她是不安的哭，她担心，自己太年轻，不知能不能做他事业的助手、生活的伴侣，使他真正地得到幸福。总之，她真怕再使他的感情受到伤害，她不忍看到他痛苦！

罗瑞卿一切都明白了。真诚、纯洁、善良、坚定，这不正是他多年盼望的好姑娘吗？今天，她终于来到他的身边，走进了他的心里，他们再也不会分离了！想到这里，他幸福得声音都颤抖了。

“紫萍，嫁给我吧，我们明天，不，今天，现在就结婚，好吗？”罗瑞卿一激动，嗓门又大了。

“小声点嘛！”郝治平揉着红肿的眼睛，轻声嗔道。

“紫萍，你答应了吗？”罗瑞卿像个孩子似的，几乎跳起来。

“瑞卿，我答应你，一定答应你。但是——”

“紫萍，我——”

“你听我说嘛，等我党校毕业再结婚，这样就更有意义了，好吗？”

“你几时毕业？”

“4 月 3 号。”

“一言为定，就在 4 月 3 号结婚。”

这一次，一对恋人深深陶醉了。

此后，郝治平又收到了罗瑞卿的几封信，只是字写得更潇洒、更流畅了。每次看完信，郝治平总是精心地保存着，从不舍得让它有任何磨损。在少女的心底里，还有什么比这份爱更珍贵呢？

可惜的是，敌人疯狂的“扫荡”以后，郝治平只保留下来了一些反“扫荡”以后罗瑞卿给她的信件。她想，这些宝贵的纪念，再也不能失去了，只要生存一天，这信就一封也不能丢。

1941 年的 4 月 3 日。正是抗日战争最艰苦的日子，也是罗瑞卿和郝治平幸福无比的日子。这一天，他们结婚了。

春意袭人，桃花芳菲。党校毕业典礼结束后，女同学们便簇拥着新娘郝治平，唱着歌，说说笑笑，向野战政治部驻地桐峪走去。罗瑞卿在镇口迎接，把她们都请到新房——一座在太行地区少见的新式两层小楼。

为了避免惊动更多的人，罗瑞卿没有将举行婚礼的日期通知彭德怀、左权等领导，出席婚礼的就是野政的一些同志。他们早早就来了。北方局党校的“娘家”人一到，小小的屋里便座无虚席。老乡家的孩子们也来凑热闹，更挤得满满当当。桌子上放着花生、红枣、核桃、柿饼这些太行山的土产。大家一面吃着，一面说着，新房里不时传出阵阵欢声笑语。

傍晚，客人们陆续散去。山区的天，说黑就黑，在小油灯下，他俩相对而坐。伙房送来了晚饭。有小米饭和特地炖的一碗鸡汤。吃饭时，他将鸡腿夹到她碗内，对她说：

“这个最好吃了。”

她说：“最好吃你怎么不吃？”又将它夹回他碗里。

让来让去，最后他将它一分为二，一人一半。从此，罗家吃鸡，鸡腿总是剖成两半，他俩各吃一半。

新婚之夜，特别富有戏剧性，也特别富有诗情的是，他们枕的，正是女生队代表送给罗瑞卿他俩的绣花枕头。

从此，郝治平的命运便与罗瑞卿紧紧地连在了一起，这位将满 19 岁的少妇，似乎一夜间迅速成熟起来，奇迹般地以她女性的果敢、坚韧和无私，一下子担起了战士、妻子、母亲的重负。

由于国民党顽固派的封锁和日本侵略者对我敌后抗日根据地的疯狂进攻，太行山的生活是艰苦的。吃鸡汤，这只是因为他们结婚，总务处特地让伙房给做的，只能是偶尔为之。在平时，小米便算是细粮。青黄不接时，常以黑豆当饭，没有青菜，菜也是黑豆，区别就在于后者放盐而前者无盐。盐水煮土豆也是常吃的菜。

不仅生活艰苦，战斗环境也十分恶劣。

当时，郝治平已分配到政治部秘书处。为了适应频繁的反“扫荡”的需要，政治部机关也军事化了，共编为第四、第五连两个连队，郝治平分娩刚刚 11 天，赶上了反“扫荡”。孩子被放进一个垫了小棉垫子的荆条筐，盖上小棉被，由通信员背着走。

这一天，风雪弥漫，郝治平的头发、眉毛都结上了霜花。她十分想看看女儿，但部队在转移，沿途又无处可以避风。罗瑞卿也十分担心女儿的处境。他解下马褡子上的一块油布，盖在荆条筐上面，然后，又策马去指挥部队和机关的反“扫荡”。一块油布就是罗瑞卿作为父亲能够给予孩子的最好礼物了。

天亮后，敌机轰炸，通信员避入一个窑洞，刚把荆条筐卸下，一颗炸弹把窑洞震塌，通信员赶忙把荆条筐从土中扒了出来。孩子怎样了？郝治平仍然没有机会看看，就又上路了。直到傍晚，才在一个村庄住下。

进入屋内，郝治平赶忙掀开小棉被。一看，心都凉了：只见婴儿浸在屎尿中，冻得皮肤青紫，连哭声也没有了。

一阵沉默之后，房东老大娘把孩子抱起来，看了一看说：“别急，我来试一试。”她把孩子放在炕上，用手一遍一遍周身按摩。许久，孩子终于哭出声来，得救了！可郝治平明白，孩子无论如何也不能带了。于是，将她寄养在辽县麻田村一户老乡家里。孩子是在桐峪生的，在麻田托付给老乡，孩子的奶娘便给她起名字叫“峪田”。

5 月，日军又发动了 2.5 万人的“拉网”大扫荡，兵分 7 路，于 24 日完成对窑门口、青塔、艾铺地区的包围。25 日，在包围圈中的八路军总部和中共北方局机关在一二九师三八旅一部掩护下向东、北、南三个方向突围。彭德怀突出了重围，但左权和总部的大部分人员陷入日军的包围圈之中。

罗瑞卿命令大家分为战斗小组，化整为零，分散突围。而猖狂的敌人在飞机掩护下，拿着八路军几位负责人的照片四处搜索，一时间，情况十分危急。有一些机关干部缺乏战斗经验，在敌人追赶下，出于对罗主任的信赖，又逐渐向他身边集中，聚成大堆，形成敌人追逐的目标。罗瑞卿非常体谅大家，便带领着越聚越多的人，翻山越岭，寻找突围的道路。

敌人越逼越近。在一座山顶上，鲁艺校长陈铁耕激动地对罗瑞卿说：

“罗主任，鬼子已经压到我们鼻子底下了，我们同生共死，和他们拼了！”

有几个宣传队员也高声呼喊：“和他们拼了！”

罗瑞卿看看大家，大部分人都赤手空拳，只有极少数人身带两颗手榴弹，个别干部有驳壳枪，通信班有几支步枪。他一挥手深情地说道：“同志们啊，我们同生共死，不等于同归于尽，分散突围是我们唯一的出路。”他把政治部直属队特派员张之轩叫来说：“你负责带他们突围，一个也不准丢了！”

罗瑞卿分派了各游击小组后又指定秘书长陈志彬带领组织部负责收容掉队人员。队伍随即分散活动。有的就地找山洞藏身，有的搭人梯、用绳子缒，千方百计转出包围圈。罗瑞卿的秘书牛克坚奉命烧掉文件后，悄悄地找到敌工部长漆克昌，对他说：“要尽量缩小罗主任的目标，我跟你们活动吧。”漆克昌同意了。

1964年全军大比武时，罗瑞卿(左)向毛泽东主席介绍我军自制的半自动步枪性能。

但是罗瑞卿见不到牛克坚，又派警卫员把他叫了过去。罗瑞卿、杨立三等一行向东转移，又同敌人遭遇，罗瑞卿和杨立三被冲散。随后罗瑞卿向南转多时无意中与太行军区六分区司令部机关相遇，这才知道一二九师已连续发给六分区几封电报，要他们寻找罗瑞卿、杨立三的下落。

在被敌人包围的这几天，罗瑞卿一直未见着郝治平。她正跟扬立三率领的另一支队伍寻找突围的道路。一天，她跳一个高坎，葳了脚。扬立三让她骑自己的马。郝治平说什么也不骑，她对扬立三说："部队可以没有我，却不能没有你。"杨立三劝之再三，她就是不上马。他只好让她行军时拽住马尾巴。

这一天，罗瑞卿走过一个叫"王前"的地方，不禁闪过一个不祥的念头。当晚，罗瑞卿与杨立三会合。他看到了郝治平，惊喜地脱口而出："啊呀，你没有死啊！"

她点点头说："我是拽住老杨的马尾巴走过来的，老杨是我的救命恩人。"

只剩下他们俩人时，他对郝治平说："今天我经过一个地方叫'王前'，听起来就像是'亡茜'。我明明知道这个想法很可笑，可是我真为你担心啊！"

罗瑞卿夫妇的生活要数在太行这一阶段最为艰险和困苦了，但是，他们俩思想上都具有共同的崇高理想：打败日本侵略者，建设新中国。因此，他们的精神生活是非常充实的，都把战胜困苦艰险当作是一种幸福，越是艰难困苦，他们相爱愈深。

到解放战争时期，生活不像在太行时期那样艰苦。但罗瑞卿和郝治平经常是一个在前方指挥打仗，一个在后方办子弟学校，离别是经常的事。于是，每次重逢便胜于新婚，而每次重逢意味着新的一轮分离的即将来临。

诗之二：革命意志正高昂，主席指示执行忙。古谚明枪容易躲，又云暗箭最难防。林贼谋我真狠毒，叶妖害君胜虎狼。多行不义必自毙，两逆恰落此下场。

新中国成立后，罗瑞卿先后在公安部、总参谋部担任领导工作，为了巩固新生的人民政权，他又投入到没日没夜、紧张繁忙的工作中。

他的责任是保卫中央领导人的安全。不论毛泽东在哪里，他总要随行，特别是每逢节假日，或在天安门城楼，或在怀仁堂，他都要站在毛泽东身边。毛泽东常常风趣地说："天塌下来，有罗长子顶着。"

由于罗瑞卿工作忙，郝治平的担子就更重了。一方面，她在党的宣传战线上辛勤地工作着；另一方面，她要担负更多的对子女的教养责任，自称是孩子们的班长。人们都说，严父慈母，可在罗家，倒过来说，严母慈父似乎更恰当一些。的确，郝治平对孩子们管的多一些，而且对孩子的要求也更严格一些。

别的方面不说，在生活上，她的原则是能吃饱、穿暖就行。20世纪50年代，人们都以艰苦朴素为荣，罗家的孩子在穿着上也同样是新老大，旧老二，缝缝补补是老三，孩子个子长高了，裤腿就再加上一截。谁都不认为这样有什么寒碜。

罗家的孩子大都在校寄宿，而罗瑞卿又很少在家，越是节日他越忙，不能同家人在一起，所以，父子之间见面，主要是在节假日的那顿晚饭上。过了这顿饭，父亲就又走了，回来晚了没赶上这顿饭的人，就往往见不到父亲。因此，孩子们把同父亲一起吃饭看得比过节还重要。只要听说父亲要回来吃饭，必定要等，哪怕是等到深夜也要等。同样，罗瑞卿也把在饭桌上与孩子们谈话的点滴时间看成是一种乐趣，而孩子们也从同他的交谈中领略到深沉的父爱。只要孩子们在家，他再忙也要挤时间赶回家吃团聚饭。

尽管这时他们的生活比起战争年代来，要安定多了，条件要好多了，可是，繁重的工作使他们无暇安排自己的生活。在一次全家人团聚时，罗瑞卿深情地巡视着他的孩子们，然后情不自禁地说："你们谁也没有你们的妈妈美丽。"当着孩子们

1964 年，罗瑞卿大将的全家福

的面，罗瑞卿用发自内心的感情，赞美着自己心爱的人。

1966 年 3 月 18 日，罗瑞卿因受诬陷和围攻愤而跳楼，导致双脚跟骨骨折，住进医院。这对郝治平的打击是摧毁性的。她没有人可以商量，也没有一个人能听、敢听她倾诉。她不仅要把这一切独自默默地承担起来，还要设法去安慰罗瑞卿。所幸的是当时尚可去医院看望罗瑞卿。但病房外已经有人“站岗”了。

4 月 3 日，也就是他们结婚 25 周年纪念日，郝治平摘了两枝丁香花和两朵海棠花，悄悄放在衣袋里。进了病房，她把花默默地放在罗瑞卿手上。罗瑞卿眼睛湿润了，激动地说："治平，你还记得啊！"

这一年的夏天，狂热的斗争席卷北京，郝治平已经不能再去医院了。她把毛主席的托盘漆像，用一条红色的手绢精心包扎起来，里面包上一层红纸，外面用红缎子结一朵花，托人送到医院。罗瑞卿看了后一切都明白了。他把毛主席像放在床头柜上，那条手绢则放在他贴身口袋里，无论是挨批斗、坐班房，还是解除监护、重新出任军委秘书长，直到出国治病、逝世，一直放在他贴身的口袋里。

诗之三：红花耀眼迎亲人，莺声悦耳喜临门。两两离别如隔岁，朝朝思念似盼星。多年经历诚可贵，八载磨难更同心。我等虽然遭陷害，历史终能辨假真。

乌云散尽，阳光普照人世间，罗瑞卿被任命为中央军委顾问。1977 年 8 月，中国共产党第十一次全国代表大会在北京召开，罗瑞卿当选为中央委员，并被任命为中央军委常委、军委秘书长。他以巨大的热情，全身心地投入了拨乱反正工作。

罗瑞卿历来以精力充沛、精明强干而著称。他一恢复工作便进入了不分上班下班、没有白天黑夜的状态。家庭，从他解除监护后形成的短暂的平静又被打破，一切都围绕着他快节奏地运转。

秘书来不及调来，郝治平也上了阵。桌上文件卷宗堆积如山，办公室内电话铃声不断，来访的客人一批接着一批。罗瑞卿平时需要坐轮椅，行动不便。为了节省时间，他工作时便不喝水，以减少去卫生间的次数。午休时，他连假腿都不摘，和衣躺着休息一会儿。他生病住院，病房便成为办公室。每天都要工作到深夜。

亲属和战友担心他累坏身体，劝他放慢工作节奏。他却说："《水浒传》中有个拼命三郎。我们今天就是要当这个拼命三郎。""我今年 72 岁，要当着 27 岁来过。"

面对国家、军队遭受林彪、"四人帮"破坏，百废待举的局面，他想赶快趁自己头脑仍然清楚，精力还算充沛的时候，多干工作，以追回他因受迫害而失去的 10 余年时间，尽力弥补国家和军队在十年动乱中遭受的损失。

复出后短短一年内，罗瑞卿视察了京郊、天津、徐州等地的部队。有的地方坑道太窄，轮椅难以通过，他便拄着手杖走。一些领导同志出于对他的关怀，便告诉部队，以后罗秘书长到什么地方，汽车、轮椅通不过时，就组织人抬。而这反倒使罗瑞卿于心不安。他不愿意麻烦人，渴望走下轮椅，扔掉手杖，大干一场。

1977 年，组织上请了两位西德专家给罗瑞卿安装一个重量更轻、质量更好的假腿。这两位医生告诉他，可以安装人造股骨，以改善左腿功能。罗瑞卿砰然心动，决心把腿治好。

1978年3月，郝治平在查体时，发现肺部有一个阴影。连续观察，它长得很快。3月13日，她第二次动手术，切除了一叶肺，并证实是原乳腺癌转移到肺部，罗瑞卿终于知道了郝治平的病情。他心情沉重地对孩子们说：

“我不能就这个样子。我要出国治腿。今后我不能再要你们的妈妈照顾我。我要治好腿，照顾她，让她过得愉快轻松一些。”

7月15日，经中共中央批准，罗瑞卿赴德意志联邦共和国治腿。西去的飞机上，郝治平坐在背对飞行方向的椅子上，对面的罗瑞卿知道郝治平有晕车、晕机的毛病，便要同她换座位，郝治平说：

“算了，一会儿就到了。我能坚持。”

罗瑞卿摇摇头，然后艰难地扶着桌子走到郝治平这边来，硬是让郝治平坐到对面去。郝治平看着对面而坐的、已是白发苍苍的罗瑞卿，不由得想起一件件往事，她想起了新婚之夜那分而食之的鸡腿，想起了反“扫荡”中他盖在孩子身上的那块油布……无情未必真豪杰！在革命斗争中，人们熟知的罗大将意志如钢，可对待家人，他又是柔情似水啊！

7月下旬，罗瑞卿住进了医院。

8月1日，手术前一天，郝治平带了一束鲜花，在张彤大使陪同下坐了两个半小时的汽车去医院看望罗瑞卿，同他在病房合了一张影。很晚了，她还不想走。罗瑞卿对她说：

“走吧，走吧，你回去休息吧，我已服了睡前的药，明天就做手术。你放心，一切都会好的。”

说完，他微笑着，摆着手，目送她出门。这就是罗瑞卿留给郝治平的最后影像。

8月2日，当郝治平赶到医院时，罗瑞卿已经进了手术室。中午，从手术室传来消息，手术成功。守候在手术室外的她激动得掩面痛哭。但因怕感染，医院未让她看望他。傍晚，又传来消息，他已苏醒过来，还用英文对为他动手术的医生道了谢谢和晚安。

看来一切顺利。经劝说，郝治平回旅馆休息。她刚躺下，就听到了不祥的电话铃声，接着便传来了急促的敲门声。等她赶到医院，罗瑞卿因突然心肌梗死已与世长辞了。时间是凌晨2时40分，北京时间上午9时40分……

郝治平又一次从极度悲痛中挺了过来，她永远忘不了罗瑞卿远行之前对她的微笑，那是在她心目中永远珍藏着的春天。

吕正操，上将。1905 年出生于辽宁省海城县。1922 年参加东北军，次年进入东北讲武堂学习。毕业后任东北军第五十三军连长、营长、少校副官队长，第五十三军一一六师参谋处长，六四七团、六九一团团长。1936 年任东北武装同志抗日救亡先锋队总队长。1937 年 5 月加入中国共产党。抗日战争时期，任冀中人民自卫军司令员，八路军第三纵队司令员兼冀中军区司令员、冀中行署主任，冀中区总指挥部副总指挥，晋绥军区司令员，中共中央晋绥分局委员。解放战争时期，任东北民主联军副总司令员兼西满军区司令员，东北军区副司令员兼东北铁路总局局长，东北人民政府铁道部部长，中共中央东北局委员，军委铁道部副部长兼铁道兵团副司令员。中华人民共和国成立后，任中央人民政府铁道部副部长、代部长，中央军委军事运输司令员，总参谋部军事交通部部长，中国人民解放军铁道兵政治委员。1955 年被授予上将军衔。

将军夫妻与“东北叛党集团”冤案始末

——吕正操上将与夫人刘沙

灾难在一夜之间降临。有人说吕正操与彭真、林枫在东北工作时，曾经“桃园三结义”，目的是反对“林副主席”。

1966 年 4 月，刘沙从外地治病返回北京，立即感受到不正常的气氛。

她已有 30 年党龄了，此时为八机部教育局副局长，她抱着“反修防修”的信念和继续革命的激情，来到已成大字报海洋的北京大学。

刘沙一度任北京大学校党委委员、数力系书记。对该校的人和事较熟悉，而且和不少干部、教师一直保持联系。所以，她十分关心“文革”在北大的发展，当她听说哲学系书记聂元梓贴出的大字报引起轰动时，遂去看大字报。

闯入她眼帘的尽是“炮打”“揪出”“火烧”等火药味极浓的字眼；“三反分子”、“黑帮”、“叛徒”、“军统特务”、“变节分子”等帽子满天飞，大都是指名道姓的。

刘沙感到问题的复杂与事态的严重远远超出了自己的想象，她尤其弄不明白聂元梓的大字报为什么有如此的煽动性。

刘沙早在延安时对聂元梓就有所认识，而且知道她的底细和来路。为此，她曾当面对校党委书记陆平说不该接纳此人，因为聂元梓自称是通过陆平由哈尔滨调入北大的。

后来，聂元梓因为一张大字报成为炙手可热的风云人物，先是任北大革委会主任，后是当上北京市革委会副主任，并任中共“九大”的候补中央委员，权倾一时。1966 年 8 月 18 日，毛泽东接见百万红卫兵时，她也登上了天安门城楼……

在当时，刘沙难以认清诡秘万端的复杂局势。于是，她找到了北京市委书记彭真，向老领导道出疑惑与不解。但是她惊异地发现，这位顶天立地的汉子没有往日的幽默与机智了，只是严肃地告诉她要保重，好自为之，并让她转告吕正操将军，形势发展很难预料。

刘沙又找到了“文革”小组的负责人康生，向他反映了北大的混乱情况。康生听了刘沙的汇报，若有所思地点着头说：“有根有据，实事求是，反映得好。”

刘沙看到康生的态度，心里多少踏实了一些。

6 月 1 日清晨，刘沙听到广播里传出《人民日报》的评论员文章，称聂元梓的大字报是“全国第一张马列主义大字报”，大感震惊，脱口而出：“怎么又搞到《人民日报》去了，什么人捣的鬼？”

此话被办公室伺机整人的耳目猎取，灾难立即降临在毫无准备的刘沙身上。

以后灾难性的事实表明，即使当时刘沙不说这句话，她也在劫难逃。因为她的丈夫吕正操是某些大人物的眼中钉、肉中刺，必欲置之死地而后快。丈夫挨整，不仅妻子脱不了关系，就是子女亲属也必遭厄运。

1966 年 5 月 16 日，中央在杭州召开的政治局扩大会议上，有人指出，彭真、林枫和吕正操三人在建国初期东北时搞“桃园三结义”，是反党反林彪的小集团。“文革”开始后，毛泽东曾告诉周恩来要保吕正操，并让总理亲自去大连找林彪传达这个指示。林彪表面上答应，而暗地里却伙同康生、江青和陈伯达等人利用手中的权力待机下手。

“文革”之初，有人声称要彻底砸烂八大部。于是铁道部、冶金部、化工部、煤炭部、一机部等国家机关大乱，他们向在职的部长发起猛攻，其中煤炭部部长张霖之被毒打致死，化工部万人批判部长大会上，副部长张珍仗义执言，当场被打个半死。铁道部部长吕正操将军自然也在其中之列，而且首当其冲，只是因周总理及时保护及铁道部干部职工和工作人员的掩护才能得以暂避一时。他的妻子却先遭厄运。

6月21日，康生直接点了刘沙的名。康生说：“请你们注意一件事，你们那里有个刘沙，说我让她去北大工作组的，没这回事。请你们告诉刘沙，以后不许假借我的名义到处招摇撞骗。”

中央文革小组负责人直接点刘沙的名，非同小可，对她的大字报围攻陡然升级，随之而来的就是野蛮揪斗。她被扭押在汽车上，接受群众的批判。

有人恶狠狠地质问：“你为什么要去北大？”

“老实交代，你的后台是谁？”

“毛主席，党中央！”刘沙铿锵地回答。

有人猛拍桌子跳起来，怒目圆睁，指着刘沙吼道：“刘沙，你说这话就是现行反革命！把她关起来！”

刘沙后来对人说：“我只不过是陪绑，他们从我身上找茬，打开缺口，从而冲击吕正操。”

江青、陈伯达点了吕正操的名。吕正操在铁道部被批斗，周恩来及时赶到，斥责造反派：“你们不该随便揪斗我的部长！”

1967年1月10日夜至次日凌晨，江青、陈伯达在人民大会堂接见群众组织大会上，再次点了吕正操的名。当时，江青插话煽动：“‘桃园三结义’是彭真、林枫、吕正操的反革命小集团。”

天刚破晓，古老的北京还在严冬中沉睡，上百名“革命小将”分乘多辆大卡车，呼啸着直扑将军的住宅，喧嚣声中开始肆无忌惮地大洗劫。上了锁的保险柜、文件柜、书橱、抽屉无一例外地被砸、被撬，掠去全部文件、电报、电话密码、绝密图纸、书籍、照片、个人信件等，还疯狂地将天花板、地板撬得狼藉不堪。

刘沙木然伫立在被毁于一旦的家中，痛心疾首，她更为被出于险恶目的的人而煽动起来的无知青年感到痛心。

1967年1月13日，即江青发话的第三天，铁道部召开“反经济主义誓师大会”，会上把吕正操作为“大搞经济主义，破坏铁路运输的罪魁祸首”残酷揪斗，并唆使不明真相的人蜂拥而上，大打出手。

情况危急，周恩来闻讯，立即驱车赶到会场。总理见状极为气愤，忍不住发了怒：“吕正操即使工作中有错误，也应该让他工作，戴罪立功。”

周恩来的突然出现，使吕正操暂时没受到皮肉之苦。

周总理亲自扶起吕正操将军，交给执勤的铁道兵战士，连续说了数遍：“你们要保证吕正操的工作和生活条件，不许进家揪人。”

尽管周恩来该说的说了，该做的也做了，但仍有一批造反派在江青等人的唆使下对吕正操将军的家破门或翻墙而入，抄家批斗。

1967 年 7 月 12 日，对吕正操将军的迫害陡然升级，堂堂陆军上将成了阶下囚。

将军神秘地入狱后，刘沙的处境更加艰难了。

1968 年 1 月，中央专案组“二办”突然开进八机部，会同军管会及部领导威逼刘沙揭发“吕正操在东北的重大历史问题”。

作为与将军共同战斗、生活了 26 年的刘沙，深知丈夫对党忠诚，为人正直。面对气势汹汹的“专案”人员她毫无畏惧，据理力争，来人恼羞成怒，悻悻然离去。

2 月 10 日，公安部、八机部军管会和保卫处的几个人闯到教育局，当着惶惑不安的群众，不容刘沙分辩，便给她戴上冰冷的手铐。

刘沙被押走了。

黑暗对光明的回想。延安，另一片天地、另一番景象。吕正操和刘沙住处真是门庭若市，亲人故友，摩拳擦掌。

在失去自由的日子里，刘沙一遍遍回想。她不能相信，她和将军如何在一夜之间被打成“反党集团”。她记起了延安的日子，不由怀念起那一段温馨的生活。

1944 年冬，晋绥边区到延安参加“七大”的代表，陆续出发了。吕正操和刘沙同行。还有分局秘书长刘惠农，他把一行人马组织得很好，真像是旅游式的行军，别有一番风趣。

他们于 11 月上旬离开兴县，经黑峪口渡过黄河。那天可巧天气晴朗，展现在眼前的奔腾咆哮的黄河，辽阔的西北高原，在和煦的阳光照耀下，显得格外雄伟美丽。因为抗战爆发后，吕正操一直转战在冀中和晋绥，早就多次要求到延安学习，一直未能如愿。这次有机会去延安,他和刘沙都感到非常高兴。

渡过黄河以后,沿河南下,行进在起伏弯曲的山路上。左侧是激流滚滚的黄河,右侧是断壁悬崖。路上满布碎石,马蹄踏上去发出有节奏的“得得”的响声。在狭窄的路上,吕正操和刘沙一先一后,大家也排成一溜走。有时走过一片黄色沙滩,这是河流的故道,吕正操和刘沙则并辔而行,大家也就纵马疾驰。而后又进入群山之中,于是便放慢了前进的速度。山中隐蔽着我们的野战医院、军需仓库,还有被服厂、兵工厂等等。

后方的陕甘宁边区,环境气氛不像在冀中时那么紧张,比起晋绥来也要平静得多。敌人在晋绥“扫荡”时,也曾打到黄河东岸,隔着黄河向西岸进行炮轰,但是要想渡过天险黄河,确实很难。敌人渡河的计划没有实现,只好背对黄河撤退了。

进入陕北后经过的第一个县城是佳县,这是一个风光很好的小城。佳县城建在一座宝塔形的山上,远远望去,像是一个城堡。进城要攀登凿有石阶的山路。他们从佳县到了米脂。王尚荣率领的部队驻在这里。

早在1939年,八路军一二〇师主力部队转战冀中,吕正操就和王尚荣认识了,这次见面非常亲热。他的这支部队,一大部分是冀中军区独立第四支队。王尚荣的司令部设在城里。

米脂在陕北是富庶的地方。县城在黄土高原上,建筑相当漂亮整齐,城墙坚固,还有红漆门楼,城门上还有瞭望台。吕正操和刘沙骑马进城,随行人员见到这样高大的门楼,感到新奇振奋,连吕正操刚满两周岁的儿子都惊喜地欢呼:“好大门楼!毛主席住在里头吧?”想不到这里竟是这样一派宁静的景象。在冀中,为了开展战争,所有县城的城墙他们都拆除了,房屋街道,也遭战争破坏。而在米脂的街上,一个个小店都摆满了货物,小店的门面也都好像刚刚油漆过一样,给人一种生机盎然的感觉。石板路也扫得干干净净。

离开米脂来到绥德,这里完全是和平的景象。绥德地委书记是习仲勋,他热情地接待了他们。

通向延安的最后一个县城是清涧,这里建筑特别,给吕正操和刘沙留下了很深的印象。这里的山,是由一层层青色的平滑光洁的板石构成的。人们就地取材,把这些天然的板石,充分用于各种建筑之上。这里家家户户的房顶、墙壁,都是用这种青石建筑。大街小巷,每家的院内屋里,都是用这种青石漫地平铺,甚至门窗、锅灶、炕台,也都巧妙地发挥了这种青石板的作用。县城建在山顶上,高原的冬日阳光普照,格外宜人,也就更加使人感到陕北的风光是何等地绮丽了。

过了清涧，到延安还有很远的路，中间经过青化砭。从兴县到延安，大约走了7天左右。因为心情畅快，走起来感到很轻松。

每到一个地方，都有人接待，吃住均感到前所未有的安全舒适。有两次住在村镇，他们自己起火，虽系粗茶淡饭，但是吃起来香甜可口。在大地方，遇上老同志，结识新同志，相见言欢。在小地方，吕正操和刘沙则秉烛畅谈。过去战斗、工作匆忙，没有这样空闲从容的时间。

走在陕北高原上，尽情领略这里的风光，他们一路安闲自在，谈笑风生，心旷神怡。尤其看到陕北人民安居乐业，和平生活，军民一家，欣欣向荣的新气象，对他们所进行的抗日战争，所从事的革命事业，更加充满了胜利的信心。

到了，延安！

这就是日夜盼望来拜谒的革命圣地，他们带着冀中、晋绥根据地抗日军民的嘱托和胜利的消息，来到了这个国内外瞩目的山城。

到延安那天，刚刚下过一场小雪，山川、宝塔、延河、窑洞，在蓝蓝的天空下，显得格外明净。这里的一切，都使他们感到那么熟悉，又是那么亲切，好像是重新回到了自己久别的家乡。

延安，真是另一片天地、另一番景象。这里的建筑，有新有旧，延安城里，虽遭敌机轰炸，风貌犹存，有点像冀中的县城。这里是纯朴的民间生活，开展大生产运动后已做到丰衣足食。工业品，有自己生产的布匹、毛线、粗呢料、鞋袜、毛巾、胆皂等；农产品，有小米、小麦和各种杂粮、水果等；文化用品，有纸张、本子、铅笔、水笔等。沿街的店铺，出售自己生产的东西。这都是自己动手的丰硕果实。

延安新的建筑，杨家岭的礼堂尤为突出。前面有宽阔的广场。离这里不远处还有别墅式的建筑，玻璃门窗，有山水、树木、花草。吕正操先后住过联防司令部和杨家岭，前者住平房，后者住窑洞。美军观察组就在联防司令部的左面，他们自己发电，有电灯，他还去那里和他们打过桥牌。延安有古迹宝塔山。有风景区柳树店。每逢节假日，党校学员和机关干部三五成群散步聊天，走在碎石细流的河川里。

延安不仅有众多杰出的政治家、军事家，也聚集着从平津和上海投奔来的大批的作家、艺术家和各类运动爱好者。还有许多学校和医院，医疗卫生事业相当发达。

在联防司令部，吕正操和刘沙与党和军队的许多高级领导人成为邻居。贺龙、徐向前、谭政、张经武等同志住在他们后边一排平房。杨家岭的机关生活管理更是井井有条，机关食堂办得相当好。这里虽然都是粗布、粗呢子、土毛线，但小孩们的穿戴，样子都很新颖。

延河两岸，可以骑马奔驰，汽车往来，可以漫步谈心。党校礼堂，经常有京剧演出。到处都有歌声，战士唱，干部唱，男女老少都唱。连年生活在硝烟战火中，一旦回到延安，明显感到安居乐业，歌舞升平的景象。

到了延安之后的两三天，毛泽东就通知要接见吕正操。这是吕正操渴望已久，也是意料之中的。因为早在1939年，贺龙离开冀中，他就给毛泽东写过信，简要汇报了冀中的情况，当时在信里表示了想到延安学习和见毛主席的愿望。来到延安后，又听说毛主席为开好"七大"，要找外地来的代表谈话。他一直等待着这一天，但当他来到毛主席跟前时，好多心里话却不知从何说起。倒是毛主席先开口，他微笑着说：

冀中军区司令员吕正操在冀中大平原青纱帐里观察敌情

“你那封信我是看了的。就是你那个签字为难了我，猜了半天，才认出是吕正操三个字。为何要把三个字连成一个字呢！”

他笑了笑，没有回答。

尽管毛主席的神态、语气，毫无责备之意，但吕正操却感到很不安。毛主席那么忙，为猜测他的连笔字耽误时间，实在是他太疏忽大意了。从这以后，不管是起草报告，签发文件，他都力求写得工整些，以免再给任何同志添麻烦。

这天，毛主席留吕正操、刘沙全家在他的窑洞里吃了午饭。因时间关系，未能详谈，毛主席让他们改日再来。

两天后的一个下午，毛主席又派人用一辆大汽车把他和刘沙接到枣园，吃晚饭时，边吃边谈，一直谈到深夜。当他们告辞出来，毛主席还亲自端着蜡烛照明，送他们走下山坡，上了汽车。

在延安，吕正操和刘沙还见了周恩来、刘少奇、任弼时、陈云、彭真、李富春等同志。

住在杨家岭时，吕正操夫妇和李富春、蔡大姐夫妇离得很近，朝夕相随，谈得很多。解放战争期间，在西满他和李富春一起工作过一段时间。进城以后过往也多，一直保持着战时的友情。贺龙和吕正操还专程探望了病中的关向应同志。

在延安，他们见到了几乎全体中央领导人，许多老同志，都是一见如故。大家对东北军力量的保存和成长是非常关切，看到吕正操领导的部队在冀中站住脚，壮大了力量，感到由衷的喜悦。他们在延安还见到了许多冀中来的干部，都是炮火余生的战友，感情尤深。不少人表示，愿意跟吕正操一起再到前线。

那时候，吕正操和刘沙住处真是门庭若市，亲人故友，东北工作的熟人干部，每天都谈得很晚。东北军旧部流亡平津辗转来到延安的子弟纷纷找来，听讲形势，讨论反攻开始后如何行动。大家都非常关心战争的进程，关心国家的命运和前途，情绪饱满昂扬，摩拳擦掌，同表决心，要求随他们第一批奔赴前线，抢占东北，打回老家去！

1945 年 4 月 23 日，吕正操作为正式代表参加了在延安召开的中国共产党第七次全国代表大会。

“东北叛党集团”株连数千人，吕正操夫妇坚持原则顽强抗争。他们害怕将军争辩斥责，用军帽勒住嘴，牙齿被勒掉了 3 颗。

所谓“东北叛党集团”案，不仅刘沙及全家深受其害，而且还株连了大批干部。

吕正操将军在其《回忆录》中写道："该案'主犯'7人，张学思、阎宝航、高崇民、贾陶被迫含冤死于缧绁，解方、刘澜波因长期严酷摧残过早谢世。牵连达700人，加上受株连的亲属、工作人员不下数千人。姓吕的也遭了殃，我的一个堂兄头上被钉钉子，说是自杀死了。"

所谓"东北叛党集团"案的经过是这样的：

1947年7月底，国民党东北行辕少将高参秦诚至到哈尔滨探视负伤被俘的国民党长春警备司令陈家珍，此事经过军调小组我方驻沈阳代表伍修权来电，东北局同意。当时东北局书记高岗指定由吕正操将军接待，这是考虑到秦诚至与吕正操将军原系东北讲武堂同窗，曾参加"西安事变"。吕正操将军接上级党委指示接受了任务，在接待过程中，除了谈陈家珍的用药、释放问题，更多的是叙旧。秦诚至赞赏吕正操将军说："你跟共产党这条路是走对了。"将军劝他也走这条路，但秦诚至由于妻子还在北平，下不了决心，于8月10日离去。

"这就是事实真相，一清二楚。"刘沙说，"至于说彭真、林枫、吕正操'桃园三结义'更属空穴来风。他们编造罪名，篡改历史，千方百计整治吕正操，其险恶矛头是指向周总理的，因为周总理长期领导东北军党的工作。"

吕正操将军被关押以后，专案组对他的审讯方式更是无所不用其极，但手段用尽仍没从将军嘴里掏出什么。事实上也没有什么。

专案组开始打外围。突击审讯吕正操将军，并煞有介事地声称："特务都招供了，立功了，你还不老实交代！"

将军根本不吃这一套，当面斥责他们的卑劣伎俩，随后又写信给毛泽东，揭发他们大搞逼供信的野蛮行径。

信落入专案组之手，专案组恼羞成怒，暴跳如雷，当晚就对将军大打出手。8条壮汉轮番上阵，拳打脚踢，长时间握住将军的胳膊"坐飞机"，致使他的两条胳膊（一条还在战争中受过伤）肿疼不能动。他们害怕将军争辩斥责，用军帽勒住嘴，牙齿被勒掉了3颗。即使如此，将军仍坦坦荡荡，更没有声明收回给毛泽东的信。

为迫使将军就范，专案组费尽了心机，竟把被俘的国民党高级将领都折腾了一番。著名将领杜聿明在1975年政协的一次讨论会上压抑不住悲愤诉说，他和国民党高级将领郑洞国、侯镜如、赵君迈曾先后惨遭身份不明者毒打，逼其承认曾策反过吕正操将军。

入狱出狱。母女探监。吕正操竟然不认识握着手的小女儿。刘沙直截了当向

丈夫说:"你应该向毛主席讲实话,直接给毛主席写信,把问题如实说清楚,家里的人可以送上去……

1943 年,吕正操、刘沙于晋察冀张各庄

囚禁刘沙的牢房连 7 步也不到,仅能放下一块窄窄的地铺和便桶,而且阴冷潮湿,蚊虫横行。年已半百的刘沙在此度过漫漫两年。

狱中,难耐的昼夜,容她思考许多事情。有一件事,她怎么也弄不明白,这就是叶群为什么要迫害她。

刘沙认识叶群可追溯至许多年以前,她早在北师大女附中读书时就知道这位颇活跃的姑娘,在延安,她也知道叶群能歌善舞,讲演口若悬河。在东北随总司令部向后方转移时,刘沙和她更是友好,尤其是在佳木斯同住一个大院时,相处更为密切。同是高级将领的妻子,林彪是总司令,吕正操是副司令,在同一战壕打仗。她俩的话题自然也不少,但女人在一起总有个永恒的话题,生儿育女。

刘沙带孩子利索干练,再加之从老区来的保姆可靠得力,一切井井有条。叶群就差些,两个孩子又小,开始没保姆,后来请了个日本女人还领着自己的女儿,总是手忙脚乱。为此,叶群没少向刘沙诉苦,有时她去前方看林彪,就把女儿托付给刘沙,一走就是好多天。回来照例是先感谢刘沙一番,然后就说悄悄话。总之,两人的关系还是相当密切的,尤其是叶群的孩子和刘沙一家很亲近。谁料到她飞黄腾达后会如此呢?

1970 年 2 月 9 日刘沙被释放了。然而出狱并不意味着她就自由了,随后被押送河南的"五七干校"管制劳动,实施政治隔离,继续审查,不准恢复党的生活,不准亲属探望,直到 1972 年 3 月底,她因三叉神经疼加剧,心绞痛频繁发作,身体彻底垮掉,经过各种刁难,才被批准回北京治病。

刘沙刚回到杨柳初绿的北京,就得知丈夫病重住院,她立即写信给毛泽东,要求探望病中的丈夫。

4 月 8 日送信,13 日毛泽东批准探视,但一些别有用心的人仍百般阻挠、封

1989年，吕正操、刘沙夫妇在北京香山

锁，致使刘沙知道主席批准了，但一直也未见到批示原件。

刘沙事先和子女约法三章，见面时不许掉泪、不许诉苦、不许抱怨，只讲好消息，让爸爸宽心。同时分工，子女们大声说话，切水果，开罐头，由刘沙及其大女儿悄声通报一些重大消息，如林彪叛逃、江青挨批等。

终于盼到了!4月26日下午2时，刘沙带领在京的子女前往通县某军营。在接待室里她终于见到了囚禁5年的丈夫，他仿佛老了20岁，灰黄消瘦的脸布满皱纹，缺少牙齿支撑的嘴凹陷着。

尽管刘沙心如刀扎，但表面平静，努力使自己满面带笑。

当小女儿紧紧握住吕正操的手时，他竟迟疑地问："这是谁？"

大家强压心头的酸楚，笑着反问："你看她像不像小妹？"

他这才悟过来，脸上露出笑容，搂住小女儿："小不点长这么高了！"

将军入狱时，她还是个孩子，而现在已是18岁的少女了。

同年8月29日，刘沙第二次带领全家子女及大儿媳、孙女一同去"探监"。

这次是在一个比较大的会议室里围桌而坐，"二办"及看守人员均在场。事先因刘沙已听说中央政治局扩大会议正在逐个审理在押领导干部的结论，更因探视时间有限，她不顾一切，直截了当向丈夫说："你应该向毛主席讲实话，直接给毛主席写信，把问题如实说清楚，家里的人可以送上去……"

在场的"二办"人员大为震怒，惊慌失措，急忙制止。

"切不可对毛主席见外，"刘沙继续说，"我还可以请求中央派人来取。"

于是，探望被迫中断了。事后刘沙再次给周恩来总理写信，讲明情况，揭发专

作者与吕正操上将合影

案组无理扣压吕正操将军写给毛泽东主席的信，请求中央索取将军的申诉材料。与此同时，她还把探监时偷偷带出的将军在狱中写的揭发“二办”的材料送给王震、叶剑英、谷牧、胡耀邦等，当时，他们在一定的会议上还有发言权。王震将军在中央的业务小组会上，多次为吕正操将军据理力争。

1973年元月，毛泽东终于在吕正操将军的上书中批示：解除监护。但在江青之流的阴谋指使下，批示被扣压了。

1974年5月，毛泽东执意“解放”吕正操将军。于是，中央专案组很快就有了结论：

“经我们对吕正操被敌人策反和勾结国民党等嫌疑的问题，进行反复调查研究，认为事出有因，查无实据，根据现有材料，应予否定。建议解除对吕正操同志的监护，恢复党的生活，分配工作。”

虽然毛泽东说话了，但阻力很大，直到7月31日吕正操的解放问题才得以落实。

7月31日，公安部一名姓黄的副部长来到拘禁吕正操将军的病房，对被关押7年之久的将军宣布解除监护。下午3时，将军去人民大会堂参加“八一”建军节招待会。会前，政治局部分成员接见了他。

江青一见面就迎上来，挨近将军入座说：“你的问题，主席早就批了，拖到现在，我有责任呐！”接着话锋一转，“咱们过去吵过架，事后各自做了自我批评嘛！”

将军颇感奇怪，淡淡地答道：“我早就不记得了。”

张春桥还是那张不会笑的脸，阴阳怪气插话：“你没有别的问题，文化大革命初期还是有错误嘛！”

将军平静地说：“不光运动初期有错误，以往工作中也有错误，今后干工作还会有错误。”

邓小平说：“各有各的账嘛！”

进入小礼堂时，遇到周恩来总理，他紧紧握住将军的手，语重心长地说：“过去的事就让它过去吧，不要记在心上。”

“感谢毛主席，感谢党中央，总算把我的问题搞清楚了。”将军说这话时，清楚地看到共和国总理两眼闪着晶莹的泪光……

至此，将军与患难与共长达 36 年的妻子才劫后重逢团聚一起，重又开始新一轮的工作生活。

彭德怀，元帅。1898 年生于湖南省湘潭县。1916 年入湘军。1922 年考入湖南陆军军官讲武堂，毕业后在湘军任营长、团长。参加了北伐战争。1928 年加入中国共产党，同年参加领导平江起义。土地革命战争时期，任中国工农红军第五军军长，红三军团总指挥及军团前委书记，中央革命军事委员会副主席，东方军司令员，陕甘支队司令员，红一方面军司令员，西方野战军司令员兼政治委员。参加了长征。抗日战争时期，任八路军副总指挥，中共北方局代书记，中央革命军事委员会副主席兼总参谋长。解放战争时期，任西北野战军司令员，第一野战军司令员兼政治委员，中国人民解放军副总司令，中共西北局第一书记。中华人民共和国成立后，任中央人民政府革命军事委员会副主席，西北军政委员会主席，西北军区司令员，中共西北局第一书记，中国人民解放军副总司令，中国人民志愿军司令员兼政治委员，中华人民共和国国务院副总理兼国防部长。1955 年被授予元帅军衔。于 1974 年逝世。

悲剧元帅的悲情婚姻

——彭德怀元帅与夫人浦安修

1978 年 12 月 24 日，北京。

在庄严的人民大会堂中，哀乐低旋，催人泪下。这里正为含冤离开人世的彭德怀元帅举行追悼大会。

邓小平用低沉缓慢的调子读着悼词，所有参加追悼会的人眼含热泪，向一生光明磊落、刚直不阿，为民请命的彭德怀元帅鞠躬致敬！

站在家属席上的亲人们更是悲痛欲绝，泣不成声。他们为亲人的惨死而哭泣，也为亲人的冤情终于昭雪于天下而欣慰，为彭德怀元帅不能亲眼看到自己的奇冤得伸而痛苦。

追悼会的举行，为彭德怀坎坷的一生画上了一个句号。许多相识和不相识的人了解了彭德怀元帅喜悦和悲痛相连，甜美和酸苦相适，伟大和悲剧相随的悲壮的一生。这其中也包含彭德怀元帅坎坷的婚恋历程。

彭德怀元帅的婚恋历程与他的人生极其相似，虽然有过 4 次婚恋经历，但每一次都是以悲剧结束的。造成悲剧结果的原因同他的人生也极其相似，是时代条件造成的，都打上了时代的烙印！

彭德怀与周瑞莲年龄相仿。家里长辈们择吉日为他们定了亲——与表妹的真挚恋情，一生的眷恋。

1916 年春，一个春暖花开的日子。在长辈的主持下，彭德怀和表妹周瑞莲定了亲。想到家里长辈这么理解他们俩的感情，彭德怀和表妹心里甜滋滋的。

彭德怀的表妹周瑞莲，并不是彭德怀舅舅的亲女儿，她自小死了双亲，是彭德怀舅舅收养长大的。彭德怀与周瑞莲年龄相仿。或许是同龄人的缘故，彭德怀一到舅家就同表妹一起玩，一起干活。虽然两人家里都比较贫寒，但只要两个人在一起总是能找到开心的事干。

当时，在湖南湘潭一带，“亲上加亲”的风气很流行，加上彭德怀和表妹性格相似，年龄相仿，又常常在一起，两人很自然地产生了爱情。随着年龄的增长，彭德怀长成了壮实的小伙子，表妹也出落成一个美丽的“细妹子”。家里长辈们了解他们两个的真情，遂择吉日为他们定了亲。

定亲时，瑞莲亲手给表哥换上了自己缝制的粗布新衣。表妹看到彭德怀做挑堤工 3 年身上留下的烂疮、背上的老茧和身上的累累鞭痕，禁不住当场流出了眼泪。

定亲后，彭德怀可以和表妹成亲了。深爱表妹的彭德怀当时身无分文，他不想让表妹跟他吃苦。他想挣点钱，气气派派地把表妹娶回家。于是，彭德怀同表妹定亲不久便投奔了湘军，当了兵。

在当兵过程中，虽然站岗训练、行军作战非常紧张，彭德怀仍时刻想念表妹，也没有忘了积攒钱回家娶表妹的目标。1920 年，彭德怀由排长代理连长，也积攒了一些钱，正当他准备回去同表妹成亲时，突然传来了瑞莲死亡的消息。

原来，彭德怀的舅舅因地主逼债而自杀了，丧尽天良的地主要把瑞莲卖了抵债。刚强的瑞莲被逼不过，跳崖身亡了。听到表妹死亡的消息，想到两人真挚的爱情，彭德怀悲痛万分。他一个人跑到山上，向着家乡的方向凝望着，想起了同表妹度过的那难忘的时光。

尽管彭德怀同表妹没有成亲，但这一初恋给彭德怀的印象是极为深刻的。1961年10月，彭德怀返乡搞农村调查时，或许是想起了自己当时的处境，他仍以无限痛惜之情，眷恋他心爱的表妹。

生死未知，使她无奈与别人同居。和彭德怀的相见，使她痛哭流涕。刘坤模说："我俩是有缘分的！"——原配夫人，终生的遗憾。

"我俩是有缘分的！"说这话的，就是彭德怀的原配夫人刘坤模，这是在1982年讲的，可以说是对彭德怀同她婚恋生活的最好写照。

1922年，彭德怀因杀了一个恶霸被追捕，他辗转回到了家乡。

一天，瘫在床上不能动弹的祖母对彭德怀说："德怀啊，你要给我娶个孙媳妇啊！""不急，先给二弟娶吧！"彭德怀不紧不慢地说。"你又胡说，哪有弟弟比哥哥先讨堂客的。"祖母听到彭德怀讲的话急了。随着祖母又说："我是土埋到脖颈的人了，你还不娶媳妇，让我死也合不上眼啊！"听到这儿，一向孝顺的彭德怀答应下来。但他也提出了新媳妇要贤惠、要能干、要漂亮的三个条件。他说，贤惠了，家里才和睦；能干了，才能管家有条；漂亮了，才能夫妻相敬。

不久，有人给彭德怀介绍了好友刘玉峰的妹子。刘玉峰从小和彭德怀一起砍柴、干活、卖苦力，还一起干过挑堤工。彭德怀说："刘玉峰长得好，人品也好，如果他妹子像他，我就娶她！"几天后，彭德怀找了个理由到了刘玉峰村里，对刘玉峰妹子的情况进行了详细的了解，也见到了刘玉峰的妹子，他对她很满意。

1922年农历三月初七，按乡间的风俗，刘玉峰的妹子坐着花轿进了彭家的门，他们俩成了亲。成亲不久，彭德怀就给妻子买回了课本，教她认字，还给她起了个正式的名字：刘坤模。彭德怀说："我在枪林弹雨中生活，说不定有一天会被打死。我的弟弟养活不了你。识了字，长了本事，你就能活下去。"

1922年秋，彭德怀考入湖南陆军讲武堂。在送彭德怀入学时，刘坤模不顾山路崎岖送了一程又一程。临别时，刘坤模说："不管你到哪里，我都会去看你。"

1927年，彭德怀担任了湘军独立五师一团的团长，彭德怀没想到的是，1928年春节前，刘坤模果然来到彭德怀驻地南县军营。

见到久别重逢的妻子，彭德怀十分惊喜，忙问："你是怎么来的？""家里说你们打了败仗，退到了安乡！我在家里非常着急，茶不思，饭不想。从家里走到湘潭，又搭船到安乡，到这儿到处打听才找到你。"听到这里，望着妻子憔悴的面容，彭德怀猛然想起了孟姜女千里寻夫的故事。

俗话说,久别胜新婚。在这段时间里,彭德怀和妻子过了一段平稳而甜蜜的日子。

1928 年 6 月,彭德怀调防平江。像往常一样,彭德怀送妻子回了家。在离别时,彭德怀说:"这次调防要打仗,不能把你带在身边了。等打完仗我再去接你。"刘坤模含泪答道:"我知道你打仗不怕死,你现在已是团长了,不要再像当兵那样总冲在头里,你要有个好歹,我也不能活了。"

一个月后,彭德怀在平江发动了武装起义,投身到革命战争中。无情的战争,使这对恩爱夫妻天各一方,断了联系。国民党在"围剿"彭德怀的同时,还对他的家人进行追捕。刘坤模在哥哥的劝说下,不断躲藏着。先后在山里,学校中躲藏,还到偏远的山村小学教过书。这时,国民党的报纸造谣说,彭德怀抛弃了原配夫人,娶了别人。加上人生的艰难,刘坤模与人同居了。

1937 年 10 月,刘坤模读到报纸上关于平型关大捷的消息。知道了彭德怀的消息,随后,她给彭德怀写了一封信。尽管信封上只写了"平型关彭德怀收"几个字。或许是由于彭德怀的威名,或许是平型关的地名,彭德怀竟然在转战中收到了这封独特的信。

收到这封信,彭德怀非常高兴,立即写回信说:"在枪林弹雨中收到你的信,很兴奋,你要来,去西安八路军办事处找林伯渠主任。"虽然已同他人同居,但彭德怀的影子一直萦绕在刘坤模的脑际。她毅然踏上了千里寻夫的艰难之路。

经过 30 多天的艰难跋涉,刘坤模终于到了延安。恰好彭德怀回延安参加会议,两个人在分别近 10 年后终于相见了。和彭德怀的相见,使刘坤模痛哭流涕。彭德怀知道刘坤模独守空房 8 年,在孤苦伶仃中度日时,也深深地被感动了。当彭德怀知道刘坤模已与人同居,且有了一个女儿时,还是感到非常震惊。他望着失声痛哭的刘坤模,没有责备而是宽慰地说:"这些年你为我受苦了,我心里知道,也感激你。但孩子不能没有母亲啊,你还是回到孩子身边去吧!"

就这样,由于环境的捉弄,这对恩爱的夫妻分了手,但刘坤模并未回去,她留在延安参加了革命,并于 1939 年加入了中国共产党。

彭德怀的风度,倾倒了许多的中外记者。一位漂亮的外国女记者,以西方人惯有的态度,直率地向彭德怀表示了自己的爱慕之情——无法接受的女性之爱。

自八路军出师抗日以来,以平型关、雁门关等一系列战役战斗打破了"日军不可战胜"的神话,吸引了许多中外记者到八路军总部采访。

1938 年初,八路军总部转战来到山西省洪洞县马牧村。同时,又有一批记者来到八路军总部采访。总司令朱德、副总司令彭德怀热情地接待着记者们,向他们介绍八路军和所取得的辉煌战绩。朱德和彭德怀的风度,倾倒了许多的中外记者。

在这些记者中,有一位漂亮的外国女记者,在采访八路军的过程中,对彭德怀副总司令产生了好感和爱情。她以西方人惯有的态度,直率地向彭德怀表示了自己的爱慕之情。

对这抛自异域女性的“绣球”,彭德怀感到十分意外和尴尬。他解释说:“我们双方条件差别太大了,我们是不能结合的。”重视感情的女记者认为彭德怀的回答太理性了,又继续问道:“为什么不能结合?”彭德怀仍耐心地说:“我是军人,随时要打仗,随时会死。再说,中日战争是长期的,也是残酷的,所以,我们不能相爱。”听到这话,女记者以为彭德怀怕她受不了苦,便坚定地说:“我爱你,为了你,我不怕任何苦难和危险。”想到民族的存亡,抗日的大任,彭德怀感到肩上的重担,这不允许他陷入个人感情中。于是,彭德怀直率地说:“你爱我,我很感激很幸福,但是我不爱你啊!”

听到这话,女记者的脸上充满了痛苦的表情,彭德怀对这种伤人自尊的回答也很愧疚,但他更明白自己的责任。就这样,彭德怀亲手推开了荡来的爱情之舟。

毛泽东熟悉彭德怀的脾气就像了解自己一样。“组织部有个刚来的大学生,叫浦安修,一文一武相结合。”——毛泽东亲点“红娘”,给彭德怀作媒。

1938年,毛泽东想到了同刘坤模分手后一直独身的彭德怀,决定为他牵线搭桥,给彭德怀这位智勇双全的爱将找一名有文化、素质好的贤内助,协助彭德怀建功立业。

毛泽东和彭德怀的关系非同一般,两人的交往太多了。毛泽东熟悉彭德怀的脾气就像了解自己一样。彭德怀性格刚烈,一身正气,谁见了都怕三分。毛泽东感到自己出头“牵线”也不大合适。这时,毛泽东想到了“人缘”很好的陈赓。

恰好,当时的许多高级将领都在延安开会,毛泽东决定为彭德怀亲点“红娘”。

一天,毛泽东遇到陈赓便说:“陈赓啊!你们八路军副司令还打着光棍,这说出去不太好吧!你和彭德怀说话随便些,可以劝劝你们副总司令嘛!”爱说爱笑的陈赓听毛泽东这样一说,立即笑着说:“主席啊,彭总的脾气你还不知道。对这事我也没太大把握。主席既然说了,我可以试一试。顶多再挨他两句骂而已,反正也习惯了。”

心眼聪明的陈赓看到毛泽东这样热心,知道主席肯定有了目标,便问:“主席看谁合适啊?”

毛泽东很自信地说:“听说,组织部有个刚来的大学生,叫浦安修。彭德怀文化不高,如果能有一位有文化的妻子,一文一武相结合,对革命事业也有好处。”听毛

长征到达陕北后的彭德怀

泽东说完，陈赓不急不缓地说："小浦啊，我见过，20多岁，很白净长得很好，就怕彭总嫌人家太年轻了。"毛泽东以惯有的诙谐说："事在人为嘛，你陈赓开动脑筋，还有做不成的事？主要的是先别发怵。"

受了毛泽东的点化，加之陈赓与彭德怀私交甚厚，陈赓对这事进行了认真的准备就向彭总发动"进攻"了。

这天，陈赓仿佛很随意似的进了彭总住的窑洞。见彭德怀正聚精会神地看电报，陈赓进门就喊："彭总！"彭总抬头一看是陈赓，就说："叫么子嘛，坐！坐！"原来陈赓是天生的乐天派，只有他到毛泽东、朱德的室内仍敢随随便便的，对这一点彭德怀知道的很清楚。因此，同他也很随意地打了招呼。"有么事？"彭德怀问道。陈赓忙收起微笑，认真地同彭德怀谈了一阵前方的战事。看到彭德怀沉浸在其中了，陈赓这才突然冒出一句："彭总，你一个人不感到寂寞吗？""有这么多工作要做，又有这么多同志，每天忙来忙去的，哪有空闲寂寞啊！"彭总仍沉浸在战事和工作里这样说道。

陈赓这才点了正题道："我可不是说这些，我是说你是不是该有个爱人了。你原来有刘坤模，现在你们分了手。你总不能这样过一辈子吧？"

也许是回忆起过去的婚恋历程，听到陈赓的话，彭总没有吱声。陈赓看了看彭总的表情，接着说："你愿意的话，我给你介绍一个。组织部刚来位女青年，是个大学生，刚20出头，政治条件好，也能在生活上照顾你。说不定你们还真有缘呢！"听完陈赓的话，彭总急了："你这不是乱弹琴嘛，人家20多岁，我都40岁的人了，一个女孩子，还照顾我，我照顾她还差不多。"

这头一次进攻，陈赓受挫了，原也在他的预料之中。在回去的路上，陈赓又想了一个主意。

几天后的下午，陈赓急匆匆地走进彭总的窑洞，进门就喊："彭总，一会儿有个女子篮球队比赛，你应该去看一看，捧捧场。"彭德怀仍埋头在文件上说："我这儿还有事要办，再说，我对打球也没兴趣。""这可不是你感不感兴趣的事，你是副总司令，看不看球，可表明了你对发展体育事业的态度啊！"陈赓争辩说。受陈赓一激，彭德怀收拾好文件说："好，好，我去！我去！"

他们到球场不久，比赛便开始了。

时间不长，陈赓指着一个剪短发，皮肤白净的女队员对彭德怀问道："彭总，你看那姑娘怎么样？""什么怎么样？"彭德怀不解地反问道。"还记得我上次给你提的事吧，就是她。她叫浦安修，是北平师范大学的学生。无论长相，还是其他条件，这姑娘在延安都是数得着的，你要有意，我愿做'红娘'。"陈赓答道。

听陈赓这样说，彭德怀沉默了。陈赓琢磨："沉默就是默认，有戏。加点劲，说不定就会大功告成了。”

陈赓又经过一番活动，彭德怀和浦安修便正式见面了。他们在延河畔上经过几次关于理想、性格和爱好的交谈，很快便熟悉了。

在老战友的催促下，在彭德怀返回抗日前线前，他们举行了简朴的婚礼。只有彭德怀在红三军团的老战友和浦安修在组织部的几名好友参加了他们的婚礼。

彭总的好友滕代远对彭总结婚非常高兴，拿出了自己一个月的津贴——5元钱，炖了一盆猪肉，买了花生、红枣，举办了一个热热闹闹的婚礼！

“只要和你在一起，我什么都不怕。如果彭大将军的妻子一听枪炮声就害怕，那不让人笑掉大牙吗？”——浦安修千里转战相伴君。

彭德怀结婚没几天就返回了前线。从此，夫妻两个过上了千里转战时聚时散的婚后生活。

返回前线时，彭德怀对浦安修说：“小浦啊，我真不想和你分开，但又必须和你分开。你文化程度高，在延安要好好学习，努力上进。”

仍沉浸在新婚生活中的浦安修对彭德怀深情地说：“咱们在一块时间太短了，我会时刻怀念我们在一起的日子的。真想和你一块去。”彭德怀逗她说：“前线可是每天硝烟弥漫，火光冲天，枪炮连连，你不怕吗？”“我不怕，只要和你在一起，我什么都不怕。如果彭大将军的妻子一听枪炮声就害怕，那不让人笑掉大牙吗？”浦安修天真地说。

不久，浦安修也奉命到了太行根据地工作，按照彭德怀的意见，浦安修到北方局工作。

北方局和八路军总部相距不近，他们虽然到了一起，但还是过着“牛郎织女”的生活。只有周六才能团聚，重温夫妻生活的甜蜜。每到周六，浦安修就一个人沿着崎岖的山路步行到八路军总部一起过周末。他们共同经历着抗日烽火的洗礼。

1942年5月，彭德怀所在的八路军总部和北方局受到日伪的合围扫荡。在这次扫荡中，八路军总部左权副参谋长和许多战友牺牲，彭德怀夫妻共同经历了这场考验。在预定集合地点，被敌人冲散的八路军总部和北方局人员陆续赶回来。彭德怀又饿又累，但他明白自己肩上的担子。站在场院上，他一个一个点着名字询问返回的战友。

几乎所有的人都点到了，彭德怀唯独没有点自己妻子的名字。同志们以为浦安修遇上了不测，四处寻找。终于在一间农房里找到了因疲劳过度而睡着了的浦安修。浦安修醒来后，彭德怀对妻子歉疚地说：“我只忙于打仗，对你关心不够，你不会怪我吧？”善解人意的浦安修，能理解丈夫的处境和担负的责任。她立即说：

1940 年，八路军副总司令彭德怀摄于晋东南王家峪八路军总部

“我能怪你什么啊！你是指挥万马千军的统帅，身系千万人的安危，你把全部精力投入工作中去才是我的好丈夫呢！”停了一下，望着疲惫不堪而又心事重重的丈夫，浦安修又说：“左权离开我们了，你要唱独角戏了。你应保重自己的身体。”听到妻子安慰的话语，彭德怀又激动起来：“你不用操心我。那么多同志永远离开了我们，我们活着的人就是要为他们报仇雪恨。我们要重整旗鼓，狠狠打击敌人。”

就这样，在抗日前线，两人相依相存，共同经受一次次战争的磨难。浦安修太了解彭德怀了，她不仅没有丝毫的抱怨，还总是宽慰他。她从心里敬重自己无私无畏、忠心报国的丈夫，他不仅是国家和民族的“精英”，也是她可以依靠的支柱。

1943 年到 1947 年初，彭德怀回到延安工作，浦安修也随同调回延安。夫妻俩这才过了 3 年相对平静的生活。这期间，彭德怀仍然忙于日理万机的工作。

解放战争爆发后，彭德怀出任西北军野战军司令兼政委，担负起保卫延安和解放西北的重任。浦安修则到晋绥解放区参加了土改，两人分离几乎一年。1947

年底，浦安修调到西北野战军直属队工作，又和彭德怀一同转战于西北，共同经历了解放大西北的战斗风雨，迎来了新中国的诞生。

正当他们和千万人一样期待过上幸福和平的生活时，朝鲜战争爆发了。1950年10月，彭德怀又重披战袍，率兵出国作战。

彭德怀不仅走得匆忙，再加上当时的保密要求。浦安修对彭德怀的行踪一无所知，只知道毛泽东召彭德怀进京商谈要事。就这样，浦安修仍留在西安工作，彭德怀则跨过了鸭绿江。

自从彭德怀进京后，就没有给浦安修写过片言只字。浦安修一直盼了两个多月，仍未收到彭德怀的音信。正当她失望之时，报纸上不断报道彭德怀率领的中国人民志愿军经过二次战役取得的战果时，她如梦方醒，知道彭德怀又踏上了烽火连天的战场。

浦安修和彭德怀一起在华北战场和西北战场度过了十几个春秋。知道丈夫在前线后，她立即给丈夫写了一封信，决心也到前线去。她信中写道："是否需要我也来朝鲜，帮你做点什么，尽一点做妻子的义务。"

彭德怀收到这封信时，正是第二次战役胜利的间隙。看完信，他深深为妻子的关爱所感动。但在战友们面前，他装作没事似的说："这是生死搏斗的战场，她来会

彭德怀和浦安修在延安

干什么，那不是添麻烦嘛！”副司令员洪学智接过话说：“唉，不能这么说，这可是好消息。她是关心你呀，欢迎她来。”陈赓则说：“彭总，你不让安修来，那是小看半边天的作用。”“我让安修来，是不是也让你的傅涯来啊？她们真来了这里只能帮倒忙。”彭德怀反击陈赓说。

尽管没有收到彭德怀的消息，浦安修还是决定亲自去战场看一看丈夫战斗的地方，哪怕是安慰一下丈夫也好！

1951年冬，浦安修随西北局“西北工业参观团”到东北参观。参观快结束时，彭德怀的好友、参观团团长、西北局副书记习仲勋说：“这里到了志愿军总部的门口，你应该去朝鲜看看彭老总！”几个月来，浦安修一直担心彭德怀的身体，又听说敌机轰炸，志愿军总部几次处于危险中，有这样的机会去看看，正是求之不得的。她没加思索就同意了。

当洪学智和陈赓知道浦安修要来的消息后，两人知道这事让彭德怀知道了，肯定不会同意的。于是，吩咐不让彭总知道，就派了车到安东的志愿军后方留守处接浦安修。

傍晚，汽车在布满弹坑的路上向志愿军总部所在地桧仓进发了。突然，敌机发现了颠簸的汽车，向它俯冲过来一阵狂轰滥炸，司机猛一刹车，浦安修的头撞在了挡风玻璃上，鲜血顺着脸颊流了下来。警卫员关切地对浦安修问道：“浦大姐，给你包扎一下？”浦安修忙摇摇头说：“没关系。战士们在天天流血，我这点伤不算什么。”

当东方发白时，浦安修到了志愿军总部的一个窑洞里。洞里阴冷潮湿，不时有水滴下来。打量了一下洞的四周，浦安修不由挂念起彭德怀和千千万万住在这样洞里的战士们来，他们为了祖国吃了多少苦啊！

早饭时，彭德怀像往常一样走进了食堂。他看到饭桌上加了菜，惊讶地问：“今天怎么改善生活了？”洪学智在旁说：“今天有位客人要来吃饭。”“谁要来啊？搞得这么隆重！”“这个客人嘛，说不定你还认识，打过交道呢。”陈赓接过话头说。正在这时，头上扎着白纱布的浦安修来了。彭德怀一见是她，猛地一愣，笑着说：“你们两个还给我卖关子呢，弄得我糊涂了半天。”“你是怎么来的？”彭德怀转过头问浦安修。浦安修话带埋怨地说：“离家这么久，连个音信都没有，我当然要来看看你。”彭德怀没有正面回答浦安修的埋怨，只是说：“许多干部家属没来过这儿，你也住几天就回去吧！”随后，彭总又关切地说：“走这段路太危险了，你真是命大啊！”“我不过是走了一趟，有什么可怕的，你们不是天天在这种环境中生活吗？”浦安修轻松地说。

当晚，浦安修望着面容憔悴的丈夫说：“你的身体能顶住吗？”彭德怀自信地说：“这里是艰苦，但这是必须坚守的阵地。我们不好受，美国佬也好不到哪里去，就看谁熬过谁了。我看，美国佬恐怕不行！”浦安修抚摸着丈夫头上的花白头发，心酸地说：“你们真是受苦了。”“吃饭时，我让你住两天就回去，你不怪我吧？”“不怪。看到你平安，我也就放心了！”就这样，浦安修在志愿军总部住了几天便回国了。

为了上庐山跟彭德怀一起“度假”，浦安修和他在电话里吵了架。赶到庐山，她被眼前的情景惊呆了——阴影：庐山之折。

1953 年，朝鲜停战，彭德怀回国主持军委工作，并任国务院副总理兼国防部长。直到此时，浦安修才从西安调到北京，先后任北京师范大学政治系主任兼系党总支书记、师大党委副书记，夫妻俩才正式结束了两地分居生活。

1959 年夏季，一场预料不到的打击落在了彭德怀身上，夫妻俩也被这一打击影响了整整一生。

1959 年，中央在庐山召开八届八中全会。

彭德怀上山前收拾行装时，浦安修说：“你先去庐山，等放假后，我也去那儿看看。”“我在那儿等你，到时你打个电话，我让车去接你。我们结婚 20 多年了，还没有在一个风景好的地方休养过呢！”

上庐山时，彭总亲眼看到了路上逃荒的人流，他那忧国忧民的心一直在流血。到庐山后，彭总住河东路一侧的 176 号别墅，这是一幢卫生设备齐全、有大客厅带两个卧室的美式建筑。

7 月的庐山正是它每年最亮丽的时期，万木葱郁，风景如画。幻象多变的云雾，更增添了形态不同的峰峦的风姿。会议初期的气氛是轻松的。彭德怀却无论如何也轻松不起来。他考虑再三，决定为民请命。于是，他在会上开始直言无忌地批评当时的种种失误。许多同志也身有同感，也分别发言支持彭德怀的观点。

7 月 13 日，彭德怀把自己的观点写成长信送给毛泽东。

毛泽东先是把彭德怀的信发给与会各组讨论。接着在 7 月 23 日，毛泽东发动和参加了对彭德怀的批判。随着毛泽东批判的开始，彭德怀陷入困境。

对彭德怀在庐山的遭遇，在北京的浦安修一无所知。在准备去庐山时，她要通了彭德怀的电话。“我是安修，你在那儿还好吧！”浦安修说道。“我很好！”彭德怀装出若无其事的口气回答。“那就好，我已买好了火车票，马上我们又可以见面了。”浦安修继续说道。“你不要来！”彭德怀毫无商量余地地说。“为什么？你说话不算数，我偏要去，我就是要去。”浦安修也是毫无商量地说。“我不让你来，你就别来了。回去后再告诉你不要来的理由。”彭德怀既无法把庐山上的事告诉浦安修，就只能这么说了。“我反正要去！”听到彭德怀这么说，浦安修生气了，说完这句

彭德怀亲临前沿观察

话就把电话挂上了。

两天后，浦安修来到庐山，一进屋，她就质问彭德怀说："原来说得好好的，你为什么不让我来庐山。"彭德怀面无表情地说："你很快会知道的，我马上要去开会，等有了时间，我再向你解释。"看彭德怀说话吞吞吐吐的样子，浦安修急了："到底发生什么事，你脸色不好，说话又不痛快，快把人急死了。""这不是一两句话能说清的，等我开会回来再告诉你。"说完，彭德怀出门开会去了。

看到原来坦荡、直爽的丈夫变成这样的性格，浦安修更感到丈夫一定有什么难言之隐。难道和这次会议有关？一转身，她发现了写字台上的一沓会议文件，她急步走过去看了起来。看完文件，浦安修被击晕了。她想，彭德怀讲的是实话啊。如果说实话的人被扣上反党反毛主席反社会主义的帽子，以后谁还敢讲真话。

浦安修凭着同丈夫20多年的生活经历认为彭德怀绝不会反党反毛主席反社会主义。他为人正直、忠厚，不解、痛苦和失望的情绪笼罩了她。她哭了一阵子。猛想起，何不到与会者那里找个人问一问呢！

浦安修给参加会议的帅孟奇那里打了电话，就急匆匆地向帅大姐那儿走去。一进屋，连寒暄话都没说就抓住帅大姐的手问道："帅大姐，这到底是怎么回事啊？怎么会因为一封信就被打倒了呢？我是真不理解啊。"帅孟奇从浦安修进屋时的神情便知道了缘由。爱莫能助的帅孟奇只好说："安修啊！你要想开点，我也和你一样不理解啊！"

说到这儿，帅孟奇叹了口气。帅孟奇也确实不能理解发生的这一切。一个政治局委员给主席写信完全符合组织手续，就是内容完全错了也不至于到这种地步

彭德怀与美国记者路丝小姐在一起

啊！何况，彭德怀说了大多数人见过、想说的事实呢？不光帅孟奇，其他许多人也想不通啊！沉思一会儿，帅孟奇说："你把心放宽，事情已到这个地步，着急上火也没有用。"

随即，帅孟奇又以老大姐的口吻劝浦安修说："你不要过分的忧虑，人的一生，不会总走平坦大道，沟沟坎坎，谁也避免不了。"从帅孟奇处出来，浦安修一想，何不到杨尚昆处打听一下，他可是彭总的莫逆之交啊！眼下是中央办公厅主任，什么重大决策他也应该知道啊！

杨尚昆看到浦安修进屋，猛地一愣，再一看浦安修哭红的双眼，心里明白了八九分。浦安修急切地问："杨主任，你和彭总是生死之交了，这次到底是为了什么？我都快急疯了，你跟我就说了实话吧！"

杨尚昆对这次事件的内幕很清楚，但又不能讲给浦安修。可这一切又怎能讲给浦安修听。

于是，杨尚昆只能意味深长地说：“安修啊！这次彭总的错误可不轻啊！作为他的夫人，你要想开些。谁都不想犯错误，可既然犯了，也没办法。你不要过分地责备、埋怨他！”“那我该怎么办呢？”浦安修哭泣着问。“你和他在思想上政治上划清界限就行了。要多劝劝彭总，该检讨就检讨。”杨尚昆又语重心长地说。此刻，浦安修知道丈夫的命运已经注定了！

夜里，浦安修靠在彭德怀身上哭着说：“这事太意外了。我给你打电话时，你不让我来这儿，我还生气呢！我哪知道发生这样的事呢？”彭德怀以内疚的口气说：“我对不起你啊！祸是我闯的，罢官、撤职、劳改、解甲归田我都认了。你却跟我受了无辜连累。我于心不忍啊！”“快别说这些，我又没犯错误，还能无故找我的麻烦？”浦安修尽管心里也很痛苦。可看到彭德怀受的折磨，想自己就是有天大的委屈，也不能再给他雪上加霜了。

彭德怀从庐山回到北京，又在军委扩大会上，受到了上千名参加会议者的围攻。

这天浦安修回到中南海永福堂。

“我们应该搬出这里了，你说呢？”一看浦安修回来，彭德怀就说了这句话。原来，彭德怀知道自己不会东山再起了，继续住在中南海里，已经不合适了，所以知趣地想搬出去。“是该走了，这里是中央领导人住的地方，我们住在这里既不方便也别扭，还是搬出去好一些。”浦安修同意道。“我现在这个样子，找谁也不合适。还是你去找一下尚昆同志说一说。这事越快越好，我现在一天都不想在这儿住了。”看到妻子同意，彭德怀又急切地说道。

第二天，浦安修找到杨尚昆谈了要搬家的事。杨尚昆答复说，可以考虑，但我个人做不了主，等请示后再定。杨尚昆想了一下，彭德怀的事，刘少奇、周恩来、邓小平都做不了主，只有毛泽东才能拍板。于是，他径直来到颐年堂，把彭总的要求向毛主席作了汇报。

毛泽东思忖良久，说：“同意他搬家的要求，可以给他找一栋好一点的房子。”几天之后，彭德怀便悄悄地搬进了北京西郊的海淀挂甲屯20号吴家花园。

吴家花园的“分裂”。彭德怀痛苦地说：“如果和我分手，对你的处境有好处，那就分手吧！”——悲剧并未结束。

搬到吴家花园后，浦安修还是不断利用周末安慰彭德怀。经过近60个日日夜夜折腾的彭德怀也安慰浦安修，让她做好挨批的准备。一次，彭德怀说：“我的事到这也就告一段落了。你就要首当其冲了。在我的问题上，你是清白无辜的。但是运动一来，一向是顺藤摸瓜，上下株连，何况你是我的夫人呢？”“别说这些话了，我们是20多年的夫妻了，大不了挨批，你放心，我能顶住。”浦安修安慰彭德怀说。

不久，浦安修在校党委会上不轻不重地作了检讨。自这次会后，再也没人通知浦安修参加校党委会了。看文件的权利也不明不白地取消了。

在吴家花园，彭德怀经常向妻子和侄女彭钢讲庐山会议的情况。一次，暑假在家的彭钢对伯伯说：“你是国防部长，怎么去管经济问题呢？”彭德怀激动地说：“我是共产党员，是政治局委员。经济是国计民生的大事，看到出了问题不提出来，还能算是共产党员吗？再说，我要对人民负责任，不管有什么问题，只要不对，我都应讲出来。共产党员不能忘了自己的职责。”

在庐山会议后一段时间里，彭德怀常讲，庐山会议开了一个不好的头，一是可能没人敢讲真话了；二是因为我一封信，把应反“左”的会变成反右了，使更多人受饥受难。

一次，彭德怀给浦安修讲：“我和毛主席是几十年的老战友了，从井冈山以来一同出生入死，这次无非是提了一些意见，毛主席为什么这样对待我呢？”

就在彭德怀沉浸在往事中时，浦安修则在大学受到了一次次的批斗。浦安修一次又一次地检讨和交代，把自己说得一无是处，她仍过不了关。他们批判浦安修，无非是要她交代彭德怀的罪行。浦安修死守着不揭发丈夫这块“阵地”，一次次忍受着大批判的煎熬。

在此期间，运动中的积极分子给了浦安修两条路，一是出卖丈夫，大义灭亲；二是不揭发丈夫的问题。选择第一条吧，无异于往已受伤的彭德怀伤口上再撒把盐，这就太残忍了。选择第二条，就只有自己挨批判了。即使在这种困境中，彭德怀仍时时关心着国家的形势，并不时为庐山会议的阴影所困扰。本来浦安修和彭德怀志同道合，相敬如宾，这时也出现了争吵的局面。浦安修回家一次，回来就要写一次书面“交代”，对彭德怀进行揭发。

1962年，经济规律给错误的决策当头一棒。中央召开七千人大会纠正“左”倾错误。这证明彭德怀当时信中观点的正确。彭德怀和浦安修期待着能本着实事求是的态度，使问题澄清并得到平反。

但事与愿违。

这天，浦安修在吴家花园劝彭总说：“你给毛主席写封信检讨一下吧，说不定还能改变当前的处境呢！”一听这话，彭德怀就火了：“你让我怎么检讨。这是能检讨一下就会完的事吗？”“你呀，总是这样，你知道我受了多大委屈。”浦安修说着说着就哭了起来。

接着，彭德怀又说："怪我，委屈你了。我是一条路跑到黑了，我知道这是一条独木桥。但我对得起党，对得起国家，对得起民族。无论有什么结果，我都认了。我既自身难保，也无力改变你的状况。你说怎么办，由你定吧？"停了一下，彭德怀痛苦地说："如果和我分手，对你的处境有好处，那就分手吧！"

回到学校，有人又要她交代丈夫的问题，加上加在彭德怀头上的罪名让她难以承受，从此，浦安修回家少了，并把自己的书籍和用品拿到了学校。发现这些事后，彭德怀心里十分难过，仍然说："我连累了她，让她受委屈了。"

一个周日下午，是浦安修该回学校的时间了，彭德怀拿出一个梨，一切两半，递一半给浦安修，说："你要想分离的话，咱们就分梨(离)。"说完，彭总吃完半个梨就出去了，浦安修也慢慢把梨吃了。当天，彭德怀仍把浦安修送到汽车站，直到看

1956 年 9 月，彭德怀和毛泽东、周恩来在中国共产党第八次全国代表大会上。

着汽车开走。

回到学校，那些人仍逼浦安修交代问题。在这种刺激和压力下，她狠狠心，写了申请离婚的信。从此以后，浦安修也就常住学校了。

第二天，浦安修把离婚申请交给了师大党委。校党委感到无权批，就把信转给了北京市委。万里看到信后，吃了一惊说："思想上划清界限就行了嘛，不一定要离婚么！"随后，他把信转给了市委书记彭真。彭真认为彭总是中央政治局委员，是中央管的干部，市委无权批，把信呈送中共中央了。

杨尚昆看完信后，心情很不平静，但还是把信转给了邓小平。邓小平看完信，沉默了一会儿批道："这是家务事，党无权干涉！"就把信转给了周恩来。

周恩来拿起笔，感到很为难，批"同意"那是违心之举；不表态又不行，他就批了这样的话："离婚要征求彭德怀的意见。这样的问题，应由法院去管……"

信又回到杨尚昆手里，看到两位中央常委的批示，杨尚昆决定帮老友一把。他派了个可靠的人找到浦安修说："杨主任让我转达他对你写信的意见：'彭总犯了错误，但只要政治上划清界线就行了，不一定非离婚不可！'"

事情就这么放下了，浦安修和彭德怀也未上法院，夫妻关系始终未解除，但两个人自此却正式分居了。

"文革"之中：批斗会上的最后一次相见——几个红卫兵冲上去把浦安修的头往地上摁去，彭德怀的照片从浦安修怀里掉了出来。彭德怀大吼一声，冲到浦安修前面，挡住浦安修。

1966年，"文化大革命"爆发了。

彭德怀、浦安修同历次运动一样，是在劫难逃的。

彭德怀被红卫兵组织扭回北京，不久被投入监狱。浦安修也作为彭德怀的"老婆"而被打倒，靠边站了。就是在那样的环境中，浦安修一直珍藏着丈夫彭德怀的一张照片。

1967年7月，北京师范大学的造反派们在批斗会上让这对多灾多难的夫妻在那个场合见了生前最后一面。

在这次会上，彭德怀、彭真、陆定一、杨尚昆和浦安修一同被押到台上批斗。当造反派让浦安修揭发彭德怀里通外国的问题时，浦安修说："我根本不知道他里通外国的问题！我也不相信他会里通外国……"

听到浦安修这样说，几个红卫兵冲上去把浦安修的头往地上摁去。这时，彭德怀的照片从浦安修的怀里掉了出来。恼羞成怒的造反派开始冲上去对浦安修拳打脚踢。

“你们住手！”彭德怀大吼一声，冲到浦安修前面，挡住浦安修。

造反派们看到有人对抗他们，立即围上了更多的人，毒打彭德怀。面对毒打，彭德怀喝道：“我的问题和浦安修无关，她5年前就和我分手了。该打该杀，冲我来好了。”说完，彭德怀咬牙挺着，任凭造反派们毒打。

十几年后，浦安修回忆当时情景时说：“我对不起彭总，他是那么爱我。他为了救我，受了那么大的污辱，都不在乎。我欠他的感情债太多了，唯有用后半生的精力，整理好他的笔记，写好他的传记，来弥补这一切了。”

1974年11月29日，在痛苦中煎熬了15个春秋的彭德怀终于饮恨逝世。

临终之前，他曾对侄女彭钢说：“我多想把骨灰同两个弟弟埋在一起。但他们都是革命烈士，我是反革命，我怕玷污了他们呀！”在此之前，回顾自己一生后，彭德怀曾对彭钢说：“历史是最无情的，也是最公正的。历史将会对我做出正确的评价。”

这段话和刘少奇的“历史好在是人民写的”、邓小平的“‘文革’结论由我作不合适”，构成了共产党人最实事求是的态度，那就是——历史观。也许正是对历史负责的态度，对自己所作所为的坚定历史信念，促使他们忍受了常人难以忍受的冤屈。

如何看待浦安修和彭德怀的婚姻关系，浦安修能否作为彭德怀夫人出席追悼大会问题被提了出来——邓小平说：“彭德怀夫人就是浦安修！”

1977年夏，邓小平复出了。

这犹如一缕晨光在天边露出，给许许多多无辜蒙难的人带来了希望。而首要的蒙难者就是彭德怀，正是彭德怀事件拉开了党内高层人士相继蒙难的序幕。

1978年春天，报纸上发表了《实践是检验真理的唯一标准》的文章。时刻关注彭德怀事件的亲属们开始为亲人的事奔走了。彭钢首先给党中央写了一封申诉信，并请王震把信交给了邓小平。她还请求黄克诚同志为因伯伯而在庐山会议上蒙难的同志们申诉。

1978年12月，在十一届三中全会上，中共中央决定为彭德怀平反昭雪，浦安修蒙受的20多年的不白之冤也可以洗刷了。

邓小平在关于为彭德怀召开追悼大会的指示中说：“彭德怀的追悼大会，必须开得隆重些，规格要高一些！各大军区、各省委主要负责人，都要出席这次追悼大会！”

中共中央决定在 1978 年 12 月 24 日为彭德怀举行追悼大会，由邓小平致悼词。这时，如何看待浦安修和彭德怀的婚姻关系，即浦安修能否作为彭德怀夫人出席追悼大会问题被提了出来。

有人认为，浦安修在彭总落难时提出离婚，虽然中央没批，但后来的行动中却使夫妻关系名存实亡了，她无权以夫人身份参加追悼会；有人认为，在极端困难的情况下，浦安修始终没有揭发丈夫的问题，给中央写信和分居，是环境所迫，是双方在特殊条件下的一种“特殊”保护措施，她应以夫人身份参加追悼会。两种意见反映到邓小平那里。中央领导同志研究了当时的具体情况后，邓小平果断地说：“彭德怀夫人就是浦安修！”

在彭德怀追悼大会后，浦安修恢复了以前的工作和元帅夫人的身份，她开始夜以继日地做着和彭德怀有关的工作。在处理彭德怀遗产时，浦安修一分钱没要，全部给了彭总的亲属和身边工作人员。她的这一举动，受到人们同声的称赞。人们

1958 年 12 月，彭德怀回湖南家乡调查时与亲属合影。

彭德怀在吴家花园住室前(右为弟媳龙国英)。这是仅存的彭德怀在吴家花园居住期间的一张照片

哪里知道,她仍在为1962年写的那封信自责呢,仍背着那个“包袱”。

随后,浦安修主持整理出版了《彭德怀自述》。在整理这些材料时,浦安修又经历了那份痛苦的感情历程,那是把已结疤的伤口撕开啊!对自述中涉及的细节,她还要四处奔波,去查档案和资料。

1981年,这部《彭德怀自述》终于出版了。它的出版立即引起了巨大的反响,人们含着泪水,一口气把它读完。彭德怀那一身正气、为民族而献身的伟大形象跃然纸上。杨尚昆在看完《彭德怀自述》后,写道:“他临阵对敌的雷霆之威;对党对人民的赤子之忱;政治上的松柏之节;生活上的冰雪之操和作风上的朴实无华,使他不愧为我们共产党人和革命干部的表率,中国人民的忠实儿子!”

《彭德怀自述》出版后,有4000元钱稿酬,浦安修和彭钢商量后,把稿费捐给了革命老区武乡县。

在整理《彭德怀自述》时,浦安修又参加了《彭德怀传》的撰写工作。她不顾年老体衰,和写作组的同志一起跋山涉水,到彭德怀生活和工作过的地方搜集了大量的宝贵资料。她把完成《彭德怀传》当成自己神圣的事业。临终前一日，她还亲述并让亲友记下了给杨尚昆的一封信。信中说："为彭总光辉、伟大、革命的一生写一本传记，是我多年的愿望，也是我应尽的责任……您是最了解彭总的战友，我希望彭总的传记能得到您亲自审查。"写完信后，她对亲属说："这是我最大的心事，在我闭眼睛之前，我要把这事委托一个可靠的人，我才能放心。不然，我死都不瞑目。"

1991 年 5 月 2 日，浦安修离开了人世。

第二年，催人泪下的《彭德怀传》终于问世。

徐向前，元帅。1901年出生于山西省五台县。黄埔军校第一期毕业。曾在国民军第二军第六混成旅任教导营教官、参谋、团副。1927年在武汉中央军事政治学校任队长，同年加入中国共产党。土地革命战争时期，任工农革命军第四师第十团党代表、师参谋长、师长，中国工农红军第三十一师副师长，红一军副军长兼第一师师长，红四军参谋长、军长，红四方面军总指挥，红军右路军总指挥、西路军军政委员会副主席。参加了长征。抗日战争时期，任八路军一二九师副师长，八路军第一纵队司令员，陕甘宁晋绥联防军副司令员兼参谋长，中国人民抗日军政大学代校长。解放战争时期，任晋冀鲁豫军区副司令员，华北军区副司令员兼第一兵团（后改为第十八兵团）司令员兼政治委员。中华人民共和国成立后，任中国人民解放军总参谋长，中央人民政府革命军事委员会副主席，中共中央军委副主席，中华人民共和国国务院副总理兼国防部部长。1955年被授予元帅军衔。于1990年逝世。

忠骨柔情傲峥嵘

——徐向前元帅与夫人黄杰

天黯云愁，风寒心凄，帅星陨落，毛泽东连声称誉的“好人”魂归自然；元勋夫人黄杰凭几哀思，眼前斯人音容宛然，恍若昨昔。“三十功名尘与土，八千里路云和月……”耳边还回响他高亢的吟诵声吗？“寥落星辰几欲眠，冷月空照心更寒。”稀疏星辰环绕的明月还是当年延河畔知遇时那样皎洁，然而明月清光，更增哀思。此情此景，独留一片物是人非的感慨。40余载的世间真情啊！相片可以把人生的一瞬保存成永恒，面对着当年的婚照，黄杰的眼前又叠出延河水微微的清波。

延河水悠延河水悠悠向前流淌，日寇的铁蹄已被斩断。同为革命胜利奔波而征尘仆仆的黄杰与徐向前不期在延河畔相知相爱。徐向前不知爱妻曾是自己在黄埔的学员；而黄杰却早钦敬英姿勃勃的军事教官。清清延河水为二人牵线；一只“清煮全鸭”的婚宴……

1946年“五四”青年节，春寒料峭，阳光斜照，延河水流潺潺。田野里玉米苗刚刚破土而出，已经完全整饬过的土地阡陌纵横，禾垄俨然，处处孕育着无限生机。就在这初春的季节，担任陕甘宁晋绥联防军副司令员兼参谋长的徐向前和黄杰结婚了。

这次婚姻是人间美满的婚姻，红娘是巍巍宝塔山下清清的延河。

徐向前从1927年参加革命，到坚持八年抗日战争，由于长期在战争第一线，多次负伤，对身体损害很大。1945年4月，他再次因患肋膜炎住进了延安柳树店和平医院治疗。他刚住进医院时，高烧不退，病情持续了两个多月。徐向前躺在病床上，度过了一个又一个危险关头，病情才一天天好转起来，直到当年冬天才出院，本来就很削瘦的身体更加虚弱了。就在此时，徐向前遇到了他在黄埔军校武汉分校任教时的女兵队学员黄杰。

其实在黄埔军校时，黄杰就认识徐向前，但徐向前并不认识黄杰。这是常情：学员能记住教官并可在记忆当中追寻，可教官并不能认识每一个学员。一晃20余年过去了，徐向前已经进入不惑之年。黄杰当年看到的著名的英姿勃勃的教官，如今却是一副大病初愈的样子，她心中颇为伤感。

当时，由于不少人因张国焘出了问题，而对原红四方面军将领有看法，徐向前的境遇非常落魄，黄杰不由生出一股不平的怜惜之情。她知道，要说资历和贡献，徐向前不折不扣的是我军的创业名将。早在大革命失败后，他就孑然一身到广州参加了武装起义，坚持东江游击战争，是中国工农红军的创始人之一。1929年，他与戴克敏等开创了鄂豫皖根据地，并抵制了李立三的错误路线，从1924年国民革命开始到1937年，徐向前几乎打遍了中国。他在革命战争中威名赫赫，负过两次伤，仅“徐向前”这个名字就是一个咄咄逼人的“红色恐怖”标志。他为人厚道，也不爱争权，但与张国焘共事期间，他又坚持原则，与“肃反”作斗争，保护了不少干部。他对周围人讲：“革命就是为党工作，叫做什么就做什么，中央叫做的就坚决去做，我们是干革命的，不是为当官的呀。”

黄杰钦敬徐向前，面对一些人的误解和失意遭贬的处境，尽管心情沉重，也从不进行有损大局和团结的表白与闹情绪，而是保持着精神上的乐观和豁达，忍辱负重。她想，人难得的就是荣辱不惊，就怕一逢逆境就萎靡颓唐，消沉丧志。而当前的徐向前不正是能屈能伸，光明磊落而又志存高远，勇于牺牲的人中豪杰吗？

徐向前呢？戎马倥偬半生，转眼已到不惑之年，身体劳顿的他多么想有个家啊！任凭外面风光旖旎，让人顿足忘返，然而只有家才是自己的一方无拘无束的天地，在家里你可以尽情地安享温馨。历经坎坷的徐向前，望着眼前细眉细眼、干净利落的黄杰，虽年过不惑，双眸中依然洋溢着对未来的美好憧憬，更有一种女性成熟的风韵，脑海中忽然闪现出这句淳朴的家乡俚语："金窝银窝，不如自己的老窝。"终于，在一次次的接触中，深沉的感情慢慢相互流融给对方，水到渠成。在一个月光皎洁的夜晚，两位历经人生坎坷与峥嵘的同志加情侣于延河水欢快的流淌声中表白了心迹……

婚礼只有四五个人参加。那天是个假日，警卫员张双优陪徐向前走到苏井观部长家，有位女同志已先到那里等候了。后来，他们四人打扑克。苏部长的警卫员小王问小张，知不知道首长今天来这里有什么事？张双优说，不就是假日休息来玩玩呗！小王哎呀一声："你们首长今天是来结婚的呀！"那位女同志是保育院的黄院长。张双优赶紧给家里同志打电话，让他们快做准备。内心里直埋怨，这么大的事也不言语一声。

随后，接亲的车到了，是其他同志硬给找来的一辆卡车。当了新娘的黄杰坐在接亲的卡车上，随着车的颠簸起伏，心也有一点微微加速的跳动。此时此刻，黄杰不禁又想起了为革命已经牺牲了10余年的前夫郑德。

那还是在上海期间，年轻的黄杰有了自己的第一次恋爱和婚姻。爱人郑德，也是一名坚强的共产党员。郑德家是当时上海工商界有名的大家族，经济状况非常富有。但郑德不安于富贵安逸的生活，而是毅然决然地投身革命。年轻而豪爽的黄杰正是看中了郑德这种敢与旧社会决裂的叛逆性格。志同道合的理想把他们连到了一起。1938年，他们到了重庆，几乎天天生活在云里雾里。1939年5月，中国共产党的创始人之一陈潭秋由莫斯科飞抵乌鲁木齐。陈潭秋以及毛泽民等共产党人的到来，使新疆督办盛世才坐卧不安。不久，在抗日战争大潮的影响下，我党与盛世才建立了抗日统一战线。郑德作为党组织培养的第一批飞行员，被派到新疆去学习飞行。黄杰则留在大后方，被任命为合川战时第一保育院工场的主任。

一年后，黄杰终于实现了向往已久的夙愿：去革命圣地延安。一路上只见碧空如洗，天蓝得晶莹透亮，春风打着欢乐的呼哨，从公路两旁高高的山岭上吹下来，路边的野草，倔强地从冻土中钻出了淡淡的绿意。"信天游"那高亢悠扬的旋律，好似激越的山泉、清澈的溪流，在群山间流淌，一直飘到很远的地方。到延安后，黄杰担任妇女联合会的组织部长。一天，中央组织部的领导找黄杰谈话，一方面给她带来党组织的关怀，一方面也给她带来一个噩耗："黄杰同志，你要挺住啊！……"原来，陈潭秋、毛泽民等同志在新疆积极开展抗日工作，带领"新兵营"的战士们学习文化、军事,为重返抗日战争前线积蓄力量。一批批援华物资从新疆这条交通线运往延安。而生性多疑的军阀盛世才对此极为不满,千方百计制造摩擦,借机刁难。他还以参与"阴谋暴动案"的罪名将爱国民主人士杜重远软禁。危急时刻,周恩来从苏联治伤回国,路过新疆作短暂停留。他在陈潭秋、毛泽民等同志的陪同下,与盛世才会面,重申我党的统一战线方针、政策及原则立场,慷慨陈辞,据理力争,盛世才不得不在表面上假装让步。然而,盛世才最终彻底撕下了"革命"的假面具,将在新疆的中国共产党人陈潭秋、毛泽民、林基路及郑德等我党培养的第一批飞行员统统囚禁、杀害!郑德宁死不屈、视死如归,为中国人民的解放事业献出了宝贵的生命。

这一噩耗,对黄杰的打击可想而知。她听到消息,只觉得有一股热血冲上额顶,接着感到眼前发黑,金星乱舞,一下子晕倒了过去。

后来她没有再成家。为了革命,这位女中豪杰承受着失去爱人的巨大悲痛,直到在延河边她遇到了为革命而至今再没有成家的徐向前时,久已尘封的感情湖泊又开始泛起微微涟猗。他们都不是初次的婚姻了,为了革命都经受过失去亲人的巨大悲痛。现在,这份来之不易的感情是多么值得珍惜啊!黄杰心里一阵激动:徐向前为了革命作出了那么大的贡献,以后党的事业还更需要他,自己一定要把他照顾好。已经有了一次失去的痛苦,决不能再有第二次……

卡车戛然而止,黄杰从回忆中猛然醒了过来。她一眼看到了迎至车旁的徐向前,他微笑着,深情地注视着她,故作自然的脸上蕴含着向往幸福的期望。她不等他说话,就赶快下了车,在几位客人兼媒人的笑声中大大方方地走过去。徐向前缓步把她接到了他的办公室,在进门时,他用特有的山西方言说了一句什么。黄杰没有问,但她已完全与他的心灵相通了。此时此刻,还需要表白什么吗?风雨兼程比双翼,心有灵犀一点通。

"婚礼"开始了,已不是初婚的徐向前和黄杰都不愿声张。他俩穿着平时穿的"延安服",把两个铺盖卷一合,就算成家了。"婚宴"相比起来倒还算"丰盛"。警卫员们硬做主杀了一只鸭子。大家有滋有味地开始品尝那时不可多见的"清煮全鸭"。在战友们的笑声里,徐向前与黄杰分别给对方挟了一只鸭翅,象征着"比翼双飞"。多少年来,这一只鸭子的婚礼尽管简朴,但因为情真,一直令他们记忆犹新。

当时负责摄影的同志不失时机地拍下了结婚纪念照,这一珍贵的历史瞬间成为他们深沉而真挚的感情的象征。

世界之大且各各不同,然而命运有时又何其相似。徐向前是开国元勋,功劳卓著,军事才能非凡,可谓人中英杰,然而前半生家庭生活却极其不幸,先后有两个

妻子死于非命；黄杰小姐闺中逃婚，投身于黄埔六期，二九芳龄即任松滋县第一任县委书记，堪称巾帼英雄，可爱人却惨遭反革命杀害。巨大的丧偶之痛没有将他们击倒，只能使他们更加坚强，更加领略到真情的宝贵和拥有的不易……

红军长征时期，徐向前任红四方面军总指挥、西北革命军事委员会副主席

徐向前与黄杰的新家庭是和谐温馨的。

徐向前老成持重，看问题入木三分，因此作战指挥时总能运筹帷幄，千里决胜；但他对人却谦逊温和，宽容大量，表现出令人敬叹的长者之风与元戎气度。与黄杰结婚后，不待身体完全康复，他又忘我地扑在工作上。黄杰由于自身的工作也不能经常在一起照料他。偶一相聚，看到徐向前瘦削有加的身体，黄杰心中禁不住浮起一种又敬又忧的感情。她努力在有限的相聚时光里，极尽炊食之能，本来很平常的糙米、野菜，经黄杰之手，就变成了有滋有味的饭食。特别是一种野菜拌成的甜滋滋、酸溜溜的凉菜，又开胃又爽口，成为徐向前元帅一生中最钟爱的菜肴。徐向前也非常体贴黄杰，在极度繁重的工作之余，总不忘抽出一点时间来陪黄杰散步或谈心，两个人举案齐眉，相濡以沫，甚为人称道。

婚后过了近两个月，天已非常暖和，禾苗都争先恐后地拔节，延安的田野已是一望无垠的绿意。徐向前从司令部赶回家看望黄杰。这一天晚上，黄杰轻声地对徐向前说了自己身体的感受，并幸福地断言有了身孕。徐向前听到后惊喜异常。他早年有过一女儿，这次真打心眼里盼望着有个儿子。在这天晚上，夫妻二人彻夜长谈，黄杰向徐向前道出了她憋在心里很久的一段话，表明了她第一次婚姻被反动军阀扼杀的悲痛和怕再失去徐向前的担忧。徐向前感动地说，“我早已为你的坚强性格所折服，让我们以后有机会去看看为革命牺牲的他吧！”黄杰听了热泪盈眶，心里默默地说：“老郑，我已有了幸福的归宿，你在天之灵该安息了吧！”接下来徐向前也拂去回忆的尘封，向黄杰讲述了自己埋于心底的伤心往事……

第一位妻子叫朱香婵，这是一桩带有浓重封建色彩的父母包办婚姻。

1918 年底，不满 19 岁的徐向前考入阎锡山创办的当时山西第一流的学校——山西省立国民师范，成为速成班的第一期学员。第二年，父亲徐懋淮和母亲赵金銮考虑他已经 19 岁了，再不定亲，别人要笑话，于是为他与东冶镇朱氏门长女香婵定了亲。徐向前当时虽然已经受到新思想的影响，然而思想解放的程度，还未能使他有摆脱父母包办而去自由恋爱的勇气。完全传统型的少女朱香婵更是只相信命运会给自己安排好一切。好在香婵温和贤慧，使徐向前和全家人都感到满意。秉性随和的徐向前限于家境的窘困，对生活没有更多的奢望，何况他当时正准备献身于乡村的教育事业，香婵这样一位温雅、勤快、会体贴人的姑娘，对他来说也是比较理想的了。他们像千千万万对中国老式夫妻那样，随遇而安，过着和睦温馨夫唱妇随的家庭生活，并渐渐产生了感情。第二年，他们就有了一个女儿，取名松枝。

然而命运却如不测之风云，1924 年徐向前失业了。背着父母和妻子，他考入了黄埔军校。丈夫走后，朱香婵忧急成病。徐向前接到父母的来信，心急如焚，然而军校纪律如钢铁无情，他只好写信安慰妻子。可是朱香婵已经沉疴难起，柔弱善良的朱香婵怀着满腔的忧思离开了人世。这次婚姻，使徐向前深感歉疚。

如果说第一次婚姻是因为天灾留下了终生的遗憾，那么第二次婚姻则是人祸罹临制造的隐痛。

第二位妻子叫程训宣。这显然也不是一次浪漫的结合。

当时，遵照党中央的指示，徐向前由上海到鄂东北根据地担任红三十一师副师长。全师 300 来人，绝大多数都是青年农民。他们勇敢、纯朴，能吃苦耐劳，但也有散漫、狭隘等意识。徐向前初来乍到，人地生疏，语言不便，要在当地打开工作局面确实不易，又加上在鄂豫边军民中很有威信的老师长吴光浩同志牺牲，为减少对部队和群众情绪的影响，特委决定对他不幸牺牲的消息暂时保密。因而，徐向前名义上是副职，实际上是担负了全师的军事领导工作，这就更增加了他开展工作的难度。徐向前不愧是一位优秀的军事指挥员，他很注意发挥当地土生土长的“大老粗”的长处，从行军打仗、日常生活到军民关系，无不处处以身作则，平易近人，和群众打成一片。他打起仗来更是身先士卒，哪里有危险就往哪里冲，打胜了仗从不居功自矜，战斗中出现了失利总是主动承担责任。这样，徐向前很快就站住了脚跟，赢得了红三十一师指战员的信任和爱戴。在反击敌人三次围剿的一次战斗中，徐向前跳崖时将腿摔伤，红三十一师参谋长曹学楷和三队队长倪志亮想到徐向前师长丧偶多年，眼下又身体不好，急需有人照料，就出面为徐向前物色伴侣。忠厚贤淑的程训宣就成为最好的人选。

程训宣比徐向前小 10 岁，1911 年出生在湖北红安县。父亲为人忠厚，母亲性格开朗，古道热肠，程训宣受母亲影响很大。她家姐弟几个都参加了革命，大哥、二哥都是共产党员，三哥任过苏维埃主席，被敌人杀害。弟弟当时在司令部当勤务兵，后来“肃反”时遭错误杀害。1928 年，程训宣冲破封建家庭的束缚，投身到革命队伍中，从事妇女工作。她为人正派，工作积极，对党忠诚，很快就入了党。程训宣

1946年,徐向前与黄杰在延安结婚时所摄

做梦也没想到会有人为自己向职高位显的徐师长提亲,她早就不止一遍地听说过他传奇般的经历,也非常敬慕他儒雅的风度和有口皆碑的为人。可是那只是部属对领导的敬仰与爱戴,现在要去做他朝夕相伴的妻子,他会同意吗?程训宣红着脸低声羞涩地说:"听从组织的安排。"徐向前经过战友们的劝说,答应见见这位出色的女战士。一接触,程训宣开朗活泼、充满青春活力的外貌就给他留下了很好的印象。为了照顾徐向前的身体和工作,他们相识不久就闪电般地结了婚。这一年徐向前28岁,程训宣才18岁。

程训宣深深地爱着徐向前,并为他而感到自豪。她下决心当好徐向前的贤内助,更要当好一名称职的妻子。结婚后,对徐向前的饮食起居都精心照料。所以徐向前的腿伤恢复的很快,又回到了前线指挥战斗。这样,新婚不久的他们难得有见面的机会,也很少能得到对方的消息。徐向前时时挂念着新婚不久的妻子,谁知一场大祸突然来临。

1932年第四次反围剿时,升任红四方面军总指挥的徐向前在七里坪一带指挥作战,局势十分紧张。徐向前很惦念年轻的妻子,又无法回家探望,就派警卫员把袜子送去,让妻子抽空给补一补,也借此互报平安。没有想到的是,警卫员气喘吁吁地跑回来报告说:"不好了,训宣被抓走了,抓她的人说她是'改组派'。"听到这个消息，徐向前如五雷轰顶。淡淡的暮色渐渐抹去了天边的最后一丝光亮，天空霎时变得一片昏暗。徐向前面壁而立，久久没有动身。

当时正是张国焘白雀园“大肃反”的最残酷时期。在将近3个月的“肃反”中，2500多名连以上干部被杀害，几乎搞垮了红四军的作战指挥体系，造成的损失是无法估量的。与毛泽东、朱德、邓小平及十大元帅十大将军等一起被列为新中国战争史上33位著名军事家的许继慎、周维炯等都在此时被秘密杀害。那时是秋天，部队行至商城以西余家集时，徐向前看到队伍中抬着两副担架，上面蒙着一块白布，就问身边的红四军政治委员陈昌浩：“抬的什么人？谁负伤了？”陈昌浩不动声色地说：“没有谁负伤，那是许继慎、周维炯，反革命，逮捕了！”徐向前大吃一惊：“怎么搞的，把师长抓起来了，也不跟我说一声！”徐向前十分了解许继慎，他和徐向前是黄埔一期的同学，北伐战争中曾担任过叶挺独立团的营长、团参谋长。来鄂豫皖后，两人又在一起共事。他作战勇敢，指挥有方，为人正派，怎么成了“反革命”？至于周维炯，也是赫赫有名的一员虎将。陈昌浩知道徐向前不满意，却一点也不理会。

程训宣被抓走后命运如何，当时身为总指挥的徐向前竟无权过问。亲人为什么被抓，他不得而知。何况张国焘对他是“用而不信”，他自己也朝不保夕。大敌当前，只能强抑心中悲痛，听候组织“审查”，把身心投入到反对敌人“围剿”的战斗中去。他感到硝烟弥漫的战场比残酷无情的“肃反”更易把握和应付。后来到了鄂豫皖根据地，徐向前一直很惦念妻子，到处托人打听，但总是没有消息。直到1937年到了延安，徐向前才知道妻子被抓走后，保卫局用种种酷刑拷打折磨，逼她承认是反革命，并“揭发同伙”。程训宣始终不屈服，被残酷地杀害了。徐向前问鄂豫皖保卫局长周纯全：“为什么把我老婆抓去杀了？她究竟有什么罪？”周纯全此时只好实话实说了：“她没有什么罪，当时抓她就是为了搞你的材料。”徐向前悲愤得说不出话来。徐向前何尝不愿像其他男人那样，给妻子一个稳定而安全的家呢？然而在那种年月里，作为一军之长的他是那么强大，又是那样弱小。他不能解救自己的战友和妻子，也不能耽于儿女柔情。

程训宣的死对徐向前打击很大。一个活泼可爱的姑娘为了自己惨遭杀害，“土木偶人，宁不悲乎？”此后十多年，徐向前虽然像普通人一样，需要温情，需要家庭的天伦之乐，然而他始终不愿再考虑婚姻。这既是因为他怀念程训宣，也是因为干革命生死难料，不愿再拖累他人。与程训宣这段婚姻，徐向前很少向人提及。他始终照顾着程训宣的母亲，不忍心把真相告诉老人。

青山不老，沧海横流，人间终有真情在。历经命运坎坷的徐向前和黄杰最终又踏上幸福的列车，携手并行于人生的风雨旅程，他们感情的结晶——儿子徐小岩的降临为这次不平凡的婚姻增添了绚丽愉悦的色彩。

1949 年，徐向前和黄杰在石家庄

山重水复，峰回路转，革命家的理想终成真；新中国成立后的和平日子，一对革命伴侣苦尽甘来，终于能相安一隅，拥有一个真正意义上的家；“半赋闲”的徐向前对《满江红》爱不释手，黄杰工作之余相夫教子；徐向前说：其乐融融……

“炎炎红镜东方开，晕如车轮上徘徊，啾啾赤帝骑龙来……”

1949 年金秋，新中国的成立震惊了整个世界。“萧瑟秋风今又是，换了人间。”为革命奋斗了 20 多个春秋的徐向前和黄杰站在天安门城头，禁不住心潮翻滚，思绪万千，人生难得苦后乐。他们神往那峥嵘岁月，缅怀早逝的战友，同时也结束了颠沛流离的生活，在京城史家胡同的一所旧宅院内安居下来。此时，徐向前担任解放军总参谋长，黄杰在国务院纺织工业部主管人事工作。新的居所是一座历经半个世纪的旧宅院，外观斑驳古拙，然而家庭内部却乐趣怡然，孩子们聚居一堂，使整个家中的气氛朝气蓬勃，这才是他们第一个真正意义上的家。

新中国成立伊始，百废待兴；家人久分得聚，温馨怡人，徐向前、黄杰以空前愉悦的心情又开始忘我工作。然而徐向前的身体状况却越来越差了，他长期的偏头痛犯起来特别厉害，有时参加军委会议开到中途就难以支撑，不得不提前退席，以致受命担任总参谋长后不久，就不得不较长时间地在青岛养病，而由副总参谋长聂荣臻元帅代理主持工作。因而，有很长一段时间里，他可以说是处于“半赋闲”状态。

“今日得宽余”，此时的徐向前在静养身体之余，能有一定的时间从书中找回他久违的乐趣。黄杰同样也是如此，她有自己的爱好，但更顺应徐向前的兴趣，陪徐向前一起吟哦，做他忠实而又知心的听众，与他一起悲喜，一起为古人感慨……他们的感情世界变得如此的一致而又丰富。

徐向前品行高洁，律己甚严，且清心寡欲，淡泊名利，他非常推崇精忠报国的岳飞、于谦及洁身自好、德才兼备的李岩。建国伊始，我们的一些将士能不能禁得起和平时期的考验呢？洞微察幽的徐向前深深担忧这个问题，李自成的队伍就是这样垮下来的。为此，他不仅自己读《甲申三百年祭》，还要求身边的工作人员和家人也要读。徐向前爱读岳飞的千古名篇《满江红》，也爱读毛泽东主席在延安整风中推荐给全党的《甲申三百年祭》。郭沫若这篇名震一时的论文，最初连载在 1944 年 3 月 19 日至 22 日的重庆《新华日报》，不久就传到革命圣地延安。党的领袖深谋远虑，独具慧眼，意识到它的重要价值和深远意义。4 月 18 日和 19 日，延安《解放日报》全文转载了《甲申三百年祭》，并加了重要按语。上世纪 60 年代初，著名作家姚雪垠先生的长篇小说《李自成》的第一卷由中国青年出版社出版。因姚雪垠先生在 1957 年的那场风波中被打成“右派”，文学界对这部小说反应很冷淡，没有任何评论。但徐向前却看到了这部书，而且津津有味地读了。当然，元帅在很大程度上是把这部小说当成历史来读的。和读《甲申三百年祭》一样，他尤其欣赏进京后能洁身自好不喜声色的李岩等人物。

黄杰呢？受徐向前的影响，她也对岳飞的《满江红》、于谦的《石头吟》、毛泽东的《沁园春·雪》等名诗词耳熟能详。在这一点上，她和徐向前不约而同地为身边的工作人员做出了表率。他们夫妻二人对子女要求极严，对身边的工作人员更是采取适当的方式加以开导和教育。全国解放后，军队中有些人以功臣自居，有些人因经不起“糖衣炮弹”的袭击而堕落。身为总参谋长的徐向前和夫人黄杰却不仅严格要求部队和下级,而且更严格地要求自己。他坚持和大家一桌就餐,不许单独为自己做菜,不许买价格稍高的食品。别人送来的东西,包括影剧院的招待券,他都不让收下。散步时看到院子里的路灯开多了,都要亲手关掉。他的文件,仍和战争年代一样放在一个连油漆都没有上过的木板箱里。他身边的一位老警卫员看到另一个成了干部的警卫领到了 4 个兜的衣服,而自己的仍是两个兜时,便发了牢骚。徐向前总参谋长听说后便把他叫到自己的屋里,拿出节省下的一套干部服说:“待遇是党和人民给的,自己不应该去比去争,如果你感到没穿上 4 个兜不高兴,我这套没穿过的送给你穿倒可以。”见对方摇头不说话,他又说:“我们不能进了大城市就忘记打仗牺牲的同志,要比待遇首先要同他们比。”那老警卫员很快就想通了。徐向前抱着多病之身,拼命工作,生活一直是向低标准看齐。配发的两部车,黄杰主动提出退回一辆;听说三座门招待所要买地毯,黄杰就把家中的新地毯卷了让人送去……

在东城史家胡同住了 10 余年,60 年代初他们调整到了西城一条闹中取静,弯曲不直,宽窄不同也不很长的胡同。这条毫不显眼的胡同就是 20 年后名重一时的柳荫街。它过去的名字叫李广桥西街,据说是因太监李广曾在这里住过而得名。柳荫街南口向东不远,就是北京市有名的一片水面——什刹海。过去每逢春夏,漫步围栏杆的“海”旁,便可拂到条条迎风摇曳的柳丝,望见碧绿的涟漪中一片片的荷花,有时还能见到轻舟泛浮水面。白日,那一团团彩色的云雾给炎炎夏季注入无尽的温馨与芬芳。沿“海”摊棚林立;卖爆肚、豆汁、扒糕、凉粉、羊肠,用的玩的应有尽有。

胡同中段有个并不很大的院落和一座老式二层楼房。室内陈设庄重而简朴,院内栽种着一些蔬菜、花草和几株大树。这就是徐向前元帅的家。此时孩子们都已离家上学了,徐向前身体好转后先后任国防委员会副主席和军委人民武装委员会主任,1965 年兼任中央军委副主席。黄杰同样也工作繁忙,他们日日相见但在一起的时间却少了,而且在一起谈的更多的是关于孩子们成长的话题。徐向前这一段岁月尤其夜以继日地工作, 年过半百但身体尚好的黄杰常常晚上等他午夜归来;或是晚上陪他灯下工作。早在延安接受美国进步记者海伦·福斯特采访时,福斯特就以外国人的坦率断言:“徐向前是红军领导人中几位理想主义革命家之一。”确实,徐向前对事情与工作都力求完美无憾,但有趣的是他对人在非原则问题上却又极为宽容。这样一对甘愿为人民做公仆的伴侣,能为党和国家做有益的事是他们感情升华的无私境界。在共同互勉互助的过程中,夫妻的感情更可彰日月,他们的家庭被评为令人称羡的“五好家庭”,徐向前是被老帅们笑称的“好丈夫”。毛泽东曾称誉徐向前和聂荣臻的忠实厚道。徐向前最明白,对自己的称誉就是对妻子的称誉。

直至文化大革命到来前夕，这个柳荫街的“五好家庭”一直是温馨且平静，朴实且伟大。黄杰诚恳待人，乐于助人，而且又勤快俭朴，在她的主张下，徐向前和她一起对这个不大的小院进行了规划：一半养花，可赏心悦目，陶冶情操，美化庭院；一半种菜，可改进膳食，节省供给，并享享农家乐趣。和彭德怀等老帅们一样，徐向前也保持着勤劳俭朴的作风，小院的女主人黄杰更是事必亲躬，他们夫妻二人常常一同除草培土，捉虫洒水，把一个院落整饬得常年一片碧绿，四季生机勃勃，花间树下，留下他们夫妻深情，两情相悦的身影。

天地苍黄，风雨又起，徐向前和黄杰琢磨不出江青“举贤任能”的用意；徐小岩从父母严峻的目光里读出了深远的含义；形势紧迫，黄杰心中暗想：如果出了意外，决不离开他。他与她的感情注定要与中国的命运连在一起，“风雨漫苍穹，悠悠笃真情……”

徐向前的身体这段时间倒比以往要好，这不能不说是黄杰的功劳。在三年困难时期，毛泽东带头在政治局会议上保证“以后不吃肉，不吃苹果！”周恩来、朱德、邓小平等中央领导人纷纷表态要与人民一起勒紧腰带还债，这是共产党的领袖们高风亮节、与民同甘苦的最好写照。军委副主席徐向前元帅主动下令取消自己的肉食供应，仅以每餐的野菜、小腌菜就玉米粥充饥；偶尔有一个改善伙食的三分白面、七分棒子面的“金银卷”，他还舍不得一次吃完。黄杰看在眼里，痛在心里，这个对自己太苛刻的老革命真是连命都不顾了，他工作如此繁重，本来就多病的身体怎么能吃得消？

还是战争年代的老办法吧，黄杰就又开始严格限制偶尔回家来“填饱肚子”的小岩等孩子们的饭量，并自己节食，尽量把营养丰富的饭食给徐向前留着。

生活清贫，不算什么。然而那一场历史大动乱却让他们茫然继而愤怒了。在职但问事很少的徐向前常常站在窗前听着远处喧嚣的狂热喊叫，黄杰静静地陪在身侧，她理解徐向前忧国忧民的心情。阳光从书房的窗口斜射进来，将元帅和夫人的身躯映成一幅线条分明的剪影。风和着喊声从窗外一起涌进来，徐向前凝望着不说一句话。有时他忽然问黄杰：“你说部队这样下去还能打仗吗？”黄杰看着徐向前由于日益忧思而吃不下饭，变得消瘦而疲倦的脸颊，心中非常着急和难过，她安慰他说：“毛主席、周总理会想办法的。”徐向前听了摇摇头又不做声了。他希望有机会能尽自己的绵薄之力，为蒙冤同志主持公道，仗义执言，用牺牲自己来保住他为之奋斗了一生的军队。

然而意想不到的事发生了，江青向毛泽东建议徐向前出任全军文革组长。代参谋长杨成武上将负责传达主席指示。他打电话给黄杰，说他有要事向徐帅谈，但目前来徐帅府上有诸多不便，请徐帅和黄杰到总参五所一叙。

“噢，成武。有什么要事这样神秘？”徐向前元帅问。

“徐帅，是大事。要不怎么敢斗胆请老帅您哟。”

面对这突如其来的任命，徐向前毫无思想准备，会客室气氛沉寂，黄杰心里也非常纳闷：江青怎么会推荐徐向前呢？须知双方素无交往，徐向前、黄杰对这个女人一向是避而远之。

沉默了许久，徐向前缓缓地说：“成武，我多年有病，身体不好，对干部情况不了解，请转告毛主席，这个工作我担当不了。”

杨成武上将是徐帅的老部下，对徐向前、叶剑英、聂荣臻等老领导非常尊重。他毫不隐瞒地实话实说：“徐帅，这是江青提议，毛主席亲自批准的。”

徐向前不动声色：“我的确干不了，你还是把我的意见报告主席吧！”说完就动身告辞了。回家的路上，徐向前和黄杰反复琢磨，怎么也理不出个头绪来。的确，徐向前夫妇和江青从没一起共过事，也没有来往。长征一、四方面军会师时，身为“一路诸侯”的徐向前初见毛泽东，那时主席夫人还是贺子珍。徐向前心里画着问号，本来就不平静的心情，更加烦躁和不安。他不理解这场“大革命”，自然也不愿投身当中。于是他向毛主席当面呈辞，请主席另选贤能。不料，毛泽东的回答是：

“天塌不下来，你就干吧！”

黄杰也拿不定主意，但既然主席亲自委任了，徐向前只好从“半赋闲”中一步成为文革的“风云人物”。

一任职共事，江青就后悔了：搬倒了刘志坚这个“倔头”，怎么又来了个“老倔”？徐向前一主持工作，就提出了令江青恼火的三条意见。其一是：部队中哪些是“牛鬼蛇神”，建议在适当的范围讲一讲。北京军区抓廖汉生，又要抓杨勇、郑维山，空军今天也把刘震、成钧和何廷一抓走了，这个问题要研究解决，否则大家没有底。

这明显是与江青等搞乱军队阴谋格格不入的观点。上任之初，徐向前就保护了不少干部。江青看在眼里，恨在心里。于是这位全军文革小组的特殊顾问只顾了三次就再也不顾了：

“这样下去，我变成军队的消防队了！”

江青摇身一变，开始暗中和徐向前顶着干。徐向前白天、晚上连轴转地开会、接见，一纠缠就是好几个小时，常常为一个人的问题，或者一句话不符合造反派的口味而不得脱身。黄杰看到丈夫时常因愤怒而头疼频繁发作，心疼极了。但有些保密的问题徐向前又绝口不对她提起，只是一个人生闷气。在“四人帮”唆使人揪斗

1977 年 3 月，徐向前（前右二）与粟裕（前左一）、罗瑞卿（前右一）、王震（前左二）等外出视察

萧华并抄了他的家时，徐向前积蓄的愤怒终于爆发了，他用拳头擂着桌子，震得茶杯“哗啦”一声掉在地上：

“军队是无产阶级专政的柱石。你们把军队搞乱了，还要不要柱石了？难道我们这些人都不行了？要那些造军队反的人来指挥军队吗？全军指战员绝不会答应！全国人民也不会答应！”

他愤怒地掀翻桌子，高举拳头：“谁要毁我长城，我就和谁拼命！”黄杰听说后，暗暗为徐向前担心，又为自己的丈夫大义凛然的行为叫好。她真挚地对徐向前说：

“你做得对！”

可是局势发展果然不出黄杰所料，林彪、江青等会后对徐向前恨之入骨，她像提议徐向前出来工作那样，铁青着脸说：

“徐帅老了，不能工作了！”

接着又向毛泽东打小报告。

造反派三次抄了徐向前、黄杰的家。此时徐向前临阵不乱的气度又表现出来，他冷静安详地安慰替他担忧的黄杰：“不要怕，该吃饭吃饭，该睡觉睡觉，天塌不了！”因前一段时间忧愤而又抽烟的习惯，他倒开始慢慢戒掉了。

乌云可以一时迷漫天空，但终究遮不住太阳。喜出望外的事情发生了，毛泽东请周恩来、徐向前、李富春、陈毅、叶剑英、聂荣臻、谭震林、李先念、余秋里、谷牧等同志到他的会客室开“团结会”：“文武之道，一张一弛。今天开个团结会。我们还是要搞团结嘛。”毛泽东手里夹着一根烟，一边抽，一边和悦地说：“开初，我不知道什么是大闹怀仁堂。后来我听了几次汇报，才搞清楚了。”

毛泽东望着这些曾经与他一起打天下的战友，“碰头会上的发言，是对运动有意见，是老帅发牢骚嘛。”他边讲边微微侧着头，用热烈的目光注视着大家，“这些话，是在党的会议上说的，是阳谋，不是阴谋。以后，大家有意见，可以对我讲嘛！”

毛泽东还笑着问前些天火气最大的谭震林：“谭老板哪，你的气消了没有？我的气已经消了……咱们订个君子协定，不许骂娘。”

屋子里响起一片笑声。老帅们严峻的面容上，重又露出了笑容。同志间过去那种紧张的空气，突然缓和了。雅静、明亮、宽敞的会客室里，洋溢着老战友们亲切的气氛。回到家里，徐向前对黄杰讲了会上的经过，喜悦地说：“半年多来，我第一次心情这么好。”

黄杰也由衷地高兴：“毛主席是被他们蒙骗了。”但她又以女性特有的敏感不无忧虑地说：“那些人不会轻易放过你们的。”

徐向前点点头，军队的局势真是太乱了，后果不堪设想啊。

毛泽东要和老帅们搞团结，林彪、“四人帮”可不搞团结。他们暗里磨刀霍霍，开始把魔爪伸向徐向前的夫人黄杰，诬陷黄杰是“叛徒”。徐向前不禁一阵心疼，他回想起张国焘搞“肃反”时曾经以“改组派”的莫须有罪名，把他的妻子程训宣逮捕，严刑拷打逼供不成，最后残酷地杀害了她。谁能想到35年之后，革命胜利了，竟又发生相同的悲剧呢？

他十分信任妻子，知道黄杰几十多年，始终忠心耿耿，为党的事业奋斗不息。

黄杰的革命历史不仅清白无污，而且十分光荣。但是现在居然被强加了一个“叛徒”的耻辱罪名，这就是林彪一伙人说的“要革‘革过命的人’的命”！

徐向前又一次回想起他和黄杰共同走过的无数个日日夜夜。

就在他俩婚后不久，蒋介石发动了全面内战。作为一个从戎多年，却又因种种原因在后方滞留的军事将领，徐向前极其渴望能够到第一线去直接参加战斗。当身体稍好一点，他就向党中央和毛主席提出要奔赴前线，撇下刚生下儿子不久的黄杰，到晋冀鲁豫军区任职。如果不是黄杰充分理解自己，尽心竭力地支持自己工作，恐怕是难以出色地完成全歼阎锡山部队、解放山西全境的光荣任务的。

新中国成立后，黄杰在纺织工业部工作，从不以老革命和元帅夫人自居，一直乘坐公共汽车上下班，保持着艰苦朴素的本色。这么好的妻子，徐向前怎么会忍心看到她受到伤害呢？他和她只能相互劝勉，相对而坐。徐向前激动而又不平，黄杰也心中明白如镜。自己在这个时候遭到诬陷，肯定与那帮人要整倒徐向前有关。她也想起了为徐向前殉情而死的程训宣，坚定而又心酸地说：“我绝不是叛徒，让组织去审查好喽，要不，我们可以离婚，免得你连我，我连你，说不清楚。”

俗话说“男儿有泪不轻弹”。饱经忧患的徐向前元帅更是心如山脉。他听了黄杰这句话，注视着几十年相依为命的妻子，心中几许柔情，几许伤感，几乎就要潸然泪下。他不光是为黄杰受到牵连，还为许许多多被诬陷的老战友、老党员。不能向他们屈服，要和他们斗争到底。“我不相信白的还能变成黑的！”

专案组的人跑到广州去找詹才芳，要这位当年红四方面军的老战士揭发徐帅“里通外国”的罪行和夫人黄杰“叛徒”的黑材料。

詹才芳面对来者，拍案而起：“徐帅是军队的元老，搞到他头上去了，天下岂不大乱？徐帅的夫人黄杰大姐是黄埔六期女学员，什么里通外国？放屁！”盛怒之下，詹才芳掀倒了面前的桌子，喝叱来者。

别有用意的造反者来突击抄家 3 次，然而什么也没有找到。周总理得知后马上转呈毛泽东。毛泽东亲笔批示：“所有与‘二月逆流’有关的老同志及其家属都不要批判，要和他们搞好关系。”林彪无可奈何，也只得在旁加批：“完全同意主席的意见。希望徐向前同志搞好健康，不要制造新的障碍。”

看了林彪的最后批示，徐向前黄杰心中明了：这不是露骨地威胁自己老老实实地靠边站，不许再提不同意见吗？他轻蔑地抬起头：可以暂时禁锢我的行动，但要我不坚持真理，向谬误低头，除非太阳从西边出来。

儿女都被下放，徐向前和黄杰相依为命，身边没有一个亲人，“茕茕孑立，形影相吊”，但他们热爱生活、热爱生命。此时，徐向前更是经常吟诵《满江红》，以“歌以咏志”。他还和黄杰一同读美国作家杰克·伦敦的《热爱生命》名作，保持着乐观的

1986 年，徐向前元帅与夫人黄杰

革命情绪。

1971 年，林彪罪行败露，折戟沉沙。毛泽东在识破林彪真面目的同时，也再次认识到徐向前等一批老革命家的忠心耿耿。他不仅逐步起用一些老革命家，还亲自参加陈毅元帅的追悼会。在为“二月逆流”平反时，他亲自接见了各位老帅，满怀深情地握着徐向前的手连说：“好人！好人！”

然而天下并不清平，但已经深谙斗争之妙的老帅们能部分出来工作了。在周恩来费尽心机的巧妙安排下，徐向前参与了大量的外事活动。这样既不触怒“四人帮”从而引来迫害，又可保持威望和影响。黄杰现在心情也好多了，经过一场人生罕见的劫难，她对徐向前的感情深可尽海，高可越山，两人一个年近古稀，一个年及花甲，老夫老妻的情谊真是可谓地老天荒。

徐向前一方面为国事忙碌，另一方面又时时为国家的命运和前途而担忧。他和黄杰对江青一伙的胡作非为深恶痛绝，有时也和亲密的战友们谈谈自己的忧虑。特别是在邓小平被第二次打倒，周恩来总理、朱德委员长、毛泽东主席相继去世之后，徐向前的这种忧虑日深，常常夜不能寐。在斗争日趋白热化的关键时刻，徐向前也臂戴黑纱，和叶剑英、聂荣臻元帅等军委主要领导同志一道，保持着热线联系,以应付可能发生的突然事变。

“大快人心事,粉碎‘四人帮’!”1976 年 10 月 6 日,中共中央顺应全国人民的意志,一举粉碎了“四人帮”,江青、王洪文、张春桥、姚文元及其爪牙被押上了历史的审判台。

都已步入高龄的徐向前和黄杰继开国大典之后又一次心情激动地登上天安门,晴空湛湛,秋风习习,艳阳融融,被深红色的宫墙和翠绿色的树海包围的天安门在风和日丽中焕发新颜。他们举目望着庆祝胜利的欢腾人群,禁不住互相紧握着对方的手,传递着心心相印的深情……

虽然近黄昏,夕阳无限好。北戴河海滨浴场,徐向前尚能挥臂击浪,黄杰爱怜地说:“比不得年轻了。”病榻之上,元勋风骨昭然:“把骨灰撒在……河西走廊,”帅星向天飞,黄老夫人沉痛无语,元帅忠魂在万里舞长空……

人逢喜事精神爽,徐向前与黄杰都感到现在好像年轻了几岁一样。粉碎“四人帮”后,国家局势严峻,四害余毒未尽,急待拨乱反正。徐向前不顾高龄多病的身体,与邓小平、叶剑英等老一辈革命家们又并肩战斗,将全副身心投入到国家与军队的建设中去。黄杰怜惜地让他注意身体。徐向前总是乐呵呵地说:“我对党和人民还有用,马克思还不会让我去报到!”

1983 年夏天,徐向前和黄杰、孩子们来到北戴河海滨浴场,这是他们全家屈指可数的外出度假活动之一。已经 82 高龄的徐向前情绪极好。他套上救生圈,壮心勃勃地挥臂击浪,一口气游了 10 多分钟。

黄杰在他身边看着,爱怜地说:“歇一歇吧,比不得年轻了。”

徐向前对着海水猛击一掌,心情振奋地说:“不要紧,我还能为党再工作几年哩。”

的确,在此年 6 月,第六届全国人民代表大会第一次会议上,根据邓小平的提名,叶剑英、徐向前、聂荣臻、杨尚昆被选举为中华人民共和国中央军事委员会副主席。他和邓小平等军委的主要领导人一起致力于军队的现代化建设。我军经过几十年的历程,现在已到了一个崭新的发展阶段。为了跟上时代的要求,必须要进行大的改革。邓小平、徐向前、叶剑英等老革命家们高瞻远瞩地看到,庞大的军队数量并不能保持强大的战斗力,经过一年多的反复酝酿和深思熟虑,他们决定进一步对军队进行精简整编。

1984 年 11 月,中央军委召开扩大会议,通过军委主席邓小平提出的全军裁减员额 100 万的决议。在实施精简整编的大裁军中,徐向前再一次表现出了一个老革命家、军事家惊人的胸怀与气度。他驳回许多部下请求保留原部队的要求,要他们以大局为重，放下那份感情，主动拥护和执行军委的决议。在他们这些老帅的支持下，军委的决议得以落实，为人民解放军现代化、正规化、革命化建设迈出了里程碑式的一步。

徐向前与家人

看到国家形势如此喜人，徐向前极其欣慰。

一天，他对黄杰说出了心里话："我想退下来了，让年轻人干吧！"

黄杰望着他，默默地点点头。还有比她更了解徐向前的吗？

"我这一辈子欠亲人们太多了，尤其是你的。"他真诚地对黄杰说，不等黄杰说话他又说："所幸一生没有做亏心的事。"

黄杰深为感动："我知道。"

他们就这样交流着深沉真挚的感情，有时相对无言，但双方都能感受到彼此的心声。黄杰知道，徐向前想用晚年的时光来弥补他早年因工作而对妻子留下的遗憾。他是多么珍惜这温馨的生活啊！

1990年，元帅生命的火炬无私地燃烧了数十个春秋之后，将要熄灭了。黄杰心中的悲痛是任何人都无法想象的，她尽量多地守在徐向前病榻前，她多么希望这个与她同历人生风雨的人会重新启动战斗不息的脚步啊！最后的时光迫近了，徐向前望着黄杰与子女们，作了认真、严肃、郑重的嘱托："我说不了多少话，我要说的是，我死后一不搞遗体告别，二不开追悼会，三是把骨灰撒在大别山、大巴山、河西走廊。这就是我留给你们的遗言。你们要永远跟着党走，贯彻党的路线，言行一致，说到做到。现在党风不正，有些人光说不做。"

寒风瑟瑟，万木悲哀，元戎忠魂向天飞。黄老夫人看着自发吊唁的人群，听着中共中央、全国人大常委会、国务院和中央军委的讣告，仿佛又看到了表里如一的徐向前：他在人民心里。

万里长空，请为忠魂舞！

延河作证，此情同日月！

【情永篇】

甘泗淇，上将。1903 年出生于湖南省宁乡县。1925 年加入中国共产主义青年团，1926 年转入中国共产党。1927 年赴苏联入莫斯科中山大学学习。1930 年回国。土地革命战争时期，任中国工农红军独立一师党代表，中共湘赣省委宣传部部长，湘赣军区政治委员，湘赣省苏维埃政府财政部部长兼国民经济部部长，红十八师政治委员兼政治部主任，红六军团政治部主任、代政治委员，红二军团政治部主任，红二方面军政治部主任。参加了长征。抗日战争时期，任八路军一二O师政治部副主任、主任，陕甘宁晋绥联防军政治部副主任、主任，晋绥军区政治部副主任。解放战争时期，任晋绥野战军政治部主任，西北野战军政治部主任，第一野战军政治部主任。中华人民共和国成立后，任西北军区副政治委员兼政治部主任，中国人民志愿军副政治委员兼政治部主任，中国人民解放军总政治部副主任。1955 年被授予上将军衔。于 1964 年逝世。

李贞，1908 年出生于湖南省浏阳县。1927 年加入中国共产党。参加了湘赣边界秋收起义。土地革命战争时期，任浏东游击队士兵委员会委员长，中共平江、吉安县委军事部部长，红六军团政治部组织部部长，红二方面军政治部组织部副部长。参加了长征。抗日战争时期，任八路军妇女学校校长，八路军一二O师教导团组织科科长，师直属政治处主任，陕甘宁晋绥联防军政治部组织部组织科科长。解放战争时期，任晋绥军区政治部秘书长，西北野战军政治部直属政治部主任。中华人民共和国成立后，任西北军区政治部秘书长，中国人民志愿军政治部秘书长，防空军政治部干部部部长，中国人民解放军军事检察院副检察长，中国人民解放军总政治部组织部顾问。1955 年被授予少将军衔。于 1990 年逝世。

夫妻将军　风雨人生

——甘泗淇上将与夫人李贞少将

在“肃反”中张启龙被打成“右倾机会主义”，和李贞离了婚。陈琮英当红娘，李贞嫁给甘泗淇。

1934年红二、六军团会师后，转战到湘西，开创新的根据地。先在大庸县宣告成立湘鄂川黔省委，后将省委、省军区机关迁到永顺县的塔卧。李贞从红六军团组织部长调任省军区组织部长，因此也随省军区机关搬到了这里。

塔卧，处在永顺、桑植大道之间，永顺河经此流入酉水，汇入沅江，交通十分方便。有着多年军事生活经历的李贞，敏锐地看到了这一点，并从心里佩服任弼时、贺龙、关向应、萧克、王震等领导人的眼光，很快地投入了工作。

湘鄂川黔各县，人民生活很苦。为巩固和发展这块新的根据地，贺龙率主力东进，向常德开展攻势，任弼时率部分部队在永顺、桑植、大庸等地深入发动群众，建立地方政权，发展革命武装，开展土地和游击战争。李贞主要从事的工作，是发动群众，组建武装。现在，她从农村回来，走在塔卧的街上。

回到住处，李贞才感到有些累。她想先歇一歇，然后再处理事情。可她坐下不一会儿，陈琮英敲门走了进来。在湘赣的时候，李贞就认识陈琮英。知道她小时在任弼时家也做过童养媳，和任弼时一起在上海做过地下工作，进过国民党的监牢。因为她爱说爱笑，人们都叫她“小麻雀”，开始在背后叫，以后当面叫，她也就接受了。由于陈琮英做的是机要工作，和外边接触少，与李贞来往也不很多，今天她的突然来访，使李贞觉得有些意外。

李贞请陈琮英坐下，又去倒水。陈琮英制止了，说：

“听说你到下边去了，什么时候回来的？”

“刚到家一会儿。”

李贞的回答还是很简单，她预感到陈琮英来的目的不是说这个的。

“下边很红火吧？”陈琮英问。

“是的，”李贞说，“群众发动起来了，建立政权，发展武装，连妇女们也积极参加进来了。”

1955 年，甘泗淇被授予上将军衔，李贞被授予少将军衔。成为唯一的一对将军夫妇。

陈琮英说："弼时讲，我什么时候也下去一次，做一做实际工作。他还说要向你学习啊！"

李贞说："你能离开吗？机要工作可不同一般，随时都有事。再说弼时同志的身体也不好，需要你照顾。"

"女人结了婚，事多一些，可也不能总是一个人过呀！"陈琮英说着看了李贞一眼。

见李贞没说话，陈琮英便把话挑明了：

"李贞呀，你总不能这样一个人过下去吧？"

"不知道。"李贞的心像被针扎了一下。

陈琮英好像看出了李贞心中不好受，叹了口气，沉思了一会儿，说：

"事情既然已经这样了，你就再找个人吧！"

从谈话中，李贞已经猜到了陈琮英的来意。她听说过，王首道被撤职以后，手脚生疮，又患了疟疾，是任弼时让陈琮英去看他，送去一些吃的。张启龙被关起来，是任弼时亲自到保卫局将他放出来。陈琮英现在来找她谈这个问题，是不是也有任弼时的意思呢？不管是不是，李贞还是摇了摇头：

"我没想过。"

"那现在就想想。"陈琮英说，"眼下环境安定了，找个人，也好有个照应。怎么样？"果然是来当媒人的！李贞嘴里没说话，心里不得不承认陈琮英说得有道理。自从建立根据地后，环境是安定了一些，萧克和蹇先佛结婚了，我也要结婚吗？她犹豫了。

在婚姻问题上，女人最了解女人的心思。在李贞面前，陈琮英是大姐姐，她关心地说：

“我给你介绍个人怎么样？”

“谁？”李贞抬起头，问道。

陈琮英说：“甘主任，你熟悉的。”

“是他？是甘泗淇？”

对甘泗淇，李贞确实熟悉，熟悉的时间，比陈琮英早得多。1930年，王首道到上海去向党中央汇报工作，中央决定成立湘赣省委，指定王首道任书记，并派刚从苏联莫斯科中山大学回国的甘泗淇到省委任宣传部长。王首道和甘泗淇回到湘赣时，李贞和张启龙恰好也调到湘赣省工作，从此就认识了。这期间，甘泗淇当过独立一师的党代表，当过军区政治委员。在“肃反”中甘泗淇和王首道、张启龙一样，也被打成“右倾机会主义”。张启龙和李贞离了婚。王首道为了保护甘泗淇，调他到省苏维埃政府当财政部长兼国民经济部长。为此，王首道又增加了一条包庇甘泗淇的“罪状”。说心里话，李贞对甘泗淇的印象是好的，但要和他结婚，李贞可想也没想过。此刻陈琮英提起这事，让她太突然了。

“怎么样？”陈琮英又问。

“不行不行！”李贞说着连连摇头。

陈琮英不解地问：“为什么？”李贞冷静了，不好讲别的原因，就说：

“人家是到苏联留过学的，我可是个童养媳出身，没有文化。”

“那怕什么，我也是个童养媳嘛。”

“那也不行！”李贞说，“反正我觉得不合适。”

陈琮英笑着说：“别把话讲得那么绝对了。甘主任对你的印象可是相当好哩。他说你泼辣能干，作风扎实，是个了不起的女同志。”

李贞心里一惊，她很感动。

“这样吧。”陈琮英说，“你再考虑考虑。过几天我再听你的回话。”李贞没有说话。

不久，李贞和甘泗淇结婚了。

雪山的风刮着，凛冽奇寒。草地，到处是茫茫的水草地。沼泽、泥潭，一片连着一片。

太阳落山的时候，风更大了。雪山的风，刮着凛冽的奇寒，如狼一样吼叫着，弥漫在天地之间，跋涉一天的红军战士在这样的时间这样的地方宿营。没有房屋，连一棵挡风的树也没有，战士们就在露天地里的冷风中过夜。

李贞却不能休息。自从长征以来，几乎每天都是这样，部队住下了，她就到每个单位去，询问党团工作和伤员情况，统计伤亡数字，很晚才能歇息。走了一天的山路，此时，她感到浑身疲劳，真想坐下歇一会儿，哪怕坐一坐也是一种满足。可是不行，她是红二方面军组织部副部长，要做的事太多了。她转了几个单位，脚步沉重。更沉重的，是口袋里的那份伤亡统计表，仿佛千斤重的巨石压在她心头。又有那么多的同志长眠在这千年不化的雪山上，多么可惜而又没有办法啊！

不远处，有一顶小帐篷，旁边拴一匹马。这是组织上配给她的。她骑着这匹马，离开湘鄂川黔踏上长征路，涉过金沙江，抢渡大渡河。尽管其间有许多时候马背上骑的是有病体弱的战士，但这马总是立下了功劳。马已拴在帐篷前，说明那个小战士已经安全到达了宿营地。她感到很是欣慰。

白天，在爬雪山时，李贞正好和新婚丈夫甘泗淇走到了一起。跟随甘泗淇的小战士身体很弱，加上高山缺氧，身子摇摇晃晃，眼看就要走不动了，甘泗淇紧紧拉着他。李贞急迈几步走过去，问甘泗淇：

"你的马呢？"

"路上让给一个伤员骑了。"甘泗淇笑着说。

李贞本来想说，别的伤员骑马，这小鬼也走不动了，怎么不让他骑呀！可没有说出口，而是把自己的马缰递过去：

"让小鬼骑我的马吧。"

"那怎么行！"小鬼不答应，说，"你是女同志，我怎么好骑你的马呢！"

"女同志怎么了？"李贞说，"小小年纪就看不起妇女呀！"

小战士不好意思了，说："我不是那个意思。"

甘泗淇看看李贞，对小战士说：

"小鬼，让你骑你就骑吧，先到目的地，准备好，让她回去早点休息就行了。"这样，小鬼才勉强骑上了马。

到达目的地后，见李贞走到跟前，马也懂事似的打着响鼻，伸出嘴舔舔她的手，格外亲热。李贞摸摸马的脖子，心痛地说：

"你也辛苦啊，这么瘦了！"听到说话声，小战士从帐篷里走出来，高兴地说：

"李部长，你可回来了，马被我骑来了，你太累了吧？"

"没关系，我比你年龄大。"李贞说。

"快歇歇吧，等甘主任回来吃炒面。"小战士说。李贞不放心地问："他还没回来吗？"

"回来了，可又走了。"小战士说，"他说要去看看部队，说他们更苦。"

说话间，李贞看到小战士的上衣撕开一道口子，就说：

"看你的衣服，怎么又扯破了，快脱下来我给你缝一缝！"

"咳！你缝过不止一次了，可总是破。"小战士说，"反正还要破的，就不要缝了，等过了雪山再说吧。”

“那可不行，天这么冷。”李贞故作生气地说，“叫你脱你就脱下来吧。”

小战士老老实实地脱下棉衣，递到李贞手里，说：“你别生气，我这不是脱了嘛！”

“真是个孩子！”李贞扑哧一声笑了。

黄昏之时，夕阳的余辉洒在雪山上，反射出耀眼的光芒。李贞坐在帐篷门口，一针针、一线线地缝着棉衣，小战士蹲在她的旁边，晚霞的余辉，清晰地涂染出一幅动人的画面。不知什么时候，甘泗淇回来了。他什么也没说，静静地站在旁边看着。小战士发现了，急忙站起来。

李贞停下手中的针，抬起头，看到甘泗淇的脸色不好，便问：

“你怎么了？”甘泗淇长出一口气，说：

“我倒没什么，可部队的伤亡太大，今天又有一些人倒下了。”

“我已去统计过。”李贞说，“没有吃的，天又这么冷，身体弱的和一些伤病员真受不了啊！”

“中央红军的大部队就是从这条路上走过去的，能吃的东西已吃得差不多了。我们必须快点翻过山去和红四方面军的同志会合。”甘泗淇说。

毛主席与李贞握手

“是呀。”李贞说，“时间再长，部队的伤亡会更大，今天我又看到陈琮英、蹇先佛几个女同志，她们挺着大肚子走路，太遭罪了。”

“蹇先任也好不了多少，背着几个月的孩子，不但大人，就是孩子也受不了呀！”甘泗淇说。

“眼下也没有别的办法，只有忍着吧，总会好的。”李贞说。

甘泗淇的语调变了，口气中充满赞扬：“了不起的女同志！”

李贞缝好最后一针，用牙咬断线，递给小战士。

“小鬼，咱们还有多少炒面。”甘泗淇问。

小战士猜到了什么，说：“没多少了。”

“骗我吧？”甘泗淇说，“你少留一点，其余的给戚元德送去，她刚生过孩子，身子不好，急需要营养。”

小战士还有些不情愿，李贞催促说：“快去吧！”

戚元德是吴德锋的爱人，吴德锋是中央保卫局派到湘赣省委的，参与过“肃反”扩大化，王首道、张启龙、甘泗淇等人挨整，都和他有一定的关系。所以，她一听甘泗淇要小战士把干粮送给戚元德，心里既有说不出的滋味，又佩服甘泗淇的胸怀。这可是不容易做到的啊！

小战士走后，李贞又拿出一个皮筒子来，反复打量着。

“皮筒子！”甘泗淇惊喜地问，“哪里来的？”

李贞没抬头，说，“廖汉生送给我御寒的。”

“红二军团的同志风格真高，这都是贺老总带出来的。”甘泗淇说，“红二、六军团刚会师时，红二军团同志可是把好吃的好穿的好用的全拿出来了。”

李贞说：“我到红二军团组织部当副部长时，廖汉生同志当部长，他是非常支持我工作的！”说着话，李贞把皮筒子剪成了两件。

甘泗淇不解地问：“好好的，你怎么裁了呢？”

李贞笑了：“廖汉生是送给我的，可我不能一个人独享呀！这一半送给体弱的战士，这一半我们自己用。”

夜色浓了，甘泗淇去送皮筒子时，领回来几个体弱有病的战士，并让他们睡在帐篷里，他和李贞睡在帐篷门口。

篝火照亮草地夜空，进入草地好几天了，仍然到处是茫茫的水草地，沼泽、泥潭，一片连着一片，凄清荒凉，放眼四顾看不到人家，连个鸟的影子也看不到。

李贞小心地选择着草墩，脚迅速地踩上去，又迅速地朝前迈。几天来，她已有了在草地上行走的经验，如果辨认不清，陷进水洼里，就会越陷越深，最后被淤泥吞没，别人想救也救不了。不少同志就是这样眼睁睁看着牺牲的。

太阳偏西的时候，李贞来到一块稍干燥的高地，见到有几个小战士坐在地上，

呆呆的动也不动,看得出来,他们十分疲劳。李贞大声问:

“小鬼,怎么了?”

“他的头发晕,走不动了。”一个战士指指其中的一个人说。

“是病了吗?”李贞问。

又一个战士说:“不,是饿的。”

李贞下意识地摸摸自己的挎包,可惜也是空的。是呀,进入草地好多天了,带的粮食都已吃光,可这里又荒无人烟,什么吃的也找不到。何止他们呢,几乎所有的人都是这样。她还记得两天前,一次宿营时,甘泗淇听说宣传队女队员马忆湘的粮食掉到河沟里去了,就问:

“小鬼,你没粮食怎么办哪?”

马忆湘说:“吃草。”

甘泗淇让总务长把全政治部的人集合起来,说:

“这个小鬼和我们一起一年多了,没有怕死。可是在这最后一道难关前,她弄的一点粮食掉到河沟里去了。我们能忍心眼看着她倒在草地里吗?我知道大家的粮食都很少,但如果我们每个人都能抓一撮给她的话,就可以救她一条性命!她也能和我们一起走出草地!”

“来,给你!”甘泗淇的话音刚落,人们就解开了自己的粮袋。就这样,一人一撮,使马忆湘有了三四斤粮食……

看着眼前的几个战士,李贞发愁了,自己一粒粮食也没有,又没有其他人在场,怎么办呢?李贞坐下来,面向那个饿得发晕的战士,说:

“再坚持一下,想想看,还有什么办法没有?”

“这鬼地方,能有什么办法!”一个战士的拳头砸在地上。再一次将手伸向挎包时,李贞无意间触到了腰间的那根皮带,心不由得动了一下:这皮带是牛皮的,能不能吃呢?管它,如今也只有这一个办法了,试试看。这样想着,她对一个战士说:

“你找点干草把火烧起来,我煮牛肉给你们吃。”

战士不信:“别哄我们了,这里哪有牛肉呀!”

“叫你烧你就烧嘛!”李贞说。

战士们可都认识李贞,又听她的口气这么肯定,就找了些干柴草,生起一堆火,并盛了一茶缸子水放到火上。李贞解下自己的腰带,用小刀割成一块一块的,每块大约一寸长,放进盛水的茶缸子里。火越烧越旺,茶缸子里的水开了,发出咕嘟咕嘟的响声,一块块的牛皮带,在水中翻滚着,挺诱人的。大约过了一个多小时,李贞捞起一块,用手捏捏,变软了,放到嘴里嚼一嚼,觉得可以吃。就捞出几块,送到那个饿晕了的小战士面前,说:

“好啦,快吃吧!”

“什么好吃的啊？”一个声音传来。见到是任弼时和贺龙走过来，几个人都站了起来。李贞端起茶缸子，说：

“牛肉，请首长们尝尝！”任弼时的眼睛不好，凑得很近才看清，拿了一块放进嘴里，过了一会儿才说：

“这牛肉不错，很有味道哩！”

贺龙早看清楚了，满面笑容地拿起一块，嚼了嚼，爽朗地说：

“这东西嚼起来很香哩，还是我们的李贞同志有办法呀！”

“这可是环境逼的，没有办法嘛！”李贞说。任弼时转身招招手，喊过来一个女战士。然后又说：

“李贞同志你是做人的工作的，一定要把这个小同志带出草地！”

李贞说：“政委，请你放心，交给我吧！”

任弼时和贺龙走后，李贞紧紧握住女战士的手说：

“咱们一起走，一定能走出草地！”

女战士“嗯”了一声。天色黑下来，无边的草地上，燃起一堆堆篝火，通明晶亮，映得天空也抹了一层绯红。不远处一堆篝火旁传来说话的声音，不时引起哄笑。李贞和几个战士也走了过去。

原来，是任弼时正在给战士们讲故事。只听他说：

“……曾国藩亲自带了几十万湘军，想攻破南京，消灭太平天国。这时太平天国一位杰出的将领李秀成，带了几万人马，在南京附近和敌军大战40余天。由于敌军包围了南京，南京供应断绝，李秀成终于不能支持，敌人一直打到雨花台，南京危险极了……”

“那不是完了吗？”有个战士问。

“没有！”任弼时说，“人民是永远记住太平天国的。太平天国的革命种子撒到了大江南北，不断在广大人民群众中间生长起新的革命力量，与统治阶级进行着坚决的斗争。他们是不会完的，我们不就是继承他们未完成的事业吗？不过我们是无产阶级的队伍，有共产党的领导，我们的革命不会失败，一定成功。只要我们度过这一难关，出了草地，我们的境况就会根本改变……”

李贞和几个战士又回到原来的地方，重新生起篝火。熊熊的篝火，照着他们黝黑而缺乏营养的脸庞。周围，夜风呼呼地吹着，不时传来几声凄厉的狼叫。

“同志们，红军是为穷人打天下的，要不怕吃苦，不怕牺牲。”李贞说。

几个战士异口同声地说：“对，这么多苦和累都走过来了，还能怕草地吗？”

李贞抬头望望远处，说：“让我们团结起来，走出草地！”

“团结起来，走出草地！”几个战士同时说。

篝火更亮了，团团篝火相互连接，亮成一片，映照着天边的星星！

李贞看看自己。穿的衣服是男式的，腰间束的皮带无男女之分，头发剪得很短，和男的差不多。

李贞走路本来很快，可这时脚步却放得特别慢。因为她在思考问题：怎样趁着秋天的收获季节，多腌些酸菜，多买些豆子，以便磨豆腐用。不断碰到熟人，有部队的干部战士，有村里的男女老少，见了面都和她打招呼。回答过后，她自己心里又有点好笑：我怎么干起了这个呢？没想到从延安来到前线，却与酸菜、豆腐打上了交道！

多年来，李贞身在延安，心却向往着前线，希望能投入那烽火连天的战场，直接率领部队与日本侵略军拼杀。可组织上没有命令，她就得老老实实继续当她的妇女干部学校的校长。每一次，看着毕业的学员奔赴战场，她的心里都痒痒的。终于，组织要她回一二〇师，她高兴得一夜没睡好。那是她原来所在的红二方面军改编的部队，那里有她熟悉的领导贺龙及许多战友，还有她的丈夫甘泗淇在一二〇师当政治部主任。也许是为了照顾他们夫妻在一起才把她调来的吧？李贞没有多想，反而觉得又可以和他在一起了。可来到了一二〇师，却让她当师直属队政治处主任，据说这是师长贺龙的意思。她不好说什么了，当就当吧。因离开部队几年了，她问甘泗淇：

“这直属队政治处主任的工作范围是什么？”

甘泗淇说：“主要是做政治思想工作，也兼管师首长的伙食保障。”

她担心了。现在正是抗战的困难时期，日军“扫荡”，国民党军封锁，经济上极端困难，而贺龙又要求部队把菜金全部节约下来送到延安去支援党中央，自己想办法弄菜吃。无米之炊可是不好做啊！看到李贞这样，甘泗淇便动员说：

毛主席为李贞授衔

李贞与英模代表在一起

"犯愁也没有用,贺老总的脾气你是知道的。没有什么价钱可讲的,你就干吧,能干好的!"李贞就这样当起了一二〇师直属队政治处主任,既做思想工作,又管理师领导的伙食。

"你看那个八路军是男的还是女的?"

李贞抬起头,见几个孩子朝她指指点点,刚才的话就是他们说的。李贞看看自己。穿的衣服是男式的,腰间束的皮带无男女之分,头发剪得很短,和男的差不多。难怪那些孩子们一下子看不出来呢?李贞有些得意。

不久前的一天,她到女厕所去,正好里面有个农村妇女,见李贞进去,先是惊叫一声,接着气愤地质问道:"你为什么到这里来?"

"给你们增加点肥料嘛。"李贞故意把嗓门装得很粗。

那农村妇女看李贞不大像男的,又抿着嘴笑,便觉得奇怪,八路军战士没有这样不尊重妇女的呀!她疑惑地问:

"你到底是女的还是男的?"

李贞把帽子摘下来,说:"你看呢。"

农村妇女又看了一会儿,笑了……

李贞边想边走,来到了伙房。这里已经热闹起来。新买来的萝卜,摆在地上晒着,要等蔫了后才能洗净放进坛子里去腌。那些坛子早已刷得干干净净,整整齐齐地摆在地上。有的人在择菜,有的人在洗菜,好忙碌呀!管理员见李贞走来,就向她报告买菜的情况。李贞边听边蹲下身择菜,说:

"可以到远点的地方去买,不但便宜,更主要是别影响老百姓购买。"李贞接着说:"我们这是根据地,比较稳定,要多腌一些,自己吃不完还可以送给附近的部队。"

"豆腐做出来了,可不那么好吃。"管理员说。李贞马上站起身,说:

"走,我去看看。"

磨豆腐的地方,在另一座院子里。石磨在旋转,白色的豆浆,顺着磨盘流进盆里,然后,又倒进大缸里。李贞走过去用手指捏起一点,仔细捻一会儿,很内行地说:

"还可以磨得再细一点,不但做出的豆腐多,还好吃。"

旁边不远处,架起一口大锅,里面的豆浆冒着热气,散发出一种好闻的气息。李贞站在旁边看了一会儿,又走到压豆腐的地方。这里好像工厂的成品车间,已经做好的豆腐,摆在案子上。

"为什么味道不好呢?"李贞问一个人。

那人回答:"不知道原因。"

李贞拿起刀子，切下一小点豆腐，放进嘴里，慢慢地嚼着，品着味道，说：

“这是卤水和石膏加得不合适，下一锅改变一下比例。”

管理员说：“李主任，原来听说你打仗是行家，没想到做豆腐也是里手。”

“是才学的。”李贞说，“经验等不来，也请不来，只能靠在干中学，在学中干得来。打仗和做豆腐都是这样。为了做豆腐，我可是专门去向老乡请教过啊！”

“那打仗呢，是跟失败学的。”李贞的语气里充满感慨，“当初我们游击队刚建立的时候，谁也不会指挥打仗，甚至连晚上宿营要站岗都不知道，结果被敌人堵住了门口。不过，后来在实践中就学精了，还学会了使用计谋。”

管理员说：“怪不得人们都说李主任是位女将呢！”

“那是夸奖我。”李贞说，“要说打仗，还得数咱们的贺龙师长！”

伴着一阵脚步声，送来爽朗的话语：“是谁在背后说我呀？”

贺龙来了。他手里拿着烟斗，留着小胡子，步子迈得很大，边走边说。李贞说：

“是我，说的可不是坏话呀！”

贺龙吸吸鼻子，嗅了一会儿，说：

“李贞啊，听说你干得不错嘛！”

“那是你师长的命令，我不干怎么行。”李贞说。

“当初我说你行嘛！”贺龙看看李贞的腰间，说，“那时我就讲，李贞不会让我们吃皮带的，对吧？”

李贞笑了，拍拍皮带说：

“这根皮带比那根新，需要的时候也是可以吃的。”

“好！现在是抗战的最艰难年头，要有这样的思想准备。”贺龙说着，话题一转，“不过据我看，不会再出现那样的情况了。”

李贞点头表示同意：“我也这么看。明天总会比昨天好的。”

贺龙说：“李贞，我今天是来看看，顺便告诉你一件事，过几天师里要开干部会，全师的各路诸侯都来，你可得给我点面子，把伙食搞好噢！”

“保证搞好！”李贞说。

目送贺龙消失在远处，李贞转过脸对管理员说：

“走，咱们商量一下怎样准备吧！”

油灯昏黄的火焰，照出了土炕和靠窗的一张旧木桌子，甘泗淇还没回来。在这种时候，不论作为妻子还是作为秘书长，都是没有办法的。

这是距米脂县城20多里地的一条山沟，星散着不很多的住家，彭德怀指挥的西北野战军总部已移驻到这里多日，其部队分别驻在米脂、绥德、清涧和志丹地区。

时值1947年末，纷纷扬扬的大雪，在凛冽的寒风中飘落，沟沟坎坎披上素装，李贞踏得积雪吱吱作响，向借住的一间民房走去。清涧战役后，她和丈夫甘泗淇一起，从晋绥军区调到了西北野战军。甘泗淇接替徐立清当野战军政治部主任，她是政治部秘书长。

李贞推开房门，跺了几下脚才跨进门槛。屋内漆黑，什么也看不见。她搓搓手，熟练地摸到火柴嚓地一声划燃了，点上油灯。昏黄的火焰，照出了土炕和靠窗的一张旧木桌子，炕冰凉冰凉，桌上什么都没有。这一切都在说明，甘泗淇还没回来。他太忙了。李贞心想，现在，整个野战军都是进行冬季整军和训练，如果说打仗时司令部的事多，那么整军期间政治部的事情则更多。要了解部队的情况，要向军委报告，身为政治部主任的甘泗淇，就更可想而知了。今天，他就是跟随司令员彭德怀到三五八旅听那里开展诉苦教育汇报去。李贞处理完手头的事又到机关住的地方看了看，才回到住处，可甘泗淇还没有回来。在诉苦教育中，说不定会出现什么意想不到的事情，需要时刻注意思想动向。

李贞抱着一些干柴，在炕洞里烧起火来，把炕烧热。她坐在炕洞边，看着燃烧的火苗，思绪又回到了正在进行的"诉苦"运动上。撤出延安几个月来，部队打了很多胜仗，特别是开始的"三战三捷"，沉重地打击了敌人，大大地振奋了自己，沙家店一仗，基本上扭转了战局。但也出现了一些新问题：新的成分不断增加，尤其是部队补进了大量俘虏战士，平均每个连队占百分之七十，有补进来的俘虏战士不知为谁当兵为谁打仗，少数人怕艰苦，违反群众纪律的现象时有发生。个别干部还产生了骄傲自满、斗志不强、厌倦战争的思想。这些，都影响了战斗力的发挥。第二次打榆林就没有攻下来……因此，彭德怀才决定进行冬季整训，政治部当然首当其冲负有重要的责任，作为政治部的秘书长，李贞的体会比谁都深。

炕烧热了，它散发出来的暖气，升高了室内的温度，屋里不像刚才那么冷了，李贞脱下大衣，灌上一壶水放到炉子上。冷风中，有马蹄声响起，越来越近，转眼间在门前停下来。大概是看到屋里有灯光，甘泗淇推开房门走进屋内，边跺着脚边摘帽子，嘴里说：

"哈，还是屋里暖和啊！"

"我也才刚回来，水还没烧开呢。"李贞说。

甘泗淇又脱下大衣，说："这天也怪了，部队整训它下雪。"

"怎么这个时候才回来？"李贞问。

"咱们的彭老总，先听余秋里汇报，又参加战士的诉苦会，最后还找战士座谈，完了后急忙往回赶，就这个时候了。"甘泗淇的嗓门很大。

"我们的战士，谁没有一肚子的苦水呀！"李贞说。

上图:红军后方政治部,甘泗淇(右二)、罗荣桓(左三)、杨尚昆(左一)、谭政(左四)、杜理卿(左六)、傅钟(右四)等合影

下图:李贞和甘泗淇接见烈属代表

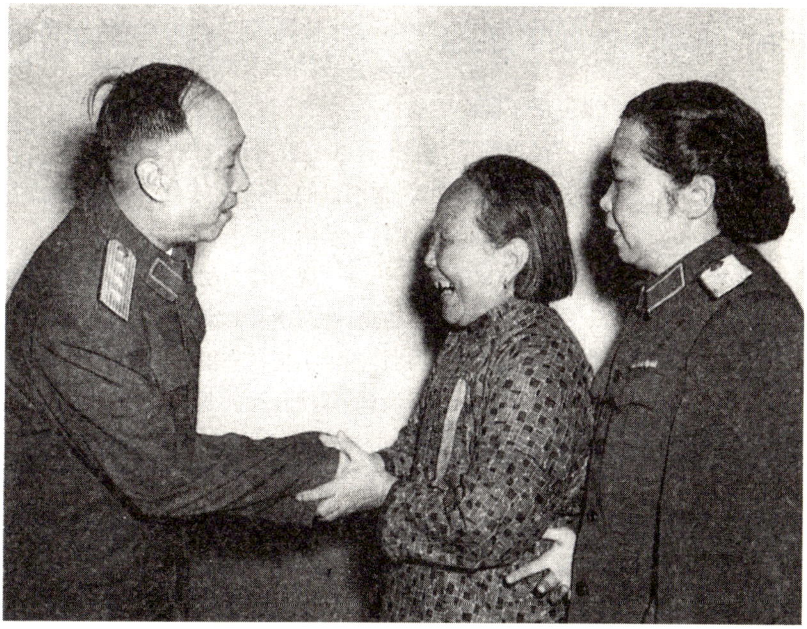

"是啊！"甘泗淇说，"有个战士叫于德水，是俘虏过来的，他在诉苦会上讲了他一家的悲惨遭遇。彭老总听了，半天没说话，看得出来他心里很难受，过了好长时间他才对余秋里说，翻身农民参军的子弟兵，受地主老财的剥削压迫，只受一重苦；俘虏过来当解放军战士，绝大多数是贫雇农，他们在家里受地主剥削，在国民党军队里又受压榨打骂，受的是双重苦，是我们的阶级兄弟。回来的路上，他还说到这个问题呢！"

李贞看着甘泗淇，感到有点意外，平时他可不是这样的呀！嗓门虽高，说话却很少，不到非说不可的时候就不说。可今天谈兴这么浓，毫无劳累和困倦之意，肯定有他值得兴奋的事情。

炉子上的水开了，冒出雾一般的热气，发出"咕嘟咕嘟"的响声，李贞把壶提下来，倒了一缸子热水，放到甘泗淇的面前，说：

"彭总好像对这次部队的诉苦教育特别重视。"

"是。"甘泗淇喝了一口水，说，"临离开三五八旅时，他还对余秋里说，你们搞的两忆三查很有意义，这是政治工作的一种新样式，有了彻底的群众路线，就能充分发扬民主，你们要下决心抓下去，抓出成效来。"

"那我们政治部可以抓住三五八旅这个典型，推广他们的经验呀！"李贞说。

甘泗淇看着李贞，心想她的见解和我想的简直不谋而合呀！他高兴地说：

"彭老总也是这么说的，他要附近的纵队组织团营干部到三五八旅去参观学习，推动全野战军的诉苦运动。"

李贞说："照彭总说的做就是了，你还在想什么呢？"

"那样做工作太简单了，我是想，如何在全野战军总结、推广三五八旅两忆三查的经验，把群众发动起来，激发练兵热情，鼓舞部队士气，保证战斗的胜利啊！"甘泗淇说出了他心中的打算，李贞频频点头。她觉得丈夫比自己想得更深更远。

夜已经很深了，屋外，风还卷着雪花，扑打着门窗，发出呼呼的尖叫声，屋内，李贞和甘泗淇还交谈着，他们说的，都是关于部队的事。此时，仿佛不是丈夫和妻子在说话，而是政治部主任和政治部秘书长在讨论工作。

在这种时候，不论作为妻子还是作为秘书长，都是没有办法的，何况这又是战争时期呢！李贞深知这一点，她又给甘泗淇缸子里加了些水，自己便躺到了炕上。当李贞一觉醒来时，看到甘泗淇仍坐在靠窗桌前，借着昏黄的油灯光，埋头急速地写着，那么聚精会神，好像忘了时间似的。看着这情景，李贞的心里一动，不论是妻子还是秘书长，我都应该分担这样的工作，可是自己却不能，打仗也好，做群众工作也好，管理部队也好，她都可以做，就是这舞文弄墨的事，却难以胜任，只好眼睁睁地看着他这样熬夜，李贞的心里感到很内疚。李贞悄悄下了炕，静静走到炉子前轻轻提起壶，蹑手蹑脚走到桌前，往缸子里倒了些水。甘泗淇抬起头，深情地笑了。

战争，使得他们不能像正常年月的夫妻那样生活，而只能将情和爱交给硝烟与烽火。

太阳还未落山，橘黄色的霞光，照着古城酒泉，也照着这对夫妇。对他们来说，这可是少有和清闲。战争，使得他们不能像正常年月的夫妻那样生活，而只能将情和爱交给硝烟与烽火。

“那不是彭老总和浦安修同志吗？”李贞指指远处说。

甘泗淇朝李贞手指的方向看了看，说：“真是少见啊！”

“是呀！”李贞说，“听浦安修同志讲，彭老总原来一直不同意她在他领导的单位工作，浦安修同志也不愿意到部队来，他们都说这样有诸多不便，直到解放战争开始以后，习仲勋同志才把浦安修调到西北野战军来。”

“彭老总这个人呀！”甘泗淇感慨地说，“对自己近乎苛刻，可对别人又关心备至，他把我从晋绥调到西北野战军，就非要把你也一起调来。”

彭德怀也发现了甘泗淇和李贞，向他们招招手。李贞看到彭德怀背着手，厚厚的嘴唇紧闭着，似有所思，在夕阳的映照下，如同一尊雕像。是啊！作为西北战场的统帅，他的全部时间和精力都用到了指挥打仗上，不用说没有闲暇陪妻子散散步了，就是吃饭睡觉也常常顾不上。浦安修就对她说过，宜川战役前，彭德怀白天去看地形，深夜回来傍着火堆看地图，棉鞋烧着了都不知道，是浦安修闻到糊味才起床扑灭的，过后直抱怨烧了一只新棉鞋。

如今，是有了时间。西北野战军不但扭转了西北的战局，而且外线作战也取得了胜利，甘肃解放了，宁夏解放了，青海解放了，新疆也宣布起义，几天前已和陶峙岳谈判了起义部队的改编问题。中国人民解放军已解放了整个大西北。作为这支军队的最高指挥者，彭德怀当然会感到舒了一口气！

“李贞，我来考考你，怎么样？”彭德怀说。

李贞有点惊奇：“考我，考什么？”

彭德怀问：“这酒泉为什么叫酒泉？”

没见到彭德怀之前，李贞就听人说他是个十分严肃的人，动不动就骂人，可从这一段在他领导下工作的体会看，他要求部下是严，可不像人们说的那么可怕，此时听到彭德怀提出的是这个问题，便笑着说：

“酒泉就是酒泉，还有为什么叫酒泉呀？”

“你这个李贞呀！”彭德怀笑了，指指甘泗淇说，“这个大秀才没告诉你？”

李贞摇摇头，说：“他呀，来到这里就跟着你同陶峙岳谈判了，每次都是很晚才回家。”

“这是历史上的事了，”彭德怀说，“汉朝时，霍去病有酒不肯独享，就命人将酒倒进泉水中,每个士兵都喝到了,为了纪念他,人们就将这里改名叫酒泉。”

“我听说过酒泉名字的由来。”浦安修说,“可我总觉得是传说,是人们根据自己的希望编出来的。”

彭德怀说:“你不相信?我相信,霍去病是个爱兵的人,完全能够这样做的。”

甘泗淇一直没有说话,静静地听着,他在品味彭德怀为什么喜欢这个传说,并且相信是真的。他记得在沙家店战役之前穿越沙漠的行军中,一个战士渴得走不动了,战友们催他,彭德怀把自己仅有的半壶水送给那个战士喝了。

只有相同的人才会喜爱相同的传说,这时,他说:“有个叫左宗棠的人曾来过这里,在泉湖中泛舟,还写过一首诗,说是此湖‘洲渚妙回还,树石纷相错,渺渺洞庭波,宛连湘与鄂’哩。”

“咱们这位湖南老乡还蛮能想象的嘛。”彭德怀说。

“左宗棠为西北人民办过一件好事,那就是栽树。”甘泗淇说,“他在向西进军时,让他的士兵每人沿途栽一棵树,树真的活了,人们称为左公柳,后人曾写诗说:‘大将西征尚未还,湖湘子弟满天山,新栽杨柳三千里,引得春风度玉关。’流传得很广。”

“嗯!”彭德怀停住了脚步,若有所思的目光,越过路旁杨树,望着远处的山峰和浑圆的落日,有几只鸟飞过,大概是在归巢,发出叽叽喳喳的鸣叫声。

李贞看看甘泗淇,又看看彭德怀,她没记住甘泗淇所诵的诗,但明白了其中的用意,也猜到了彭德怀沉思的是什么,虽然他们的经历不同,但都是聪明的人,在许多问题上是相通的。果然,过了一会儿,彭德怀说:

“老甘,告诉王震,到了新疆以后,要抓经济建设,为各族人民做好事,我们共产党领导的军队,不但要栽树,还要做更多的事情,用自己的行动证明我们是全心全意为人民的军队。”

他们笑着。踏上了返回住处的路。

甘泗淇奉命就任志愿军副政治委员兼政治部主任,对李贞说:“彭总点名让你也去。”

11 月的朝鲜战场,虽然还没有进入冰天雪地的季节,可也已经相当寒冷了。阵阵凛冽的风裹着纷扬的雪花,扑打着中国人民志愿军总部所在地桧仓。这里聚集着以彭德怀为首的志愿军总部领导人,其中有邓华、洪学智、甘泗淇等人。邓华、洪学智是志愿军副司令员,甘泗淇是副政委兼政治部主任。李贞也在这里,她担任志愿军政治部秘书长。

3 个多月前,甘泗淇奉命就任志愿军副政治委员兼政治部主任时,对李贞说:

“彭总点名让你也去。”

“不用你动员，我当然要去的。”李贞说，“你让我做什么工作？”

“已经任命了，政治部秘书长。”甘泗淇说。

“又是秘书长！”李贞说，“不过能去就好！可是听说就要开始谈判了。”

甘泗淇说：“谈判也离不开打仗，往往是打打谈谈，谈谈打打。越在这种时候，越需要加强部队的政治思想工作。”

夫妻俩谈了很久。因为渴望到烽火连天的朝鲜战场，又深知彭德怀的指挥和为人，他们都十分高兴和激动，很快就动身赴朝鲜，到达志愿军总部。

天黑得早，山影模糊，冷风呼呼。在志愿军居住的山洞里，还比较暖和。由于五次战役已经打过，战局相对稳定，人们忙着正常的工作，也交谈着。李贞吃过晚饭，到几个山洞里看了看，才回到她和甘泗淇住的山洞。在异国的土地，在炮火交织的战场，这山洞就是他们的家。

李贞摸着黑走进山洞，点上蜡烛，洞里才亮堂一些，照着干草铺垫的铺，子弹箱搭起的桌子。在战场上，这已是最好的摆设了。彭德怀住的洞里也是这个样子。处在战争中的人们，是不讲究吃和穿的。李贞想收拾一下。无意之中，手又触到了那个布袋，布袋里是菜种子。从知道自己要当志愿军政治部秘书长后，她就想到在国内战场当政治部秘书长的做法，采购了各种菜种，带到了这里。由于季节已过，只好将种子精心保存起来，准备明年开春后试种。她相信，这里也能长出新鲜的菜。

随着一阵脚步声，甘泗淇走进洞内，见面就说：

“你知道吗，浦安修同志来了！”

“是吗？”李贞惊喜地说，“我去看看她。”

李贞认识浦安修后，羡慕她是大学生，有知识，又不怕吃苦，相处得很好。已经分别了一段时间，能在这里相逢，自然非常高兴。

“你别急，还没来到呢，”甘泗淇说，“留守处打来电话，司令部派人去接了，天明前可以到达。”

李贞问：“彭总知道吗？”

甘泗淇说：“彭总那脾气，让他知道就不能来了。所以洪学智说要保密，先不告诉他。”

“等浦安修来了，他就没办法了。不过得准备他骂人呀！”李贞说着笑了。

甘泗淇也笑了：“说不定要骂人的，就让他骂吧。”

浦安修这次在朝鲜前线住了一段时间。吃饭时，浦安修挨着彭德怀，李贞挨着浦安修，给她盛饭、夹菜。志愿军的生活十分艰苦，总部也不例外。李贞边给浦安修夹菜边说：

“这里就是这个条件，没什么吃的。明年这时你再来，我用自己种的菜招待你。”

“李贞又在讲她带来的菜种子了，是吗？”彭德怀问。

“是的。”李贞说，“你可别忘了，在西北战场上，你可吃过我种的菜呢，在朝鲜，我也要让你吃上。”

浦安修比李贞的年龄小，自从在西北野战军相识后，对李贞一直很敬重，当大姐姐看待。李贞陪浦安修走出饭堂，又和她说起了彭德怀在朝鲜的情况。

和丈夫一起走进中南海怀仁堂，周恩来亲自把上将军衔授予甘泗淇，把少将军衔授予李贞。开国将帅中唯一的一对夫妻将军。

在回家的路上，李贞的心情已经平静下来了。

刚刚宣布授予她少将军衔命令的时候，李贞是非常激动的。尽管在此之前，她就听说过将有这样的荣誉，但当变成事实时，她还是感到突然。李贞的眼前，又出现了刚才的那一幕。她和丈夫甘泗淇一起，走进中南海怀仁堂，参加国务院举行的中国人民解放军授衔授勋仪式。周恩来亲自把上将军衔授予甘泗淇，把少将军衔授予她。之后，周恩来握住她的手说：“祝贺你，李贞同志，你是我们新中国第一位女将军啊！”

“这是党和人民给我的荣誉，我决不辜负党和人民的期望！”李贞说。

此时，她一遍又一遍在心里问：这是真的吗？在中国共产党领导的武装斗争中，有许许多多妇女投身其中，那些献出生命的不说了，就说健在的吧，还有邓颖超、蔡畅、康克清等人，为什么单单授给我呢？早在听到消息时她就问过丈夫甘泗淇，得到的回答是：“那几位老大姐都已做地方工作了，你就当代表吧！”

我是代表。李贞心里又想到那些牺牲了的女同志，湘赣苏区的，长征路上的，抗日战争和解放战争战场上的。在她的眼前，出现了张吉兰，出现了张金莲，出现了叫得出名字和叫不上名字的女同志。没有她们，就不会有我李贞，我李贞是代表她们接受这少将军衔的啊！

不知为什么，她又想到了向警予。1939 年，在延安纪念“三八”节大会上，毛泽东说：“要学习大革命时代的模范妇女领袖、女共产党员向警予。她为妇女解放、为劳苦大众解放、为共产主义事业奋斗了一生。”这年 7 月，周恩来在庆祝延安女子大学成立大会上说，向警予是我们党的第二个女中央委员，第一任女部长，英勇牺牲了，我们不要忘记她。当时李贞在延安，亲耳聆听了这些话。她希望自己像向警予一样，把一切献给革命事业。

9 月的阳光，金灿灿地照着小院树木和通道。李贞踏着铺满阳光的通道，走向

李贞少将和甘泗淇上将夫妻合影

客厅。早已等候着的工作人员，“呼拉”都围过来，向李贞表示祝贺。她微笑着连声说：“这是党和人民对我的鼓励和鞭策！”李贞想避开这个话题，人们还是七嘴八舌地说着，看着肩章和领花。

这是解放军第一次授衔，大家都感到新鲜和好奇。李贞坐下后就问：“甘副主任还没有回来吗？”甘泗淇这时已是总政治部副主任。“还没有。”一个工作人员回答。

一时没有人说话，出现了短暂的沉默，可不大一会儿，又有人说：“李部长，你可是咱们军队唯一的女将军呀！”人们喊李贞部长，是因为她这时正任军委防空军干部部部长。“这也没有什么了不起的，我还是我，还是李贞嘛！”李贞说。

李贞看到了这一点，讲起了长征路上的一位女战士。这个昔日的女工，是怀孕后踏上万里征途的，挺着大肚子行军作战。渡过金沙江，越过大渡河，翻过大雪山，走进泥泞的草地。进入草地后，就到了她生孩子的时候。热心的同志送来破衣服作尿布，送来自己都舍不得吃的青稞面作营养品，但这位女战士和她生下的孩子还是没有能够走出来，母子两人双双长眠在草地上……

正说着，甘泗淇回来了。警卫员走了出去，其他人走了出去，屋里只剩下甘泗淇和李贞夫妇两人。他们相对坐着，一个上将，一个少将。“怎么样，授衔的事全结束了吗？”李贞问。甘泗淇说：“基本结束了。这也是一场考验啊！”李贞一下子没有明白考验的意思，看着甘泗淇的脸，等待他继续说下去。“有人争衔，有人让衔，这不是考验吗？”甘泗淇说。

争军衔的事，李贞听说过，她所在的单位就有，让军衔的人，她没听说过，问：“谁主动不要高军衔？”甘泗淇说：“廖汉生和徐立清同志都不要上将而要中将，军委首长也同意了，是毛主席亲自批准的。”说到毛主席，李贞问：“毛主席为什么没有军衔呢？”“是决定授予他大元帅军衔的，可他无论如何都不要。”甘泗淇说。李贞说：“我们两个可是都授了军衔啊！”甘泗淇说：“我们只有用做好工作报答了！”

聂荣臻，元帅。1899年出生于四川省江津县。1919年赴法国勤工俭学。1922年加入中国社会主义青年团，翌年加入中国共产党。1924年赴苏联学习。1925年回国后任黄埔军校政治部秘书兼政治教官，中共广东区委军委特派员，中共湖北省委军委书记。1927年任中共前敌军委书记，南昌起义军第十一军党代表，同年参与领导广州起义。土地革命战争时期，任中共广东省委军委书记，中国工农红军总政治部副主任，红一军团政治委员，中央红军先遣队政治委员。参加了长征。抗日战争时期，任八路军一一五师副师长、政治委员，晋察冀军区司令员兼政治委员，中共中央晋察冀分局书记。解放战争时期，任华北军区司令员，中共中央华北局第二书记，中国人民革命军事委员会副总参谋长，平津卫戍区司令员。中华人民共和国成立后，任北京市市长，人民革命军事委员会副主席，中国人民解放军副总参谋长、代总参谋长，国务院副总理兼中央科学小组组长，国家科学技术委员会主任，国防科委主任，中共中央军委副主席。1955年被授予元帅军衔。1992年逝世。

长别离　长相忆　长相知

——聂荣臻元帅和夫人张瑞华

中原腹地的鸡公山中，有一个闹着要上学的女娃。她希望自己能像太阳一样，燃烧自己，发出光芒，耀亮他人。

1925年6月，上海“五卅”运动的革命风暴吹遍了全国数百个城市，也吹到了河南省信阳。

“打倒日本帝国主义！”

“打倒英国帝国主义！”

“抵制日货！”

“废除一切不平等条约！”

……

人们挥舞着五颜六色的长方形、三角形的小纸旗，呼喊着此起彼伏的口号，行进在信阳的主要街道上。其中，信阳女子师范学校的游行队伍特别引人注目。在半封建半殖民地的中国，“女子无才便是德”的影响依然很深，女孩子上学，本来就是件新鲜事，现在，居然喊着嘹亮的口号，步伐整齐地行进在大街上，着实令人刮目相看。

在女师的游行队伍中，有位中等个头，身材苗条，眉清目秀，刘海齐眉，短发齐耳，身穿蓝布旗袍的女生，在队伍中跑前跑后忙个不停。她就是10年后被埃德加·斯诺在《西行漫记》中称之为“聂荣臻年轻漂亮的妻子”的张瑞华。

是年张瑞华16岁，别看她年龄不大，可她是女师游行队伍的组织者和领导者之一。在“五卅”运动的民主革命大潮中，她正在奋不顾身地搏击，经受锻炼，茁壮成长。

张瑞华1909年2月11日出生于鸡公山西麓谭家河附近的张家湾村。张瑞华出生时家境尚好，在当地称得上是书香门第。她是长女，以后父母又接连给她生了6个弟妹，负担日重，到她10岁那年，父亲已将原有的16亩地卖掉了12亩。人多地少，度日维艰。

张瑞华秉性倔强，她看到别的孩子在上学，尽管都是些男孩儿，没有女孩子，但她也吵着要上学。父亲说，现在连过日子都困难，哪有钱供你上学啊？“那没关系，放学后，我可以带弟妹们上鸡公山砍荆条和竹子，回来编筐子，卖了挣钱。”从此，张瑞华在学校里刻苦攻读，回到家，除了干活，就是辅导弟妹们学习。

岁月匆匆，不几年张瑞华小学毕业了，她渴望能继续上学。一天，她终于壮着胆子，对父母说：“我想到信阳去上中学。”理由是只有读书，长大了才有可能干一番事业。

妈妈听了长吁短叹，父亲则一下子就急了：“供你上完小学就不容易，村上有几个女孩子是小学毕业的？你是家里的老大，我们还指望着帮家里干活，挣钱养家呢！再说到信阳有六七十里地，这么远，总不能天天来回跑吧？住校还得花一大笔钱，连同学费，钱从哪来呢？家里的难处，你又不是不知道。”

“钱，我自己想办法在外面挣，可以勤工俭学嘛，你们只要给我刚去时的费用就行了。”她顽强地坚持自己的意见。

在争持不下时，又是最疼爱瑞华的祖母帮了她的忙。祖母说：“我娘家的侄子警予，就在信阳什么学校教书，瑞华该叫他表叔，听说他正好在家，让孩子去找找

聂荣臻元帅铜像

聂荣臻元帅故居

他，看看他能不能帮上忙。"既然如此，张瑞华的父母就不好再阻拦了。

几天之后，1924年，一个天气晴明的秋日，张瑞华告别了家人，告别了故乡，告别了她为之倾注了深情的鸡公山，跟着地下党员高警予，北上来到信阳，经考试合格，进了信阳女子师范学校。

女子师范学校集中了众多追求进步的新女性，张瑞华真正跨入了一个崭新的天地。尤其是高警予，他不仅仅是给了张瑞华经济上的支持，更重要的，是给了她思想上的巨大帮助。在他和另一个共产党员饶南辉的启发引导下，张瑞华和危扶之、杨染香等同学，成立了一个进步组织"耀芒社"，意为希望自己能像光芒四射的太阳，燃烧自己，耀亮更多的人的前进道路。这就是信阳女师的中共外围组织。

这不是谢冰莹的《女兵日记》。当他闯入她的眼帘，她正处在一个人生最幸福的时刻，然而她根本没有想到，他会成为自己的丈夫。

1927年12月11日凌晨，广州起义爆发了。激烈的枪声，打破了广州夜间的宁静，起义军在分头行动。2时许，第四军教导团的同志们解决掉了3个反动军官之后，大家的脖子上系上了红领带，这是参加起义军的标志。

张瑞华在系红领带时，激动得手有些发抖——她终于盼来了这一天。

一年之前，张瑞华报考了武汉的中央军事政治学校。这所学校简称武汉军校，原称黄埔军校武汉分校。自1926年10月开始进行筹备，12月份报考学生进行入学预考，预考内容有三民主义、语文、历史、自然、地理等。以后又进行了复考。经过两次考试，才从 5000 多名考生中录取了 986 名男生和 195 名女生。张瑞华就是其中之一。从被录取的那天起，张瑞华就成了中国现代革命史上的第一代女兵。

在入军校之前，尚不满 18 岁的张瑞华加入了中国共产党。

这是一个庄严的时刻，在鲜红的党旗面前，张瑞华左手举起，紧握着拳头，由介绍人饶南辉、金正宏陪同，进行了入党宣誓仪式。也就是在这一天，张瑞华第一次见到了聂荣臻。他们只是匆匆地打了一个招呼而已。湖北省军委机关里人来人往，聂荣臻又很忙，彼此之间说不上有什么印象。

1927 年，蒋介石和汪精卫先后叛变了革命，8 月 1 日，我们自己的武装在南昌打响了第一枪，之后起义的洪流已滚滚南下……

系着红领带的张瑞华跟同志们一道直奔设在伪公安局的起义军总指挥部。在伪公安局长朱晖日宽敞的办公室里，他们见到了张太雷、叶挺、恽代英、聂荣臻等广州起义的主要领导人。在这里，脖子上系着红领带的人进进出出，电话铃声不绝于耳，到处都笼罩在紧张热烈繁忙的气氛中。见他们一行人进来，大家都热情地打招呼。

在与每位负责人见面时，张瑞华在每人的名字后面，都响亮地加上"同志"两个字。这是发自她心底的声音。5 个月了，"同志"这两个字她只能在心里想，或者只能在秘密场合轻轻地叫。像这样亲切地大声地说出来，幸福、高兴之情，溢于张瑞华的言表。他们都没有想到，这一次在广州和聂荣臻的重逢，会是一段长达半个多世纪的爱情历程的开端。

1926 年冬天，聂荣臻第一次见到张瑞华，就在心目中留下了一个中国新女性的形象。到了晚年，聂荣臻在谈到张瑞华时曾说："在封建主义影响还相当普遍的大革命时期，一个十七八岁的女孩子，能够背井离乡，投笔从戎，没有坚强的性格和投身革命的坚定意志，是不可能做到这一点的。"

广州起义中，聂荣臻加深了对张瑞华的美好印象，但 3 天的革命斗争，实在太紧张了，他无暇顾及个人情感。

男大当婚，女大当嫁。聂荣臻留学欧洲、执教黄埔，经历了北伐战争、"四·一二"政变、南昌起义、广州起义的风风雨雨之后，已近而立之年的聂荣臻开始考虑为自己物色一位合适的终身伴侣。恰在这时，张瑞华走进了他的生活。

他们之间的爱情，是从 1928 年初的香港开始的。聂荣臻首先采取主动，向张瑞华表达了爱慕之情。一天，张瑞华去军委送文件，聂荣臻刚巧讲完军事课。聂荣臻一眼就认出了这位在广州起义中操着河南口音的眉清目秀的姑娘。一见面，聂荣臻就说：

"瑞华同志，什么时候有空，我想找你谈谈。"

"行，有什么指示，随时找我。"张瑞华爽快地答应，没怎么在意，就送文件去了。

过了几天，聂荣臻来到距离不远的张瑞华的住处。

“今天你有时间吗？我们谈谈。”

“今天不行，我要到九龙去送文件，改天行不行？”听说是执行任务，聂荣臻就走了。

张瑞华仍未意识到聂荣臻的用意，以为有什么任务要交代。第二天聂荣臻又来了。

“今天你有空吗？”

“今天有。”

“瑞华同志，我在武汉时就认识你，以后在广州起义中又碰到你。你给我的印象是：热情、坚定、勇敢。不知道你对我的印象如何？”聂荣臻当年29岁，张瑞华刚满19岁，都是单身，一听这话，张瑞华知道不是谈工作问题，她没有一点儿心理准备，一时不知如何回答是好，羞涩地垂下了头。

聂荣臻见她不语，接着说：“我对你印象不错。你我都是共产党员，我们能不能建立比同志更进一步的关系？你考虑考虑，过几天回答我也可以。”

“那好。”张瑞华仍然低着头回答。

她虽然平时对聂荣臻也很有好感，但毕竟这是终身大事，需要好好地考虑一番。她努力让自己的心情平静下来，细细地回忆起了和聂荣臻交往的一幕幕情景。

第一次在武汉见到他，是在自己的入党宣誓仪式上。细高个儿，长方脸，双目炯炯有神，一身整洁的国民革命军军装，却透着文雅的书卷气。后来的几次接触中，感觉他为人热情而严肃，话不多，性格比较内向，但待人亲切。南昌起义中，他成功地组织第二十五师的大部分部队参加了起义，自己听说后十分钦佩。广州起义中，他英勇作战的精神，又给了她难忘的印象。

回忆这些，张瑞华得出的结论是：他可以托付终身。

两天后，聂荣臻再次问她时，张瑞华做出了肯定的回答。

在那个疾风暴雨的年代，他们没有过多的时间谈情说爱。1928年4月，聂荣臻和张瑞华在互相信赖对方，对党对革命事业忠诚的基础上，经组织批准，结为伉俪。从此，在长达64个春秋的漫长岁月中，不管是天各一方音信渺茫，还是朝夕相处并肩战斗，他们始终不渝，互敬互爱，支持和帮助着对方。

新婚不久，一个他们全家一生的朋友来到了香港，他，就是周恩来。

周恩来是代表中共中央对广州起义重新做出正确结论的。会议结束后，得知聂荣臻结婚，周恩来前去表示祝贺。

从留法勤工俭学，到黄埔军校、北伐战争、中央军事部、南昌起义，周恩来一直是聂荣臻的领导人。他们谈起了广州起义中牺牲的一些同志，特别是谈到了周文雍和陈铁军刑场上的婚礼。

三个人相对默然，有几分钟没有说话。

直到1979年春天，电影《刑场上的婚礼》开拍，聂荣臻还忆及此事，用颤抖的手写下了“寓爱情于忠诚、勇敢、热忱的革命活动中”，题赠剧组。

其实，这一句题辞，又何尝不是他和张瑞华一生的写照？

像一部传奇。丈夫去了苏区，妻子留在虎狼之穴，3岁的小女儿跟着妈妈蹲监狱。这是现实生活中的“红色恋人”。只有他们才真正能去解释“爱情”的涵义。

张瑞华和聂荣臻，在特殊的环境中，以特殊的经历，建立了一个特殊的家庭。

其所以特殊：一是从1928年到1931年的4年，他们还有他们1930年9月出生的唯一的女儿聂力，始终在充满了惊险的白色恐怖中生活；二是从1931年到1936年，他们分别长达5年之久，竟奇迹般地在陕北黄土高原上重逢了；三是聂力，1岁零4个月告别了父亲，3岁多点儿就跟着母亲蹲过英国人的监狱，5岁又孤身留在上海，在艰难困苦中顽强地活了下来，直到1946年4月在张家口与父母团聚。

这样的家庭，除了具有浓厚的悲欢离合的戏剧性色彩之外，他们的命运，还与中国的命运息息相关，具有强烈的时代色彩。

一艘客轮，发出“呜呜”的几声长鸣之后，驶离了上海，由东海之滨进入了浩瀚的黄海，向渤海湾的天津进发。聂荣臻和张瑞华来到甲板上，欣赏着海天美景。他们奉周恩来的命令到北方开展工作。入夜，张瑞华开始剧烈地呕吐起来。

聂荣臻关切地问：“怎么回事，是不是晕船了？”

“我本来不晕船的，香港广州来来回回走了多少次，不都是走水路吗？一点事都没有。这次从香港到上海就吐过几次，可能是肚子里的小东西在闹。”张瑞华道。

“什么，什么，你怀孕了？”聂荣臻又惊又喜。

张瑞华点点头说：“嗯，我感觉这跟晕船的呕吐不一样。”聂荣臻喜出望外，他们有了后代，这是爱情的结晶。一路上，他小心翼翼地呵护着妻子。

在北方，短短的一个月过去了，情况刚刚熟悉，组织上又调聂荣臻回上海工作。

到了上海，聂荣臻受领的任务是，到中央特科去加强那里的领导工作。

“特科”成立于1927年11月，是中央的情报和保卫工作机关。当时的决策人是向忠发、周恩来和顾顺章，由顾顺章负责日常工作。中央发现，顾顺章虽然是工人出身，但流氓习气很重，借工作的特殊性，生活日益腐化。调聂荣臻去，就是为了约束顾的放荡行径。但顾顺章不管这一套，他专派聂荣臻去做最危险的处决叛徒

1942 年夏，聂荣臻与张瑞华

特务的工作。

聂荣臻每次出去，都要叮嘱张瑞华一番："如果到黎明时分，我还回不来，你就赶紧搬家。"

同年 8 月，周恩来回到上海，又将聂荣臻调到中央军委，重新做他的助手。

9 月，聂力(当时的小名叫丽丽)来到了人间。生聂力时，张瑞华难产，医院不得不为她做了剖腹产手术。而聂荣臻当时不在她身边，直到第 3 天，他才抽空来到医院，看着产后虚弱的妻子，他歉意地说："这两天实在太忙，好在已经听说你们母女平安，我也放心了些。"

"没事，你看我们不是都挺好的嘛。"张瑞华反过来宽慰丈夫。

生下聂力后，张瑞华一滴奶水也没有。开始，孩子不愿喝牛奶，老是哭。哭久了，房东太太就喊："你们的孩子是不是有病？你要抱她去医院看看。"张瑞华开始还支支吾吾地答应着，说的多了，她只得以实情相告。

"那该请个奶妈。"好心的房东太太建议说。

"可我们家先生挣钱少，我们请不起啊！"张瑞华推托说。

实际上怎么请？不是自己人不能请，是自己人，大家又都忙。几天以后，孩子总算养成喝牛奶的习惯了。

1931年的农历大年初一，刘伯承和邓颖超到聂荣臻家过年。失去了做母亲的机会的邓颖超格外地喜欢孩子，对小聂力尤其喜爱。每次见了聂力都要亲亲抱抱。这次来，聂力正躺在摇篮里，手里拿着玩具乱摇晃。邓颖超兴冲冲地直奔摇篮，抓住就推，没注意到旁边就放着马桶，一推把马桶推翻了。

这下可闯了大祸，张瑞华他们住在二楼，尿液渗过楼板缝隙直往楼下流淌。楼下房东一家正在祭祖。

"你们上边在干什么呀？屎尿都流到我们的神仙桌上来了！"房东太太尖着嗓子嚷。

最后是张瑞华往香炉里添了几炷香，给房东的列祖列宗磕了3个头，把该擦拭干净的地方都擦拭干净了才算平息了一场风波。

这件事情发生后，他们搬家和李富春、蔡畅夫妇住到了一起。这是一幢小洋楼，周恩来和邓颖超常来到这里，他们常以打麻将为掩护开会研究工作。这时候，张瑞华就抱着聂力到阳台上"望风"。

这年4月，顾顺章叛变，6月，向忠发变节。上海的地下活动日益困难，"九·一八"之后，一些领导同志陆续向苏区转移，聂荣臻也在其中。12月，聂荣臻离开上海。这时聂力已经一岁多，非常聪明。和爸爸十分亲近。每当聂荣臻出门，一穿外衣，她的小手就会牵着张瑞华走到衣架前，要妈妈把帽子拿下来给她，再由她递到爸爸手里。每当聂荣臻回来，小丽丽听到楼梯上是爸爸的脚步声，就赶紧跑过去，一手接过爸爸的帽子，一手拉住爸爸的手。这时候，聂荣臻总要把她抱起来亲了又亲。

张瑞华因为女儿太小，没能跟丈夫同行。聂荣臻一走，留在上海的张瑞华日子就更不好过。本来夫妻离别就让她心烦意乱，孩子要找爸爸的哭闹更让她备感凄凉。这一次分别，这个特殊的革命家庭进入了漫长期盼的岁月。

豪雨如注，张瑞华抱起小丽丽逃离了英租界。两天后，有人告诉她看到了巡捕房通缉她的布告。

1932年春，张瑞华调到了共产国际远东局驻上海的机关，仍然做机要交通工作，她外出时，大多带着聂力做掩护，这样也便于照顾孩子。小丽丽很懂事听话，也很少生病，有她在身边，无疑对张瑞华也是一个安慰。

1933年秋，张瑞华被调到中共中央开会碰头的机关，地址在上海西区的槟榔路，这是个工人区，群众基础好，便于隐蔽。在一排新盖的两层楼房中，党组织以私人的名义，租用了其中的一栋。

住在这幢房子里的，是机要交通的总负责人于坤和他的妻子杨庆桂，他们有一个孩子，充作房子的主人和二房东。张瑞华和聂力就是“房客”，住在亭子间。

让张瑞华欣喜的是，杨庆桂就是她在信阳女师和武汉军校的同学杨染香。

1934年春，由于叛徒的出卖，这个机关被敌人侦察到了。一天，张瑞华和聂力正在吃晚饭，一位叫杨庆兰的同志突然送来情报，她对张瑞华说：“大姐，据我们打入敌人机关的内部人员报告，今天晚上，在你们住处附近的一条街的一所住宅，敌人要来搜捕，你们可得小心，据说这是叛徒告的密。”说完，她匆匆地离去了。

张瑞华听到报警的街名和住宅号，都不是她们这条街，但就在附近。她赶紧找到于坤，于坤也已经得到了消息，他也要出去报警，说完就走了。

张瑞华刚回到楼上，黄文雍来了，张瑞华忙对他说：“黄文雍同志，敌人要来搜查的地方离我们太近，你看是不是将文件赶快烧了，我们撤离这里？”

“我的经验是敌人没有在规定的时间之前到来的，我们抓紧把文件清理一下，能带走的就带走些。”

张瑞华觉得他说的有道理，两人就边清理边烧文件。正当他们快清理完文件的时候，前门外面有敲门声。知道敌人来了，他们都显得有些惊慌紧张。张瑞华很快镇静下来，对杨庆桂说：“快回到你的房间里去，装作没事。”她又对黄文雍说：“你赶紧把文件全都烧了，不要动，我去应付，搜不到文件没证据，他们不能把我们怎么样。”

说完，张瑞华就急忙往楼下走，匆忙之间，她忘记把亭子间的报警标记动一下。来到楼下，她听到敲门声越来越急，就高声问：“是谁敲门，这么晚了！”

“太太，有你们家的电报！”

“你找错门了。”

“没错，就是这个门牌号，你先开门看了电报就知道了。”

“我家先生出门去了，不知道在什么地方，我们没有什么亲戚，不会有电报的。”张瑞华拖延着时间。

黄文雍烧完文件之后，从楼上下来，开开后门，想从后门脱险但被守候在后门的敌人逮捕。接着，敌人从后门直冲前门，命令张瑞华不许动。敌人把三个大人和两个孩子都押进客厅，然后开始搜查，当然一无所获。

夜深了，于坤从后门进来，他刚用钥匙开门，也立即被捕。

天快亮的时候，敌人带走了两个男人，看住两个女人和两个孩子准备放长线钓大鱼。

第二天上午9点多钟，赵林走到门外隔着玻璃往里面看了一下，也立即被捕。

傍晚，张瑞华、杨庆桂和两个孩子，被押送至英国巡捕房。

在巡捕房，敌人搞了些人，假装是共产党员，来诱骗张瑞华等人。

聂荣臻司令员在太行山上观察地形

聂荣臻元帅、杨成武上将陪同朱德总司令检阅海、陆、空三军

“同志，你怎么也被捕了？”

“我不是你的什么‘同志’，你看错人了。”

两天后，他们被押解到英租界提篮桥监狱，罪名是犯了“危害国民紧急治罪法”。在这里，他们被集体过堂3次。赵林坚持说自己走错了门，与另外的人都不认识。于坤坚持说与杨庆桂是夫妻，那天晚上是有事回来晚了。黄文雍则说，自己是生意上的朋友，听到敲门，因为天晚了，怕引起麻烦才想从后门走。杨庆桂则一口咬定自己是家庭妇女，与于坤是夫妻，别的什么也不知道。

审训张瑞华时，她回答说：“我姓王，从小没有名字，也不识字。丈夫李先生是生意人，一去不归，自己带一个孩子，生活无依无靠。听说丈夫在上海，就带了孩子来找。”

“你怎么就住到这所房子里了？”

“我在上海举目无亲，个把月前凑巧碰上于太太，因为都是河南老乡，她可怜我，说她家里还空着一间亭子间，可以租给我暂住，这样，我们母女就住进了这幢房子。”

在监狱中，敌人又玩起了在巡捕房的把戏，派了几个女特务，装成她们也是被捕的共产党员，与张瑞华母女聊天，想从中套取情报。见从大人身上打不开缺口，她们就打起了聂力的主意，哄着骗着想让孩子说出点什么。可是聂力非常听话，不哭也不闹，饿极了就喝两口大人都不愿意往下咽的野菜粥，根本就不和那些不认识的人说话。孩子小小年纪就跟着张瑞华吃了不少苦。白天她不让妈妈抱，自己倒在床上，或睡或坐在妈妈身边。有时晚上提审，张瑞华就一定要带上聂力，她不怕受苦受刑，就怕敌人残害她和聂荣臻唯一的女儿，她是维系了他们两颗心的爱的结晶。

一个多月后，敌人没审出什么名堂，于坤和黄文雍引渡给国民党继续审讯；赵林释放；张瑞华、杨庆桂和两个孩子，以“查无实据，释放回原住地”的结论被押送回原住处。她们回去之后，她们的房子附近，从早到晚，就没断过三三两两的便衣特务。而且，敌人还不断地故伎重演，派一些“共产党员”来诱劝。这些连小聂力都骗不了的伎俩又怎能瞒得过张瑞华她们俩？

敌人渐渐放松了对这两个家庭妇女的监视。一个大雨倾盆的傍晚，张瑞华开了后门，直奔离得不太远的一个汽车行。这个汽车行是我们党的社会关系，汽车行的女老板，收养着蔡和森的儿子蔡博，对共产党态度友好。张瑞华知道这层关系，但顾顺章并不知道。张瑞华希望自己在这儿能找到地下党员刘子华。

张瑞华敲开了汽车行的门，女老板见她被淋得“落汤鸡”似的，就问：“下这么大的雨，你干什么呀？”

“我是找刘子华的。”

女老板把张瑞华让进屋子,说:“今天他没来。估计也不会来了。他已经有一个月没有来过了。看你淋的那个样子,先歇歇,换身衣服再走。”女老板不无热情又不无戒备。

张瑞华失望得想走,可恰在这时,刘子华冒雨赶来了。这一夜,在刘子华的安排下,张瑞华和杨庆桂,各自抱着自己的孩子,逃离了虎口。直奔法租界。

一方面是丈夫在召唤,一方面是女儿在依恋。心如刀绞的张瑞华踏上北上的征程。她终于来到了日思夜想的苏区。夫妻相见,如在梦寐。

1935 年 8 月 1 日,中国共产党发表了《为抗日救国告全体同胞书》,不久,中央红军也随之明确了北上抗日的战略总方针。在这种背景下,组织上决定,安排张瑞华北上陕西或者山西。机关党组织负责人毛齐华找张瑞华谈话:“组织上决定你去天津,再转陕西或山西,争取与聂荣臻同志会合,你做些准备吧。”

“这是好事,可我的女儿怎么办?”

“你一个人行动方便些,还是把孩子留在上海吧。将来,只要有可能,就送她到你们身边。”

“那由谁来抚养呢?”

“我委托我的一位亲戚,这你放心吧。”张瑞华点了点头。对相依为命的女儿下这么大的决心,实在是太困难了,可她是一个共产党员……

她抱起小丽丽,盯着孩子聪慧的眼睛:“妈妈要出门执行任务,由毛伯伯照料你,一切你都要听毛伯伯的话,要乖。妈妈很快就会回来的。”

5 岁的小聂力不哭也不闹,她说:“妈妈你放心走吧,只是要早点回来,我会想你的。”

张瑞华心如刀绞,她抱住女儿,亲了又亲……

她再也没有勇气跟聂力说别的话了,走到聂力看不见的地方,用手帕擦拭掉了滚滚的热泪。

就这样,张瑞华带着对与丈夫相聚的渴念,也带着对与幼女分离的难舍,在这一年的秋天化装成阔太太,乘火车到达天津市。3 个月后,张瑞华辗转来到靠近陕北的陕西澄城的刘家洼小学,在这里,她的身份是数学教师。这儿虽然还是国统区,但学校抗日救亡的空气甚为浓厚,张瑞华长期在白区工作的那种压抑感,一扫而光。

两个月后,带张瑞华来陕西的王超北让人捎给张瑞华一张字条,让她尽快赶到西安。在西安的联络站,张瑞华和其他三位同志会合共赴延安。为了便于行动,他们四个人先后换上了杨虎城的十七路军和张学良的东北军的服装。张瑞华乔装打扮成了一个勤务兵。两名真正的杨虎城将军的部下开车把他们一行送出了西安，第 4 天平安到达了安塞，见到了叶剑英。张瑞华在武汉军校时就认识叶剑英，就走上前说道："参座，见到您就放心了，您还认识我吗？"

叶剑英打量了"他"一番，摇了摇头。

张瑞华摘下军帽，一头秀发纷纷披落，她笑着说："聂荣臻的妻子张瑞华。"

1954 年 3 月，聂荣臻夫妇(左一、右一)与罗荣桓夫妇在广州

叶剑英也笑了，连说："记得，记得，只是，你这么一打扮，要不说，我还真不认识哩！"在安塞，张瑞华这个中国现代革命史上的第一代女兵，第一次穿上了红军的军装，她显得特别自豪，说："这可是我们共产党自己军队的服装，我日日夜夜梦想着这一天的到来，现在终于实现了！"

行进在陕北苏区的大地上，呼吸着自由新鲜的空气，张瑞华心里有说不出的高兴。在保安休整了几天之后，张瑞华来到丈夫的驻地。聂荣臻正在前方，左权派人捎信给他。一听说张瑞华来了，聂荣臻快马加鞭，半天时间就从前线赶了回来。一对相亲相爱的夫妻，分别了 5 年，极少音讯，一个是处在战火纷飞，出生入死的环境；一个是战斗在魔窟，随时都有牺牲遇难的可能。然而，就是在这样恶劣的环境中，他们更保持了对爱情、对婚姻的无比忠诚！

聂荣臻紧紧握住张瑞华的手，仔细端详着："一路上，有很多危险吧？"

"嗯，你还好吧？"张瑞华凝视着丈夫消瘦的面庞，答非所问。扑簌簌的泪水打湿了她的衣襟。两个人终于平静下来，开始了对别后离情的诉说。聂荣臻从随身携带的皮包里拿出一张泛黄的相片，递给张瑞华，他说："我经常思念你们母女。每到这时候，就拿出这张相片来看。起初，是放在贴身的衣袋里，怕揉坏了，就放到了皮包里。"照片上，是一岁多点的小丽丽。这张相片，还是在聂荣臻刚刚离开上海到苏区后，张瑞华请人照了，又托人捎给聂荣臻的。两个人都沉默了，此时，他们的心都飞到了女儿的身边：丽丽，现在怎么样了呢？

女儿看看照片，看看爸爸，终于扑到爸爸妈妈的怀抱里大哭起来，一家三口有了 15 年后的第一次团聚。

1946 年 4 月，16 岁的聂力来到了张家口，这为聂荣臻夫妇带来了无限的快慰。

说起 1934 年以后聂力的遭遇，充满了苦难和艰辛。

毛齐华受张瑞华委托，把聂力交给他在上海嘉定的一位亲戚抚养。这是个贫苦的农民家庭，孩子又多，聂力自然吃了不少苦。从小挖野菜、干家务、做农活，还要照顾比自己小的孩子，过着忍饥挨饿的生活。稍大后，她进了嘉丰纱厂当童工，过一种什么样的生活就可想而知了。

周恩来邓颖超夫妇一直很喜欢小丽丽。1938 年，他们打听到丽丽的下落后，就要托人把她带到延安。可是从小就跟妈妈坐过牢的聂力警惕性很高，怕上当受骗被拐卖，坚持要爸爸妈妈来接才走，这样就失去了一次机会。

抗日战争胜利后，利用当时国共和平谈判的时机，周恩来再次叫上海地下党设法找到聂力。这时聂力大了些，有了较好的判断力，看来人不像是骗她，就跟着乘小船到了江苏省淮阴的新四军华东军区司令部，接着又到了北平。真是一种巧合，她"回家"以后，见到的第一个我军高级将领，和母亲一样，也是叶剑英。

叶剑英拿出一张聂荣臻的照片交给聂力说："你到了张家口，看谁像照片上的人，你就叫他爸爸。"正好有同志在北平谈判后要回张家口，叶剑英就托他带回了聂力。

聂荣臻的秘书范济生去接聂力。到了驻地，范济生告诉聂力，面前就是你的爸爸妈妈。聂力拿出照片，对了又对。

聂荣臻笑着问："怎么样，你看像不像？"

聂力笑了，随之激动得热泪盈眶，一下子扑到爸爸妈妈的怀里大哭起来。这个过早懂事的孩子受了十多年的委屈，还从来没有机会像现在这样，在最亲近的亲人的怀抱里，痛快淋漓地大哭上一场。

张瑞华早已潸然泪下。连聂荣臻这个挥戈马上，驰骋沙场的将军，也禁不住热泪盈眶。此情此景，令在场的人无不动容。

聂力格外珍惜这来之不易的幸福，虽然在 1948 年，她 18 岁时才读完小学，但她以优异的成绩读完了高中，又留学苏联，回到祖国，她循着父亲的足迹奋斗在国防科研战线上。

1993 年，聂力成为新中国唯一的女中将。

1949 年 2 月，张瑞华带着聂力和聂荣臻妹妹的两个孩子进了北平。进了大城市，医疗条件好了，聂荣臻看到妻子的身体始终不好，劝她住进了医院。1949 年冬，任弼时要到苏联去治病，张瑞华又跟他去了苏联。到 1950 年夏天，她的健康状况逐渐好转，便回到北京。

1951 年起，张瑞华先后任华北局组织部指导处副处长、华北局农村工作指导处处长、中央组织部副处长、处长。1956 年当选为党的八大代表。1964 年当选为第三届全国人民代表大会代表。

1978 年以后，张瑞华担任第五、六届全国政协常务委员会委员。

1991 年，她担任了黄埔军校同学会理事。也就是在这一年，与她相伴 63 度春秋的伴侣，曾经指挥千军万马横扫敌阵的共和国元帅聂荣臻与世长辞。

1995 年 2 月 23 日，张瑞华，这个中国现代革命史上的第一代女兵，共和国元帅的夫人，女中将的母亲，因病医治无效而逝世。

张云逸，大将。早年加入中国同盟会，曾参加辛亥革命和讨袁护国战争。1926 年加入中国共产党。参加过北伐战争。曾任国民革命军旅长、师参谋长。1927 年大革命失败后，在广州、香港做党的秘密工作。1929 年参与领导百色起义。土地革命战争时期，任中国工农红军第七军军长，中央革命军事委员会副参谋长兼作战局局长，粤赣军区司令员兼政治委员，红军总司令部作战部部长，中央纵队先遣队司令员，中革军委副参谋长。参加了长征。抗日战争时期，任新四军参谋长兼第三支队司令员，新四军江北指挥部指挥，新四军副军长兼第二师师长。解放战争时期，任山东军区副司令员、司令员，华东军区副司令员，华东军政大学校长。中华人民共和国成立后，任中共广西省委书记，广西省人民政府主席，广西军区司令员兼政治委员，中共中央华南局第二书记，中南行政委员会副主席，中共中央监察委员会副书记。1955 年被授予大将军衔，于 1974 年逝世。

风雨同舟未了情

——张云逸大将与夫人韩碧

奇特婚礼。韩碧与手抱大红公鸡的 7 岁女孩施行婚仪。与丈夫张云逸谁也还没见过谁。韩碧相信他是好人。谁知张云逸回来后却大发雷霆："让她走！我闹革命，举的是反对封建大旗，岂能自个倒娶小老婆……"

1923 年秋季，农历的一个娶来嫁往的良辰吉日。广州的一所宽敞的住宅里，正举行着一场奇特的婚礼。

古色古香的绛红油漆家俱为宽敞的客厅增添了几许暖色，正对门的影壁墙上一个大大的红双喜字使房间里洋溢着淡淡的喜庆气氛，但婚礼绝无一般的喧闹和鞭炮声。尽管氛围安静且冷清，主婚人王氏仍然掩饰不住内心的兴奋与喜悦，她高声而郑重地喊着：

“一拜天地——”

“二拜祖宗——”

“夫妻对拜——”

新娘生得如花似玉，正当二八豆蔻年华。她怀着一种又喜悦又惊慌又羞涩的复杂心情，手牵红红的绣球，在主婚人的吆喝声中与一个一手抱着只大公鸡、一手牵着绣球的7岁小女孩行着简单而古老的结婚仪式，大公鸡随着小女孩的躬身行礼不住地咯咯叫着，使这场只有三个女人参加的婚礼又透着几分滑稽。

婚礼仪式举行完毕，接下来是颇为丰盛的婚宴。刚才当了主婚人、现在又是主人的王氏，殷勤地为稍显拘谨的新娘夹着菜；婚礼的另一个主角，代替新郎的小女孩现在早已忘掉刚才的尴尬，快活地吃着平日少见的菜肴，油汗抹满了她红扑扑的脸蛋……

吃完象征喜庆的婚宴，新娘独自走进了洞房，她名叫韩碧。这一年，她刚好19岁。

那么新郎呢？

新郎叫张云逸。他此刻还在千里之外的揭阳县忙于公务，家中发生的与他命运连为一体的这一切，他都一无所知。

新房布置得干净祥和，红红的蜡烛跳跃着，不时爆出淡淡的烟花。新娘韩碧躺在床上，心情十分复杂。一方面她很兴奋，终身大事成就了，从今往后有了依托，有了自己的美好年华啊，她憧憬着，幻想着，甜甜地笑了。可她翻来复去却又睡不着，兴奋激动中似乎又掺和着一丝悲凉，毕竟独守空房的新婚之夜是那么容易引起心中的无限惆怅。大红大紫暖色调的房间布置，蜡烛灯笼映照下的热烈气氛，与孤独冷清默默无言的人的心境形成多么强烈的反差。他不在自己的身边，韩碧就只能凭着自己一个姑娘的心，在无比丰富的想象中去描绘未来夫君了。他31岁，老成么？当着县太爷呢？韩碧默默地自我询问着，朦胧中往事与阿姐的诉说又一幕幕映入脑际……

韩碧出生于海南文昌县昌述村。清贫的生活却使她极早地知道生活的艰难。当她一天一天地长大，出落成一位天生丽质聪明漂亮的姑娘时，她家的日子也一天不如一天了。每天都是番薯片番薯丁煮在米汤中就着腌菜叶的饭食。

地处海角的故乡虽然偏僻，但“五四运动”的风暴还是唤醒了她。她开始不安

1937年5月，张云逸（左）同周恩来（中）、孔石泉等25人从延安乘车去西安，途经劳山时遭土匪袭击，死伤20人。这是脱险后在西安留影

于现状了，16岁的青春之心在躁动着，终于有一天，她跟着一位远亲离开了生她养她的故土，去到广州闯世界，开始了她生命中新的乐章。

韩碧到广州后先进工厂打工。从自由自在无拘无束的乡间田野生活，一下子关入好像囚笼似的工厂，她自然难以习惯。而更倒霉的是，初来乍到，她听不懂更不会讲广州话，人家对她那动听标准的海南文昌话同样感到莫名其妙，彼此听着慢时抑扬顿挫、快时好像吵架。学习、派活、交流都十分困难，她苦恼极了，一气之下，便向人学习理发。

凭着她的心灵手巧，很快就掌握了一手漂亮的理发技术，于是她离开工厂到理发店打工了。理发工作用不着与顾客有多少交流，对方的话听得懂听不懂也无关紧要，只要用心观察顾客的发型脸型身份年龄，然后为他们剪理出称心如意的发式就行了。精神上心理上的负担消除之后，渐渐地，广州话她也开始听懂了，慢慢地会讲了，理发的顾客自然也就越来越多。

一天，一位面容慈祥的少妇带着一个活泼可爱的小姑娘来理发，也就是在这一天埋下了把张云逸、韩碧的命运连在一起的种子。

“大姐，理发噢？”韩碧微笑着迎上前去，用夹带着乡音的话招徕顾客。

“嗯！”少妇听了韩碧的话应了一声，马上又问：“小妹，你是哪里人？”

“可远啦，海南文昌县。”韩碧边往里迎客边不经意地回答。

“真的？我也是文昌人哩。”少妇惊喜异常地说。

“大姐，那可巧啦！”韩碧心中也是非常高兴。尽管每天人来人往，但像这位大姐这样的适合她交往的文昌老乡真还是第一位。

接下来，两位姐妹就一见如故了。开始从家乡的话题谈起，一边谈一边不住地唏嘘不迭。一来因为她们是老乡，老乡见老乡，两眼泪汪汪，亲不亲故乡人啊！二来在那个年代，女人的交往还是受到很大的限制，她们彼此正好是交往的对象，尤其对少妇更是如此。你来我往之后，便无话不谈，随着时间的推移和彼此间的接触与了解，她们渐渐地喜欢对方的人品了。也正是从那时的闲谈中，韩碧知道了这位同乡大姐姓王，是一个县官太太，县太爷的大名叫张云逸，而且听说这位县太爷为人非常地道，非常正直。

终于有一天，王大姐向韩碧倾诉了自己的那块心病。原来，大姐结婚后八九年了，却只生了一个女儿，后来一直就没有身孕。

不孝有三，无后为大。“没有儿子传宗接代怎么行呢？”作为妻子的她暗暗发愁，心中白天晚上忐忑不安。虽然张云逸并没有言语而且总是笑呵呵地抱着女儿玩，对她也问寒问暖体贴入微，可越是这样，她越觉着心中不是滋味……

王大姐用手帕擦了把眼角的泪水，幽幽地说：

“妹子，他可是个好人啊！我总是感到对不起他，你能帮帮我吗？”

“大姐，我晓得你的苦！我愿意帮你，可我怎么帮你呀？”

王大姐一听韩碧答应帮她，心中禁不住一阵喜悦，她抓住韩碧的手急切地说：“你嫁给他做小不就行了。”

韩碧听了心中一惊，脸不由自主地红了，这实在是出乎她的意料。本来，在半封建半殖民地社会的旧中国，男人娶小老婆，有钱人、当官的有个三妻四妾是很平常的事。何况是为着生儿子续香火，王大姐又对自己这么好；并且听说那个县太爷人也非常好，再说自己一个女孩子在外闯荡也不是个长久之计，早该有个家了。想到此，她有点动心，但她毕竟没见过张云逸本人，更不知道这是谁的意思？

“阿姐，我知道你对我好。可这个事情大哥他，他？……”

“他还不知道。”

"不知道？"韩碧吃惊地站了起来。

"我替他做主了，他不会反对的。"王大姐笑着拉她坐下，"你又年轻又漂亮，人又这么好，娶过来为他生儿子，他还能不同意吗？我是想问你，你到底同意不同意呀？"

"我，我没见过张大哥。阿姐你说他样样都好，我听你的。"韩碧羞涩地低下了头。

王大姐惊喜地抓起她的手，"这么说你同意了？"

"嗯！"韩碧红着脸轻轻地答应着，她心中不知所从，只是凭直觉有一种幸福感。

后来就是王大姐张罗着为她辞去工作，操办了"婚礼……"

"婚后"的生活倒也非常快乐。韩碧毕竟年轻，忧愁哀怨都不会与她相伴很久。她和王大姐一块学着料理家务，一边聊着女人永远都不厌烦的东家长西家短的话题，当然7岁的小女儿也为她们带来无穷的乐趣。

婚后过了将近半年，张云逸因风湿性关节炎愈来愈重，以致腿疼得几乎不能行走了，只好返回广州看病。他一进家门，便看见了正在勤快干家务的韩碧，心中很纳闷，以为是妻子的一个远房亲戚，可从来没听她说过呀。他不解地询问妻子王氏，王氏笑容满面地赶紧说明原委并向他道喜。哪知张云逸听后脸马上阴沉了下来，吓得韩碧慌忙躲进了房间。

"胡闹，真是瞎胡闹！这么大的事，你也不和我商量，竟然就背着我做主了，像话吗？"

张云逸等韩碧进了房门，憋着的怒火终于爆发了，"你赶紧把她请出家门。我决不会认这门亲事！"

韩碧在房里偷听着，张云逸的话使她惊得合不拢嘴，忍不住伤心地哭了起来。

"云逸，你先消消气嘛。路上劳累了，快冲个澡，吃过饭我们再商量好不好？"妻子赔着笑脸替他脱去汗水浸透的外衣，又拿来木屐。

"这事没什么好商量的。"

"哼，你呀，人家好心好意……"妻子仍然笑着向张云逸解释。

"你是好心，可好心办了坏事！"

"什么，你说什么？我办了坏事！"王氏的笑脸消失了，伤心落泪了，"你阿爸死了，你的两个弟弟也都死了，张家就剩你一个男人了，我又不争气，嫁给你这么多年也没为你生个儿子！俗话说，不孝有三，无后为大。你想让你家绝后呀？你想我还不想哩！"她说着呜呜大哭起来了。

张云逸没话说了，慌忙掏出手帕为妻子擦泪，他边擦边说：

1910 年，韩碧 6 岁时与家人合影（一排右一为韩碧）

“你的好心，我也心领了。你想呀，我是军人，随时有可能战死在战场上，本来对你我都常常心里过意不去，觉得太亏待你了。可现在你又把她、把她，她叫什么名字？”

“她叫韩碧。”妻子抽泣着回答。

“把韩碧姑娘替我娶进家里，她还那么年轻，我要是战死了，这不是拖累人家嘛，到时我们对不起她的呀！”

张云逸没想到他的这一番话，倒打动了韩碧的内心。本来躲在房间里的韩碧听着他生气大吵大嚷，心中一横打算走了：人家嫌弃，还死乞白赖待着干什么。可下面张云逸的话却使她深受感动。她打工的理发店就座落在珠江岸边长堤大街的西壕口上，那里车水马龙，三教九流，什么样的男人她没见过呀！像张云逸这样好心肠，这样正派，这样为别人着想的男人，她却没见过。刹那间，她感到一种前所未有的信赖和喜悦。把自己的终身托付给这样的男人她放心了，跟着这样的男人哪怕只过上三年五载的好日子也值得。阿姐的话又从堂厅里传来，打断了她的思绪。

“这我不是没有想过。我找人给你算过命，你命大，死不了，一生都会大富大贵，你和韩碧都属龙，将来孩子一定有出息……”

张云逸笑着摇摇头，“我不信这个，你以后也别相信了。”

“信不信都一样，反正你这次回来向人家发脾气就是不对嘛。”

“好好好，发脾气是我的不对。可是，还有一层意思你不会想到，我跟着孙中山先生闹革命，追求共和，轰轰烈烈的五四运动，高举的是反封建的大旗。娶妻纳妾，大老婆小老婆这一套恰恰是革命要革除的旧东西……”

“我不管，反正生米已经做成了熟饭，你要不和韩碧生个儿子，我不依你！”

“可我是个革命军人，如今当着县长，社会上知道了我在家里娶小老婆，我以后怎样见人呢？”

“你不说，我不说，外人又没见，哪个会知道？你远在揭阳县当官，又不带妻小，难道谁还会查你吗？再说现在社会上有头有脸的人，哪个家里没有小老婆呢？人家都是自己争，你倒好，为你娶了还招你怨！”

“别人是别人，我……”

妻子又使出女人的看家本领，“云逸，你就依我一次吧。韩碧姑娘人可好了，我非常喜欢她，你肯定也会喜欢她的。好了，好了，快去冲凉吧。”妻子不由分说，把他推进了冲凉房，他也只好无奈地不再说什么了。

吃过晚饭，张云逸死活不去韩碧房间休息，任凭妻子如何劝说他只是不听，自己一个人早早爬上床睡觉了。王氏只好赶快过来安慰韩碧：“你大哥他很喜欢你，今天他身体不适，就……”

“大姐，你别说了，我什么都听到了，我大哥他不愿意。可我也从他的话中知道了他的为人，你放心，不管他怎么嫌我，我都不会离开他。”

第二天，王氏陪张云逸去医院，经医生检查就留下他住院了。在张云逸住院期间，王氏有意地安排韩碧天天看望他，给他送去可口的饭菜。这样，两个人接触多了，张云逸了解了韩碧的身世后，对她又是同情又是佩服，而且开始喜欢她的开朗和聪明。他还风趣地对她说：

“你是由农民当工人，我则是由农民当了军人，我们两个就是工农兵了。”

韩碧深情地望着张云逸无拘无束地笑了。出院后，在王氏的安排与劝导下，张云逸默默地接受了这个现实。

天伦之乐。张云逸为革命四处奔波之余，回家看到贤慧而善良的妻子儿女。“你叫胜之，他叫远之，净是什么之呀之的。再生一个可不让你又叫什么之了。”

王氏与韩碧情同姐妹，家庭其乐融融。两年以后，韩碧果真生了个儿子，那时张云逸又调回到军队当了旅长，全家人高兴得又是放鞭炮又是摆喜宴，很是热闹地庆祝了一番。可谁知天有不测风云，好景不长，儿子夭亡了。韩碧伤心地哭得死去活来，张云逸和王氏轮番安慰她，慢慢地，她的心情才平静下来。

1926 年，张云逸刚过而立之年，正是在这一年，他的人生航道发生了巨大的转折。同年 10 月，在国民革命军克复武汉之后，张云逸光荣地加入了中国共产党。从此，他的人生开始和中国共产党的事业连在一起。

1927年，“四·一二”反革命政变后，张云逸身份还没有暴露，党安排他留下来在二十五师工作。他利用自己的便利条件成功地策划和输送了该师大部参加南昌起义。由于工作的需要，他本人仍留在第四军移师广州。这一阶段革命受到挫折，而秘密的地下工作又使他不得不保持百倍的警惕。这次返回广州，正好给了他一次与家人短暂团聚的机会。韩碧非常可人地为他理发刮脸，小女儿也十分懂事地为他盛饭倒水，还不停地问这问那，温馨的天伦之乐和家庭慰藉使他疲惫紧张的身心得到了少有放松。

然而战争年代不仅对革命者是一个考验，对革命者的妻子儿女同样也是一个严峻的考验。刚刚团聚的张云逸一家人又马上分离了。1927年11月，张发奎任命张云逸到海南当琼崖绥靖司令员。根据党中央的指示，他准备利用回到老家的有利条件，积极扩充部队，为党训练武装力量，以等到时机成熟时举行起义，建立海南红色政权。由于叛徒的告密和破坏，他带着部队刚一到，就险遭毒手，他带来的数百名士兵被一批批地逮捕了，他本人幸亏同村的一位兄弟冒险领路，带他逃离了虎口。无奈他又转道回到了广州。

这次虎口余生回到家里，妻子见他头发蓬蓬，胡须又长又乱，人也风尘仆仆，憔悴不堪，着实惊吓一场。后来问明了缘由，又不禁暗自庆幸。

“你娘她们身体好吗？”张云逸摸着偎依在身旁的女儿问道。

女儿还没来得及回答，妻子王氏听到了，马上喜滋滋地插话说：

“好着呢！忘了告诉你，阿碧又有喜了。她呀，真比我强，这也是祖上有德，老天保佑啊！怎么样，你该高兴了吧？”

“是真的吗？你俩可别哄我穷开心。”张云逸笑着问正准备给他理发刮胡子的韩碧。

“嗯，是真的。不过，不知是不是儿子。”韩碧喜悦且不无担忧地说。

“是什么都好。”张云逸搂着女儿说，“像我们小琼一样的乖女儿好做伴儿。是不是呀？”

“不不不，”女儿头摇得像拨浪鼓似的，“我喜欢小弟弟，二娘准能给我生个胖胖的小弟弟。长大了像你一样去当大官。”女儿比划着说。她天真烂漫的神态把大家逗得禁不住哈哈大笑。

“琼琼，快过来，别说傻话了。让你二娘给你爹理头吧。咱们去买菜。”

王氏喊上女儿去买菜了。韩碧开始给张云逸理发。看着韩碧散发着青春光彩的脸庞，张云逸禁不住心中一阵内疚：“小碧，我对不起你们呀，让你们跟着我吃苦了。”张云逸动感情地说。

“不，我和大姐在一起相互照料，过得很好；而你一个人独自在外，我们就是担心，你要多保重呀。”

张云逸听着，禁不住心头一阵发热，等革命胜利了，一定要好好地和她们聚在一起。

韩碧理着发，她感到身边这个属于自己的人仍然那么神秘，“你不是当官吗？可我老是感觉不对劲，不像人家说的那种官模官样的人。”

“小碧，你还不懂，将来再和你说吧。”张云逸严肃地说。

接下来是一阵沉默，韩碧细心地为他理了发，又仔细地给他刮净了蓬乱的胡须。张云逸正洗头时，王氏和小琼买菜回来了。为了给张云逸接风和庆祝他脱险归来，王氏与韩碧拿出看家本领烹调了各种美味的家乡菜。一家人乐融融地享受着难得的天伦之乐。

1928年初，党中央决定输送一批经受考验的革命中坚力量到苏联学习。张云逸告别妻小，准备北赴莫斯科。

当张云逸到达上海后，由于叛徒的出卖，上海的革命形势发生了变化。张云逸处境危险之际，周恩来派出陈赓假扮成国民党警察头目，率领几名“警察”突然袭击了张云逸的住所，将其“逮捕”并押解走了。

“报告，犯人已经抓到！”陈赓十分得意地哈哈大笑。

“怎么搞的，还绑着双手？”周恩来从房间走了出来。

“恩来同志？”张云逸一时丈二和尚摸不着头脑。

“云逸同志，让你受惊了。”周恩来快步上前给张云逸解开绑绳。

“哈哈，我这场戏演得成功吧！张老哥，小弟失礼了。”陈赓嬉皮笑脸地除去化装的胡须和假发，双手握拳直作揖。

张云逸又好气又好笑，上去就是一拳，“你真会装神弄鬼，就不怕我跟你拼命？”

玩笑过后，周恩来把中央的指示告诉他：

“现在，党中央决定派你去广西开展工作。你要利用你是北伐名将的身份和影响，设法打进广西军界上层，秘密联系和发展组织，掌握武装力量，然后见机行事，设法搞它个武装割据。你不会孤身战斗，中央还将派几十位党的干部分头到广西和你一同工作。到时还会派一位党中央代表前去负责全面，指导你的工作。”

“是谁？”张云逸兴奋而急切地问。

“现在是非常时期，党的纪律不允许我告诉你。到时他肯定会跟你联系的。”周恩来严肃而直截了当地说。

“我知道了，什么时候动身？”张云逸问。

“你先回广州，和家人团聚一下再走。你去广西后，说还不定要过一段很长时间的牛郎织女生活了。你看还有什么要求吗？”

“没有，我坚决服从中央的安排。”张云逸庄重地回答。

1929年初，张云逸又回到了阔别一年的家中。此时，儿子出生已经好几个月了。他抱着儿子，高兴得不知说什么好。

“云逸，你说，给儿子起个什么名字好呢？女儿叫张琼，我和阿碧商量着，就先叫他阿崖，琼崖是我们的老家嘛，正式的名字，等着你给取呢。”

张云逸想了想说：“就叫远之吧。”

“远之？叫他远之？”韩碧有些困惑，因为不管用海南话还是广州话叫起来都非常拗口，也不响亮。她用不解的目光看着张云逸。

“是呀，一是说我明天就要离开他了；二是说希望他将来长大了能有出息，前途远大。”张云逸笑着解释。

“真有意思，你叫胜之，儿子叫远之，净是什么之呀之的，真拗口。我可有言在先，再生一个可不让你又要叫什么之了。”韩碧半开玩笑半认真地说。

“好好好，到时一定依你。”张云逸爱怜地抱起孩子，动情地说，“阿碧，明天我这一走，又说不上什么时候回来，先是你阿姐，后来又是你，跟着我就没过上几天安稳的日子，我心里非常过意不去……”

韩碧伸手掩住他的嘴，“快别这么说了，你人好，阿姐待我也好，我心里已经很知足了。”

“看见你们相处这么好，我也很高兴。你阿姐确实心肠非常好，但因为没生儿子一直很自卑。不管我讲了多少好话，就是没有用。我很担心过几年阿琼出嫁了，远之也长大了，她心情会更不好……”

“你放心好了，我会更加对她好的。”

“嗯，你很懂事。还有，广西眼下兵荒马乱的，我到那边以后，可能接济不了你们，这一家人可就指望你了，你说不准还要重新去理发来养家糊口，你要有这个思想准备。”

“我知道，我还年轻，有我在，家里人饿不着。倒是你，世道这样乱，可千万要多加保重。”韩碧说着扑在张云逸怀里落泪了。

“莫哭，莫哭。不用替我担心，我不是一个，我那里有很多朋友呢。”张云逸笑着替韩碧擦擦眼泪，轻轻地抚摸着她的头发安慰她说。

就这样，语短情长，今宵苦短，两人你一言我一语地相互叮嘱着，彼此安慰着，共同祝福着，一夜没睡。

清晨，张云逸在王氏与韩碧依依不舍的目光里登程了，他挥着手说：“到那里我会很快给你们消息的！”说完，他强忍着泪水转身走了，身后王氏与韩碧的道别声隐隐地飞入耳际……

谁知他一去将近10年，与王氏竟是永别了！

生死茫茫，千里之外。张云逸出生入死征战广西，劳山脱险。清贫家中，韩碧昼夜操劳。远之被拐，百断柔肠；日寇轰炸广州，王氏不幸身亡，韩碧携子打工，苦度时光。

要到广西去开展工作，何人引荐呢？张云逸灵机一动，想起了同乡加同学的广东海军总司令陈策。此人与张云逸也是文昌同乡，比张云逸小一岁，两人从家乡来到广州，一起参加了同盟会，一起参加辛亥革命，一起担任炸弹队的正副队长。后来在北伐战争中，由于政治信仰不同，一个加入共产党，一个成了国民党。陈策在国民党军队青云直上，此时任广东海军总司令。张云逸去拜访他时，他并不知张云逸是共产党员。

"哎呀啦嘎，原来是胜之兄，快两年不见了，你一向可好？"

"好呀，好得很！好得无路可走了。"

"此话怎讲？"陈策一脸茫然，"谁不知你是北伐名将啊。"

"老弟你还不明白吗？蒋介石和汪精卫若即若离，面和心不和。李宗仁又和老蒋大战一场。你说，我们这些北伐将领向着谁跟着谁好呢？"张云逸说着，故意怀才不遇地深深叹口气，"北伐胜利了，我也失业了。"

"哪里话，哪里话。依你老兄智勇双全的才干，何愁找不到一个识才用才的合适位置呢？"

"那么，老弟眼下正青云直上，大权在握，何不拉我一把呀。"

"好说，好说，这事包在兄弟身上。你说吧，想要个什么位置？起码我能保证老兄原来的少将军衔。"

"老弟，实话实说吧，广州虽说是革命的策源地，可也是个多事之地，我真不愿留在这里。"

"那么胜之兄想去哪里呢？莫非想回我们老家海南吗？"

"不。我想到广西去看看。"

"到广西？老兄你可要想仔细了，那里李宗仁白崇禧刚刚败逃，乱匪横行，可不是个平安之地呀。"

"这我知道，但我想，那里百废待举，可能正需用人，我正好去求个发展。"

"言之有理！言之有理！胜之兄见识非常。正好那里主事俞作柏是我的知己故交，我给他写封信推荐你，保证委你重任。"

陈策说着走到办公桌前提笔写信。张云逸喝着茶，心中暗暗高兴，有党组织的介绍信，有陈策的推荐信，到广西去开展工作是会比较顺利的。

张云逸到了广西后，呈上陈策的推荐信，果然很快被任命为教导总队的总队长，后来由于工作能力出众，兼任广西警备第四大队的大队长。第五大队的大队长是俞作柏的弟弟俞作豫，此兄弟俩也是一个曹营一个汉。俞作柏是国民党军政高官，俞作豫却是共产党中的军事干部。通过张云逸和俞作豫的推荐任命，中共中央派来的人几乎都由他们分别安置下来，广西的部分军权掌握在共产党手里。后来与张云逸联系的叶季壮传达了党代表的指示："尽快在自己掌握的部队中建立党的组织，要大胆地发展党的力量，准备在时机成熟时举行起义。"这个指示非常符合形势，张云逸开始紧锣密鼓地布置工作，发展党员，秘密地建立党的支部，在短短 3 个月的时间里，就发展了党员 400 多人。

1929 年 10 月，俞作柏决定和汪精卫、张发奎联合反蒋。为了保存自己手中革命的力量，张云逸向俞作柏建议用新建的战斗力不强的教导大队和警备四、五大队留下来保卫后方。俞作柏不仅同意了他的意见，还任命他为南宁警备司令员，全权负责南宁的防务。张云逸趁机利用职务的便利接管了弹药库、军械库等重要军用物资装备供应部门。此时，党代表又通过叶季壮传来指示："俞、李（李明瑞）反蒋若胜，形势对我们有利，反蒋若败，就把队伍拉到右江地区举行起义，建立红军和革命根据地。"这一条指示提出了灵活且周密的两手准备策略，与张云逸的想法不谋而合。

半个月之后，果然不出张云逸所料，俞、李大败而归，在广西已经势力大减，这样按照事先的设想，张云逸抓紧时间做了大量的艰苦的准备工作后，于 1929 年 10 月 20 日，带着教导总队和四大队的人马，装运了大量武器弹药，乘船抵达右江江畔的平马镇，在这里他邂逅了早在此迎接他的邓小平。

"啊嗬！邓代表，我早就想见见你了。"张云逸打量着眼前的邓小平，棱角分明的脸庞，炯炯有神的眼睛，虽然年纪轻轻，但明显的有一种饱经磨炼的稳重。他们俩几乎是同时上前伸出手紧紧地握着。

"云逸同志，你不用叫我邓代表，以后就叫我邓斌好了。"邓小平以晚辈的口吻说。

"邓斌同志，这几个月虽然没见到你，但每项工作我都得到了你的指示，心里很踏实呀！"

"我只不过是转达党中央的指示精神么。云逸同志，你辛苦了，做了那么多工作，把这么大的队伍拉了出来，还带着这么多的武器弹药，不容易呀！你干得这么出色，毕竟是久经沙场的老革命，北伐名将，才能非凡啊！"邓小平由衷地赞叹着张云逸。

从此，张云逸与邓小平亲密合作，训练扩充部队，加紧起义准备工作。1929 年 12 月 1 日，邓小平赶往龙州去筹划龙州起义，百色地区的工作主要由张云逸负责。

白色起义之后，张云逸任红七军军长，邓小平任政委。与在当地开展革命工作多年的领导人韦拔群一起，带领部队于1931年7月胜利到达中央苏区，与中央苏区红军会师。张云逸兴奋地对大家宣称："同志们！从现在起，我们就是中央红军的一部分了！"中央苏区领导人毛泽东和朱德亲切地会见了张云逸、李明瑞等红七军领导人，对他们的革命精神和业绩给予了很高的评价，还特授给红七军"转战千里"的锦旗。

到了苏区以后，张云逸如流浪在外的人回到家一样，紧张的神经松弛下来，竟一下子病倒了。此时躺在病床上的他才有时间想起已经阔别3年的家及妻儿老小。她们两个妇道人家拖儿携女，生活怎么样了？自己一去杳无音讯，韩碧她们是多么牵挂啊。张云逸深感不安了。他挣扎着坐起来写了一封没有留下地址的报平安短信托到广州去的同志设法捎去。后来因为敌人第五次"围剿"开始了，那封信是否到了韩碧她们手里，张云逸已不得而知了。

1937年4月，为了争取地方实力派和各界人士，促成全国抗战，党中央派张云逸到华南地区进行统一战线工作。此行正好和到南京去和国民党谈判的周恩来同路。当汽车行至延安以南的劳山时，突然遭到国民党组织的武装土匪的袭击，敌人居高临下，火力十分密集地对着车辆和人员猛烈射击。汽车很快被打得瘫痪了，周恩来跳下车。张云逸也在周恩来身边协助指挥，他处变不惊，向四周环视一下，从敌人的枪声来源上判断前面、左面和后面都有敌人，但右面却没有枪声，于是他大喊着让周恩来向右面撤退，他自己则和其他人向敌人还击以作掩护。战斗中，周恩来的副官陈有才负了重伤，警卫员刘九洲和司机也都先后负了重伤，情况万分紧急，张云逸挺身而出："周副主席，你们快撤，我来掩护。我是老兵了，战死无憾！"周恩来生气地说："你有更重要的任务，现在还不到拼命的时候！我们都在一起，反而目标大。快，分头撤，爬上对面那个山坡，钻进树林里去。"于是大家边打枪边撤退，很快在树林中消失了身影……

事后调查得知，敌人这次狙击的目的就是为了谋害周恩来同志。当他们追击到着火的卡车附近时，发现了周恩来的副官陈有才同志的遗体，见他身着呢制服，口袋里装有周恩来的名片（因为作为周恩来的副官经常跟随周恩来出入国民党军政要员的官邸，所以才着呢制服与装有名片），以为周恩来已被"击毙"，就心满意足地领赏去了。而周恩来和张云逸由于这次变故也不得不暂时又返回延安。摄影家童小鹏得知后一边义愤填膺，一边又大呼万幸，他为周恩来张云逸及孔石泉等拍照，以志脱险留念。拍照时，周恩来风趣地对张云逸说："云逸同志，我们这次不仅是战友，还成了难友了。"

张云逸不无幽默地说："你这次能大难脱险，真是不幸中之大幸。你要有个闪失,我这个老警卫员可就成了千古罪人了。”

“革命尚未成功,我周恩来仍需努力。马克思一时半会儿还不会让我去他那里报到。他肯定会把我撵回来的。”周恩来爽朗地笑了。

张云逸非常珍惜这张珍贵的照片,直到1974年他逝世,这张照片始终保留在自己的身边。同样1976年1月8日周恩来逝世前,他吟唱着国际歌,手搁在胸前,贴身衬衣的胸前口袋里唯一装着的也是这张珍贵的照片。

劳山脱险后不久,1937年5月,张云逸以中共中央代表的身份,又踏上征途,前往华南从事党的统一战线工作。在华南工作的立足点设在香港。工作面主要在广东、广西、福建等省。经党组织决定,为了便于掩护,开展工作,计划安排张云逸的妻小到香港跟他住在一起。屈指一算,戎马生涯的革命征程,离开妻小不知不觉一晃9年有余了!家里人都好吗?儿子远之该读书了吧?他都9岁了,早过读书的年龄了。可他能读上书吗?作为父亲,不仅远走高飞,而且经济上又不能给家里接济,那么儿子没钱读书,前途又怎么能远大呢?远之呵远之,爸爸的心是好的,只是,只是眼下国难当头,只好暂时委屈你了……在前往香港的路上,张云逸浮想联翩。

那么韩碧呢?丈夫一别9年杳无音信,她们的生计该是多么的艰难啊!对于韩碧和王氏两个女人来说,既没有丈夫的经济支持以养家糊口,又带着两个孩子,日子过得十分艰难也就可想而知了。俗话说,没有男人的家庭如房屋去了栋梁,更何况是在那种兵荒马乱的年头呢。韩碧和王氏都是从小在清贫中摔打出来的人,能吃得苦受得累。于是王氏在家料理家务照看孩子,韩碧则出去打工挣钱维持生活。西壕口一带是广州的繁华地段,人来人往,十分热闹,理发店顾客盈门,生意非常红火。再则,韩碧年轻漂亮,理发技术也越来越精,体力又好,为人又相当善良,人缘极佳,对顾客服务得热情周到,所以收入也还能维系一家几口的吃喝。后来,女儿张琼长大了,先是出去打零活为家里增加些收入,19岁那年,王氏做主为她定了婚事,当年就出嫁了。王氏对待儿子小远之亲同己出,韩碧早出晚归地外出打工,张远之的衣食住行乃至伤风感冒头疼脑热一类事,就全包在王氏身上了,以致远之觉得最亲的不是亲娘韩碧,而是大娘王氏。

在日日牵挂张云逸的安危中,不知不觉时光流逝,张远之已经到了上学的年龄。韩碧与王氏一合计,再苦再难也要送孩子上学读书。这不仅是张云逸临走时有交待,即使是单凭两位文盲的母亲自己做主,她们也会毫不犹豫地送儿子上学。她们的老家文昌县是著名的侨乡,文化教育事业特别发达,是当时广东的三大文明县之一。男儿长大要读书,只有读书才能有出息,才能干大事,这是天经地义的事。但就在张远之背上书包去上学读书时,住同街上的一位老乡竟然将远之拐骗走了。

王氏在学校放学时找不到远之,她顿时慌了手脚,着急得一时没了主意,泪流满面地跑到理发店去找韩碧,韩碧听了也急得只是哭,她们相拥相扶回到家中。担心害怕,两个人竟然同时病倒了。韩碧心想,自己嫁到张家就是为了传宗接代,头一个儿子夭亡了,这一个儿子又被拐跑了,要是找不回来,要是有个三长两短,等张云逸回来如何向他交待啊?王氏更是心急如焚,自怨自艾,饭食不进。

骨肉失散,两个人的心思是一致的,只是,一个在病中想到了去报警;另一个在病中想到了去求神问卦。她们都拖着虚弱的身子去尽自己的一切所能。值得万幸的是几天以后,警方却真的在广州郊区找到了张远之,韩碧感激得连连叩头作揖,王氏也惊喜得赶快烧香还愿。从此,王氏像守护神似的一刻也不离开远之。

一波未平,一波又起。1937 年,正当张云逸也快要设法接她们去香港时,“七七事变”发生了。日寇开始在北方大肆进攻,并不断地派出飞机轰炸南方的重要城市。8 月的广州依然花开草长,艳丽如春,可是人们却心中整天惶惶不安,日寇的飞机不断地嚎叫着轰炸。一天的前半晌,由于晚上提心吊胆几乎一夜没睡的韩碧与王氏正想带着远之睡一会儿,耳际就传来沉闷的嗡嗡声。只听得大街上呼叫哭泣乱作一团。韩碧慌忙和王氏拉起小远之就往外跑,她们跟着逃难的人群漫无目的地跑着,看到天空中日寇的鬼怪已经由小小的黑点越来越大了,面目狰狞的恶魔呼啸着冲下来,屁股一撅向着正在逃跑的人群撒下一排炸弹。只听轰的一声,尘土漫天。落在后面的王氏随着周围的一大片人倒了下去。韩碧惊叫一声,拉着小远之扑了过去,一看王氏,早已躺在血泊中人事不知了。韩碧疯了似的扑在王氏的身上,张远之也嚎啕大哭:“阿娘!阿娘!你醒醒,快醒醒!”她们悲凄的哭喊与周围的号泣杂成一片。可是王氏,这位善良贤慧、一心为夫为子的贤妻良母却惨死在日寇的炸弹下。

连着个把月,韩碧母子俩像丢了魂似的,韩碧一闭上眼就想起这位与她相依为命的大姐,远之幼小的心灵里过早承受着失去亲人的悲痛,常常在梦中哭醒吓醒。王氏离去后,韩碧一家真正成了孤儿寡母,日子没法过了。远之上学没人接送照料,只好辍学,每天跟着韩碧到理发店去,韩碧打工干活,远之就在她身边玩耍。遇到日寇轰炸就慌恐逃难……这种近似流浪的生活一直持续到组织上派人通知韩碧母子到香港去与张云逸团聚。

虎口余生,张云逸转战苏皖。韩碧落入虎口,敌人大喜过望。“让我劝降我丈夫,那是白日做梦!”7 个月监牢,20 多人被杀。韩碧再见张云逸,放声痛哭。

韩碧带着远之到达澳门后住了下来,张云逸此时还在桂林,当他听说韩碧他们到了澳门后就赶快到这里接他们。一别9年有余,儿子远之与他陌同路人,夫妻二人互相诉说着离别后的情形,百感交集感叹不已。韩碧扑在张云逸怀里痛哭失声。

“你大姐呢?怎么不见她呢!”

韩碧痛苦地低下了头。她抽泣着向张云逸叙说了那不幸的一幕。张云逸心中一阵悲痛,大颗大颗的泪珠无声地从他眼中巴嗒巴嗒掉在地上。他深知结发妻子王氏的人品,嫁给自己20多年没有过上几天团圆安稳日子,善良的她可能至死还在为没给自己生个儿子而自卑呢?他又爱怜地看看韩碧,自己这一生该欠她们多少啊。他越想越不是滋味。再看看此时用一双惊恐的眼睛望着他的儿子远之,在儿子的心目中,“爸爸”是一个多么虚无缥缈的概念啊!与跟他同龄的儿童相比,孩子幼小的心灵过早地经历了人间的沧桑炎凉……远之望着眼前这个陌生人,只觉着拘谨和害怕。父亲的样子很古怪,很威严,他退着步,直到背部靠上了母亲韩碧的身体,才似乎有了安全感。

“远之,快喊爸爸,成天想阿爸,怎么见了阿爸还害怕呀?快,快叫呀!”韩碧蹲下来搂着孩子哄着。

远之抬头瞪大眼睛打量着张云逸,可就是不开口叫。

“别逼他了,慢慢来,过两天就好了。”张云逸苦笑着说。

两天后,他们到了香港。在这里张云逸第一次向韩碧说明了自己的共产党员的身份,韩碧也从此正式参加了革命工作。他们一家人的生活开支也开始靠党组织供给了。韩碧的革命工作内容其实就是看家管家带孩子为大伙做饭,一直到这时她仍然是个文盲,算是地地道道的“革命家庭主妇”。只是由于她漂亮聪明,心灵手巧,大方诚恳,当理发师时又学会了应酬,所以她很快就适应了新环境,烧得一手好菜,同时在来来往往的接待工作上也十分得体周到。在同志们的关心帮助下,远之也得以继续上学了。对韩碧来说,这是她人生道路上一个重大的转折点。参加了革命,成了张云逸的革命伴侣。嫁给张云逸这么多年来,头一次有这么长时间的相对稳定夫妻团聚生活。

1937年10月,张云逸到澳门去请叶挺出任即将成立的新四军军长。张云逸任参谋长兼第三支队司令员,留在安徽岩寺主持新四军工作。韩碧也奉命到张云逸身边去工作。在这里她和远之都正式参了军。

在岩寺参加了两个月的文化学习后,她和远之随着北上的小支队一起出发到江北去找张云逸。江南因为统战工作搞得好些,一切都很顺利,但过了长江后,江北那时已经闹磨擦了,加上他们一行到了江北也有些大意,若是坚持走陆路,不经过顽军驻地,也就没事了。但是他们一路兼程,实在太累了,就坐上两条小船走。在船上睡了一夜,第二天中午行至无为县刘家镇时,那里有顽军的卡子,顽军拦截后气势汹汹,不由分说就以突袭的办法缴了他们的枪,抢了他们的7万元军饷,扣押了人和武器，解送到襄安镇保安第八团监禁了起来。

对这意外的变故，韩碧母子毫无精神准备，但他们很快就镇静了下来，韩碧对12岁的张远之叮嘱："孩子，记住，死也不能说出你父亲的名字，不管谁问，就说是姓麦。反正认也是死，不认也是死，我决不认，死就死吧。死了后我找你阿娘做伴去。你无论如何不能死，你是张家唯一的一条根了，你阿爸、你阿娘，还有我，都要你活下去，长大了去拿枪干革命，为我们报仇！"此后，顽军想从孩子身上打开缺口，可远之一口咬定父亲姓麦。当时，新四军的著名领导人里面并没有姓麦的，所以顽军这一段时间并没有什么非常举动。

但是，保安第八团还是知道了韩碧母子的身份，他们高兴得手舞足蹈，当即密谋：将韩碧母子作为人质，利用来软化收买张云逸。在经过蒋介石批准后，保安第八团团长邱正华赶紧派人把韩碧母子请到客厅，一番请坐倒茶之后，邱正华满脸堆笑地说："原来你们是鼎鼎大名的张云逸将军夫人和公子，让你们受惊了，实在是对不起呀。我对张将军向来是十分佩服的，辛亥革命、北伐战争、百色起义，无不说明了张将军的军事天才。我们蒋委员长对他也是十分器重的嘛。"

韩碧感到既然身份已经暴露，索性来了针锋相对吧，"既然器重，为什么还要无理扣押他的妻儿？"

"这，这纯粹是误会，纯粹是误会嘛。张夫人还要多多包涵啊。"邱正华赔着笑脸。

"那么，现在误会消除了，邱团长是准备送我们走罗？"韩碧不卑不亢地微笑着。

"嗯嗯，这个，这个……我想请张太太给张将军写封信。就说你们在这里受到很好的照顾，并劝张将军，人生一世，风云难测，何必认死理守着一方呢？只要他到蒋委员长这边来，发表个小小的声明，一来马上与妻儿团圆，二来蒋委员长保他高升……"

"高升？"听到这里韩碧明白了，原来是让她劝降张云逸，她强忍怒火打断邱正华："高升也是为了抗战吧？云逸他不高升不也一样带领新四军打日本鬼子吗？写这种信不是多此一举吗？"

邱正华无话可说，脸色顿时阴沉了下来，恶狠狠地威胁道："张太太，你要是不劝你丈夫过来，那可就别怪我不客气。"

韩碧愤怒地站了起来："不客气又能怎么样？关押拷打，要斩要杀，随你的便好了。要想让我劝降我丈夫，那是白日做梦！"

邱正华杀气腾腾："张太太，我看你是中共产党的毒太深了，你还是冷静点想想吧！"他恼羞成怒地扯着嗓子喊。

韩碧等人被顽军扣押的消息很快传到新四军江北指挥部。为了揭露敌人恶行，营救韩碧等人，指挥部决定一方面以张云逸个人名义致电蒋介石、林森、李宗仁、白崇禧："近查皖豫鄂各省地方政府拘捕侮辱杀戮我新四军官兵家属，到处皆是，被杀已有数十数百人，今等炮火余生，不罹于暴寇之手，反被国家军队横加捕押，妻儿何辜？遭此荼毒。况职弃家抗战，家属从未受优待，亦不应加以侮辱。"另一方面，又派人前去谈判。敌人竟然扣押我谈判人员，秘密把韩碧等人转移到了大别山的岳西，将韩碧和远之单独关在一座深院里。身上的贵重物品被抢掠一空，精神上他们孤立无援倍受折磨，但韩碧始终态度如一，决不屈服。在这里，她碰巧遇到了准备起义投奔新四军但事败被押的云应霖团长。

"云团长，那么以你眼前的处境，你打算怎么办呢？"

"只好听天由命吧。既然事已败露，大丈夫敢做敢当，由他们处置好了。倒是你，张太太，你打算怎么办？你看我能帮你什么吗？"

"他们想让我劝降我丈夫，那是白日做梦！反正我也是做好了杀头的准备，我唯一担心是我儿子远之，他不能死，他是张家之后，也是我们新四军之后。我现在一天到晚想的是怎么能让我儿子逃跑掉。你看见没有，天井的小房子边有棵大树，远之只要在夜里爬上那棵树，就准能跑掉。"

云应霖十分佩服韩碧的胆识和气节，他由衷地说："张太太，你真是女中丈夫啊！张将军有你这样的知己真是今生无憾。"他看看远之，又看看那棵树，摇摇头说："不行。他还是个孩子，即使出了这个院子，又能往哪儿跑呢？"

"云团长，问题正在这里。我目标大，敌人注意我，你看能不能，能不能你带着我儿子逃出去？"韩碧热切地望着他。

"这……"云应霖一时语塞了，思索片刻才说："恐怕不妥。万一被他们发现了怎么办？我倒无所谓，孩子就没命了。依我看，既然把你们母子单独送在这里，凭着张将军的名望和影响，凭着目前国共合作的时局，若没有蒋委员长亲自下令，他们是不敢轻易加害你们母子的。所以，还是别冒险的好，你们的党中央肯定会与蒋委员长交涉，营救释放你们的。"

韩碧听他说得有理，就不再坚持自己的意见了。但云应霖团长也只说对了一半，在被关押折磨了7个月之后，韩碧母子在1940年9月被释放了；可与韩碧同行的23个同志被顽军秘密杀害了，派出去与敌谈判的田丰少校等3人也被惨无人道地杀害了。当韩碧和张远之从岳西辗转来到新四军江北指挥部时，她一反往昔的在众人面前端庄得体举止，不顾一切地扑进了张云逸怀中呜呜大哭起来。

这次危险的遭遇使韩碧长时间难以去掉心灵上的创伤。尤其当她听说与她一起过江的那些同志的惨讯时，韩碧怔怔地好长时间说不出话来，她善良的心中不时地想起那些活生生的面容和身影。心理上的创伤和感情上的折磨以及身体的虚弱使韩碧病倒了，张云逸工作忙，就让小远之白天陪着她。

一天晚上，韩碧突然从恶梦中惊醒，她吓得大汗淋漓，紧紧钻进张云逸怀里。过了一会儿，才向张云逸叙说刚才的恶梦：她梦见张云逸被敌人抓住了，敌人要杀害他。小远之跑上去喊爸爸，凶恶的敌人扔出一颗炸弹，小远之随着巨响倒在血泊里……

“云逸，我怕，我真怕失去你和小远之。”韩碧生怕张云逸会被抢走似的紧紧抓住他说。

“不会的，你忘了你阿姐找人给我算过命，我命大，那些反动派打不死我！”

经过张云逸和张远之的悉心照顾和抚慰，病了两个多月的韩碧慢慢地恢复了。她经过这一场生与死的考验，心中更理解了革命的艰难，也更珍惜她与张云逸的生死恋情。

1939 年，韩碧和儿子在新四军军部

真情可鉴。张云逸带着心事离职养病，韩碧西西伯利亚相伴为陪。家乡土改，韩碧老家蒙冤成“地主”，诱发了早年的心理刺激；张云逸说：“韩碧不能送精神病院，她跟我几十年，实在不容易……”

新中国成立后，考虑到张云逸在广西威望高，因此中央派他到广西主持工作。这时他和韩碧又有了解放战争时在山东出生的儿子张光东(光复山东)。韩碧带着不到4岁的光东和张云逸一起又回到了广西。

解放伊始，百乱待治，百事待理，张云逸整天忙得焦头烂额。韩碧同样也是不得空闲，她是刚成立的保育院第一任院长，每天带着小光东醉心于自己的事业。晚上吃饭是一家人团聚的最快乐时候，韩碧兴致来了烧几个可口的家乡菜，还讲几件街头趣闻，常常令张云逸笑得喷饭。

她向张云逸讲了发生在她保育院的一件趣事：保育院刚成立几天，孩子们已经送来了一大堆。由于一时难以记准哪个孩子是哪家的，所以每次下班时都让接孩子的人自己找。可是第3天就出事了，下班很长时间了，有一个7个多月的男娃娃没人来领，韩碧边摇藤条摇篮边等。一会儿，急匆匆的一位老妈妈来了，抱起孩子直向韩碧道歉来晚了。谁知她抱上没走几步就慌忙跑回来嚷道：

“错了，这不是我的孩子。”

韩碧一听纳闷了，不是？别的都让人接走了，她们两人找遍了每个摇篮都没有。那位妈妈急哭了，韩碧也急出一身汗来：

“才开业3天就丢了一个小孩，这不是砸保育院牌子吗？”

谁知她俩正急得没法，又气吁吁跑来一个抱小孩的年轻妈妈，一见韩碧面就嚷：“我的宝宝不见了，这不是我的。”

韩碧听了更是一惊，倒是那两个妈妈反应快，她俩凑近一看，都破涕为笑了。原来，接错的是孩子的姥姥，老人家眼神不好，本来就认不准外孙子。来到保育院一看，一摆溜那么多小宝宝躺在摇篮里，就更花眼了，瞅了老半天，才抱了一个回去，谁知妈妈回来一看却不是……

张云逸听得有趣，就插话问道：

“对啊，那你们怎么解决王家娃儿李家抱的问题呢？”

韩碧自豪地说：

“有办法。我用了在江北当出纳时排号贴条子的办法，来人一说是几号就行，保险错不了。”

“嗯，还真是个办法。看来你这个保育院长还蛮称职的！”

闲来度日如年，忙时度年如日。张云逸与韩碧各自都专注于自己的工作，一晃就是3年，抗美援朝战争也快结束了，可广西土匪还很猖獗。张云逸为此非常伤脑

1951 年 11 月，张云逸(右)在上海疗养时与刘少奇合影

筋,常常吃饭时一言不发。韩碧问他,他只是说:

“没什么,工作上的事,别问了。”

1952年初,张云逸神经衰弱加上胆结石,中央决定让他去治病。张云逸坚决服从,可显得心事重重但又从不对韩碧说。原来张云逸猜对了,林彪对张云逸指挥驻在广西的四野部队剿匪有看法,就借故让张云逸“治病”了。新中国成立以来,恐怕第一个受林彪排挤的就是张云逸了。韩碧于是也交接了工作,带着小光东到了杭州莫干山。在这里,刘少奇与王光美夫妇专程来探望他们。韩碧和王光美一见面,就亲如姐妹,她早就听人说过这位德才兼备的革命大姐,于是两个人相约出去散步:“少奇、云逸,咱们分头行动吧。我和小碧出去散步,你们在这里慢慢谈吧。”

刘少奇对张云逸的人品和经历非常熟悉,张云逸也非常信任这位组织观念极强的战友,于是他对刘少奇坦诚地说了自己的心事,并问道:

“中央让我治病我很感激,但我的工作还没做好,我想知道中央到底对我是怎么评价的?”

刘少奇望着这位出生入死、信仰忠贞的老战友,毫不犹豫地回答:“云逸,都经过几十年的革命考验了,中央是了解你的,一直都很信任你的嘛。”

听了刘少奇的话,张云逸激动地握着他的手说:

“只要组织上信任我,我就放心了。我保证去好好治病,争取早日恢复工作。”

毛泽东得知后也亲笔写信给张云逸,劝他以身体为重,赶快到苏联去疗养,莫耽误了病情。

张云逸接到信后,就即刻让韩碧把小光东送到幼儿院,简单准备了一下,北上西折到了苏联。西西伯利亚寒流滚滚,大雪纷飞,又加之异国他乡,极少有熟人来访,张云逸心倒是静下来了,但又感觉闲得难受。这是他和韩碧单独清闲相处的日子,国事家事,事事挂在心上,韩碧看他情绪不宁,就想尽一切办法调节他的心情。在他们疗养地有一个带木栅栏的小院,韩碧经常与张云逸在这里散步,或穿上棉大衣坐下来促膝长谈。驻苏大使刘晓来看望他们时,正巧他们在这里坐着聊天,刘晓马上让随从人员给抢拍了一幅照片。

“张老,现在身体怎么样了?有什么要求吗?”

“很好很好,我感觉身体恢复的差不多了,请转告中央,我想回去看看。”

“我马上向中央报告,请张老安心静养。”刘晓问候几句以后告辞了。

1953年4月,经中央批准他们准备回国了,张云逸和韩碧商量着要给刚结婚的远之和王婷,还有小光东买礼物:“这我是外行,还是我听你的吧。”

“这么办你看行不行,远之喜欢照相,就送他相机;王婷爱美,送她一件流行的布拉吉;小光东呢……有了,给他一个小火车,你猜猜他见到后欢喜的样子!”

“唔,唔,”张云逸想象着小家伙高兴得欢蹦乱跳的样子,忍俊不禁地笑了。

回到山东青岛后，一家人可以团聚了。然而韩碧却突然变得烦躁不安，与以前的她判若两样。一天晚上，他们住的楼下舞曲阵阵，人们正在轻歌曼舞，韩碧突然冲下楼，怔怔地瞪着起舞的人群，人们发现了这位活泼开朗的老大姐，正想邀请她时，她却尖声大叫起来：

"别跳了！我受不了啦！"

然后疯了似地冲了出去。惊呆了的人们反应过来追出去时，却见她已经跑向海滩，边跑边脱着衣服，不顾寒风刺骨，一纵身跳进海水中向远处游去。张云逸也惊呆了，他马上让警卫员们去追她。但韩碧游泳技术很高，张云逸的秘书竟追不上她！后来快艇开过来从前面截住她，警卫员们七手八脚地把她抱上船，给她穿上衣服火速往医院送去。经过检查，确诊为长时间压抑加刺激导致的精神分裂症。张云逸听了难过地低下了头，是啊，战争年代韩碧母子受惊吓刺激的一幕幕又映入脑际：第一个婴儿夭折，小远之失踪，江北遇险，女儿小胜利病死……可是，最近导致发病的刺激因素又是什么呢？他百思不得其解。在医生及张云逸的悉心陪伴下，韩碧的病情稳定了。一天，张云逸和韩碧一起散步，看到韩碧心情很好，张云逸试探着问：

"小碧，你是不是有什么不顺心的事瞒着我？"

韩碧听了，怔了一下，然后委屈的眼泪夺眶而出：

"你知道我家早已穷得快吃不饱饭了，可这次土改却被定成了地主！我想不通呀！"

张云逸一下明白了。半年前韩碧的弟弟来了一封信，张云逸问写什么了？韩碧当时回答："没什么，只是说家乡都好，让别牵挂。"原来那时她就把这事憋在心里了。张云逸又爱怜又感动：

"她是多么深明大义啊，宁可自己默默承受委屈，也从不发牢骚，从不向别人说起，包括她的丈夫。"

张云逸知道可能是给定高了成分，但他还是平心静气地开导韩碧：

"小碧，想开点，要相信当地政府会实事求是解决的。你这么多年风风雨雨，这点委屈算什么呢？"

后来韩碧的病情时好时坏，有一次，家里来了几位老战友。新中国成立后天各一方，都忙于工作，难得一聚。大家高高兴兴地坐上饭桌畅叙别情离意，韩碧情绪很好，还在客人的称赞下亲自下厨做了个家乡菜。哪知大家正兴致勃勃地吃饭时她突然发作了，粗暴地一把掀翻了桌子，气冲冲地跑到了楼上。客人们都惊呆了，宴席不欢而散，张云逸痛苦地坐在原地一动不动。他回忆着、沉思着、焦虑着、苦恼着……医生和秘书们考虑到韩碧的病情和张云逸的身体状况，建议把韩碧送到精神病院去。张云逸静静地叹了一口气，动情地说：

“我谢谢大家对韩碧和我的关心。可是韩碧不能送到精神病院去。在那里她会更孤独，病情会加重的。我不会受到影响。你们不知道，她跟了我几十年，出生入死，历尽艰险，没有过上几天安稳舒心的日子。现在我没什么事，正好多陪一陪她。再说，让她在家静养，也可给国家减少负担啊！”

在场的工作人员听了都深受感动，不仅为张云逸宁可自己受苦也不给国家添负担的高风亮节所折服，更为他对妻子韩碧的无比深厚的恩爱感情所打动。是啊，逆境中的朋友是真朋友；同样，能共患难的夫妻才是情真意切的伴侣。感情这条特殊的河流只有不断经过礁石与考验才能迸溅出美丽的浪花。

风乍起，板荡识忠臣；张云逸气极："乱来！"韩碧尽量对他封锁消息；医院里，又遇陈毅，两老战友相互鼓励；张云逸临终嘱儿女："我去之后，一定要照顾好你妈妈……"问行云可解生死情？后人垂泪寄哀思。

1966年，当大浩劫乌云四合、狂风乍起般地冲击着经济形势刚刚好转的新中国时，张云逸已年逾古稀，进入74岁的高龄了。此时的张云逸体弱多病，基本上处于赋闲状态，对林彪、“四人帮”不构成直接阻碍，因此他也幸免了迫害。韩碧担任他的生活秘书，无微不至地安排他的衣食住行，这一对历经人间风雨几十年的忠贞伴侣在用生命的最后日子书写着夫妻深情的感人篇章。

1966年9月的一天，因受排挤而在家赋闲的张云逸正在院中踱步，此时他已知道了刘少奇和邓小平被打倒的消息，但是心中极为茫然和担忧，国家的命运到底会如何呢？他在家中一个人暗暗地生闷气。突然听到深巷外边呼声连天，好似又发生了什么大游行，对局势极为敏感和关心的他马上侧耳细听，“打倒刘少奇”的狂热喊声像蛙噪似的进入耳际，他听着听着，那一句句过分的不真实的呐喊刺激着他的耳鼓，他先是震惊得目瞪口呆，继而愤怒得胸脯起伏着，忍不住用手中的拐仗狠狠地顿着地，操着广东话大声骂道：“乱来，乱来！”

韩碧和秘书及服务员卢秀玲听到后吓了一大跳，慌忙从屋里跑出来把他扶回屋去。张云逸还不甘心地边挣扎边嚷：

“反了，反了！这还是党的领导吗？还是马克思主义者吗？”

“你别生气了，这是整个国家的事，又不是你一个人能管得了的！再说你现在又很少参加工作，谁会听你的。你自个气出病来又有什么用？”韩碧扶他坐下，给他捶背劝道。

“我总还是共产党员吧！”张云逸犹自气冲冲地说。

“那你也要看看时机和场合呀！现在是什么时候，老干部都忍气吞声地不敢哼一声还不被放过，你这么大年龄，真要被揪去批斗怎么吃得消呢？”

“我不怕！我提着脑袋干了一辈子革命，要揪斗他们来揪斗好了！”张云逸说着说着气又不打一处来，“成何体统，成何体统嘛！那些被批斗的人都干了一辈子革命，即使有点错误也是一时糊涂，怎么能往死里整呢？”

“现在全国都乱套了，不成体统的事多着呢，你气得好吗？身体气得好吗？身体气出好歹来，可怎么办呀。”韩碧心疼地劝导他。

“那总得有人管呀，国家要是一直这个样子，岂不没法收拾了？”

“这事你管不了，还是保重身体要紧，再说也要为远之和光东他们想想呀！我可以陪你一起挨批挨斗游街，孩子们的路可长着呢？”韩碧说着又动了感情，抬手去擦眼窝。张云逸一见她这样，长长出了口气，顾不得生气了，反过来劝韩碧：

“别急别急！我是一时气过了头，保重身体要紧，你也要保重身体，可千万别上火！”

张云逸（左四）夫妇等为原红 7 军第 3 纵队司令员韦拔群烈士扫墓

从此以后，为了不让张云逸受到这些事件的刺激，韩碧和其他工作人员商量好，对张云逸封锁一些容易引起他发火的消息。张云逸行走不便，又不能够参加中央的一些会议，因此他常常问身边的工作人员：

“现在局势怎么样了？又正在批斗谁？”

订立了攻守同盟的工作人员都不约而同地回答：“现在局势平安，首长，局势已经完全好转了，谁也没有被批斗。”

张云逸听了将信将疑，凭他的革命经验，他不相信那么混乱的局势会一下子好起来。

“一定是他们故意瞒我！”于是他悄悄地让小孙儿小孙女到王府井给他买来各种各样的小报看。不看则已，一看他又担心又生气，常常阴沉着脸一言不发，有时会自言自语地说：

“陈毅也被打倒了，贺龙又是‘土匪’，叶剑英、徐向前要做检查，‘肖华是扶不起来的天子’，都犯了错误，都有罪行，还有谁能靠得住啊！”

这段时间，韩碧紧张得整天提心吊胆，她知道张云逸不会相信他们的话，迟早会得到消息。有一天她发现小孙儿从外面跑回来，瞅瞅没人注意，飞快地拿着一小卷纸往张云逸的办公室送去。

“好啊！我搞封锁，他还发动群众来了个反封锁。”韩碧心里想着，又好笑又着急。

她悄悄地把小孙儿喊过来问：“小乖乖，愿意不愿意让爷爷生气啊？愿意不愿意让爷爷生病啊？”

小家伙一歪头，不假思索地说：“当然不愿意啦！”他直琢磨：“没有，没有啊！”

“乖孙儿，奶奶知道你不愿意。可你给爷爷买的报纸惹爷爷生气了。你没见你爷爷每次看了以后都不高兴吗？”

小孙儿惊奇地看着韩碧问：“奶奶，你怎么知道我给爷爷买报纸啦？爷爷告诉我说不让你知道，我没对任何人讲过啊。”

“外面很乱，你爷爷知道了就生气，一生气就会生病的。我们怕他生气，所以不让他知道，懂了吗？乖，以后可别给爷爷买了。”韩碧轻轻地给小孙儿解释。

从此，张云逸断绝了小报的来源，他只好嘟嘟囔囔地接受了。然而韩碧和身边的工作人员对张云逸的爱护与关心可以阻挡那巷外高声的喧嚣和满天飞的大字报小字报，但是阻挡不了造反派登门造访。造反派们看到张云逸极不合作，就想找个茬“杀杀他的威风”，他们抓住他与刘少奇、邓小平一起共事的历史，让他交代与刘、邓的“黑关系”。

张云逸听后怒目而视：“什么黑关系！”

造反派头目嘿嘿冷笑：“老实交代吧，黑不黑得由我们群众说了算！”

张云逸将身子往后一靠，平静地说："皖南事变后，刘少奇是新四军政委，我是副军长，他和我一起领导新四军抗战，打败日本帝国主义。你们说，他和我是什么关系？这种写进历史的关系，我还能划得清么？"

他轻蔑地扫了那些目瞪口呆的造反派们一眼，继续说：

"至于邓小平，他代表党中央，到广西和我发动了百色起义，他和我的这种历史关系我也无法划清吧？"

造反派头目眼珠子骨碌碌一转，开始诱导张云逸："但是你总算千方百计，把红七军从广西带到了井冈山中央根据地。他带的红八军，被敌人打垮了，打散了，他自己跑了，当了可耻的逃兵！"

张云逸听着不禁哑然失笑：

"历史是由事实写成的，说这种话不能张口就来，你们得有事实根据！"

"要是有，就不用让你揭发了。现在不是正在收集吗？你这么顽固不交代，不是明摆着让他逍遥法外吗？"造反派们恼羞成怒。

张云逸望着这帮跳梁小丑鄙夷地说：

"你们刚才不是说了吗？我在红七军，他在红八军，不在一起怎么交代？怎么揭发呢？"

造反派头目气急败坏，不怀好意地问："那你敢证明他不是逃兵吗？"

张云逸平静地回答：

"两人不在一起，我既交代揭发不了什么，也证明不了什么。"

1969年初，林彪一伙为了整倒徐海东大将，不让他出席党的"九大"，又阴谋筹划着匆匆忙忙地整他的黑材料。有一天，张云逸刚坐下来吃饭，就有一伙人闯进家里来，气势汹汹地讲徐海东反对伟大领袖毛主席，吵吵嚷嚷要张云逸揭发交代徐海东在新四军与他共事时反毛主席的罪行。张云逸起先还阴沉着脸一言不发，但听着听着忍不住气满胸膛，把手中的筷子"啪"地往桌上一拍，暴怒地站了起来："你们懂个屁！"然后拂袖而去，把居心不良的造反派们冷在那里。后来造反派们又来过几次，想从他这里得到一些需要的东西，结果都败兴而归。

韩碧对张云逸的脾性人品了如指掌，她既敬佩又担心，偶尔露面的一张张诬陷攻击张云逸的大字报使她整日提心吊胆。张云逸总是平静地安慰她：

"不用怕，黑白难道能真个颠倒了吗？我没有什么对不起党对不起毛主席的地方！"

"可你当年去香港请过叶挺，1965年又接待过李宗仁，还请他们来咱们家吃过饭。我听说有人想抓住这个把柄整你的黑材料。"韩碧担心地说。

张云逸把手一挥："胡扯淡！那是中央安排的，有周总理可以作证！"

张云逸与夫人韩碧在一起

然而在那个年月里，张云逸和韩碧之所以没有被打倒批斗，与他们身边的工作人员没有一个站出来“反戈一击”、“检举揭发”、“造他们的反”有着极大的关系。在那动乱的年代，“人人自危”，为表忠心常常对自己的父亲都敢揭发“罪行”，这是一种司空见惯的现象。而张云逸的家人和身边的工作人员能有这种正常的表现，跟张云逸和韩碧得人心得人缘是分不开的。

“今天有人表扬你了。”

“表扬我？”韩碧困惑不解。

说你不仅对我身边的工作人员那么好，连机关去的电工、水暖工、修理工、送煤工，你都亲自泡茶请烟，热情招待，问寒问暖。他们说，其实这种事能让服务员去做已经相当不错了。”

“哎，你不也是亲自给他们递烟倒茶吗？呵，说了半天，我明白了，一定是人家表扬你了，你回来又把功劳给了我。”

“人家表扬了我们两个人，真的，两个人都说了。”张云逸真诚地说。

“是嘛？……没想到连我这个老太婆人家都记住了。”韩碧有些激动。

“要不怎么说相信群众呢？谁个好，谁个孬，群众心里都装着秆秤。”

张云逸夫妇对人始终如一的可贵品质的确有口皆碑。在1969年秋，小儿子张光东毕业分配时，组织上征求张云逸和韩碧的意见，他们两人回信都说没有。此时，光东与体委军管会主任曹诚的女儿正自由恋爱着，两人临去四川报到前，向张云逸和韩碧汇报了恋爱关系。张云逸和韩碧听了非常高兴，表示完全同意，但又意味深长地嘱咐他们：

“既然明确关系，往后就千万不要因为家里有什么变化，父母有什么变化……就说出事了吧。出事了别影响你们俩的关系，明白了吗？”

后来曹诚祸从口出，被打成反革命时，张云逸与韩碧照样还亲自去看望曹诚，为光东与小曹做了值得效仿的榜样。后来光东与小曹的婚姻关系非常稳定，也与张云逸和韩碧一样，成为人人称道的患难夫妻。

“人生易老天难老。”1972年，已登80高龄的张云逸住进了北京有名的301医院。在这里他又遇到了早年在新四军患难与共的老战友陈毅元帅。这位生性乐观诙谐的元帅诗人在非常的岁月里艰难地抗争着恶毒的诬陷和迫害，可现在他已快走到生命的尽头了。

日暮客愁新，暮年多哀情。两位昔日的老战友战场上冲锋陷阵叱咤风云，现在病魔缠身邂逅在病房里，禁不住一阵阵伤感。他们感叹现实回忆往事，峥嵘岁月的战斗经历让他们神往不已，而出乎意料的残酷现实又使他们郁郁寡欢……

“物是人非喽，物是人非喽！”善诗的陈毅操着浓重的家乡话慨叹：“历史和老天爷一样，也会有阴有晴哟！”

“是啊，大浪淘沙，公正是历史的本色嘛！”张云逸望着眼前这位生性乐观的战友，不禁想起他著名的梅岭诗篇来：“断头今日意如何，创业艰难百战多。此去泉台招旧部，旌旗十万斩阎罗。”那是何等的气魄与胆识！而今这位受着不公正待遇的斗士兼诗人却有点伤感：

“一定要与病魔斗下去，争取早日康复！”他话锋一转感伤地说，“我不像你，我是肠癌，活不长了……”

张云逸听了非常难受，接下来是无言的沉默。

不久，陈毅病逝了，张云逸怀着悲痛的心情离开了医院，回到家里。由于病后留下的后遗症，张云逸行走困难，只好坐在轮椅上让人推着走了。这时韩碧忍着担忧和焦急的心情一天到晚地陪着张云逸并亲自照料他，为他擦背、喂他服药，把一个妻子对丈夫的爱发挥得淋漓尽致。他们身边的工作人员常常看到：夕阳里，韩碧手中端着碗匙，忽儿俯下身子喂水，忽儿拿起围巾给他擦擦下颏……火一样红的夕阳余辉把他们夫妻深情的剪影久久地定格在初冬的院落里。

尽管韩碧无微不至的照料，可张云逸的生命之火还是渐渐地燃到了尽头。心胸豁达的张云逸躺在病榻上忽睡忽醒，此时的他回忆一生"投身革命即为家"，从北伐到白色起义，从抗日到解放战争，转战南北，无怨无悔，可谓是"生得其时，死得其所"，对党对国家对人民问心无愧，去见马克思也了无牵挂。唯一令他心中难安的是自己对忠贞不渝、情若磐石的患难妻子韩碧欠的感情债太多了，她从不相识时就把命运交给自己，后来历艰履险丝毫不改变初衷，风风雨雨几十年随着自己四处奔波，真可称得上是"患难与共，肝胆相照"啊。现在自己要归于生养自己的大地了，留下受过太多刺激与创伤的韩碧，她能承受得住这一次最大的打击吗？想到这里，张云逸微弱地喊起来：

"远之，远之……"

"爸，爸！我在你身边哩。"张远之焦急地俯下身子说。

张云逸慢慢睁开眼，看看围在身边的儿女孙子，最后把目光停在大儿子张远之脸上：

"我身体不好，疾病缠身，恐怕快去见马克思了。我去之后，将来一定要照顾好你妈妈，她一辈子跟着我，实在不容易呀。你从小跟她相依为命，她受苦受累你最清楚，最有体会，应该照顾好你妈妈。"张远之含着泪点头铭记。

1974 年 11 月初的一天，张云逸突然精神特别好，欢欢喜喜地由韩碧陪着出来晒了晒太阳，吃饭时韩碧喂他吃了一些馄饨和炖猪蹄。晚上，张云逸的病情突然加重了，终于在 11 月 19 日停下了风雨兼程的脚步。

韩碧悲伤得无以复加。她拿出与张云逸的合影一遍又一遍地看着、想着……在张云逸生前住的地方她偷偷设置了灵堂，成天茶饭不思，默默垂泪，寄托着无限的哀思……

在张云逸逝世后的 10 个年头上，韩碧也走完了自己的人生，追随张云逸大将而去。临终前，她轻轻呼喊着张云逸的名字，瞌目而逝，那一份痴心相许的真情让人为之落泪。由韩碧促成姻缘的最高人民检察院原院长江华夫妇在韩碧的追悼会上送的挽联极恰当地写照了韩碧的一生：

从军抗寇转战苏皖历艰险，
相夫教子风雨同舟为革命。

皮定均，中将。1914年出生于安徽省金寨县。1928年加入中国共产主义青年团。1929年参加中国工农红军。1931年由团转入中国共产党。土地革命战争时期，任湖北应山县儿童团团长，红四军第十二师三十五团排长、连政治指导员、营政治教导员，红军大学上级指挥科副科长，步兵学校第一营营长，教导师第二团团长。参加了长征。抗日战争时期，任八路军一二九师特务团团长，太行军区第五、第七军分区司令员，豫西抗日独立支队司令员。解放战争时期，任中原军区第一旅旅长，华东野战军第六纵队副司令员，第三野战军二十四军副军长、军长。中华人民共和国成立后，任中国人民解放军第八兵团军长兼政治委员，中国人民志愿军第九兵团军长兼军政治委员，福建军区副司令员，福州军区副司令员，兰州军区司令员，福州军区司令员。1955年被授予中将军衔。1976年7月7日在军事演习中因飞机失事不幸遇难。

长空惊雷泣无悔

——皮定均中将与夫人张烽

生如闪电之耀亮，逝如流星之倏忽。一代将星在参加演习的途中，座机与山峰相撞。夫人张烽亲自为丈夫撰下碑文。

1976年7月14日，《人民日报》、《解放军报》以及有关省级报纸，突然把皮定均将军的照片镶上了黑框。东南天空一颗明亮的将星殒落了。皮定均是为了去参加东山岛三军军事演习，座机撞山而遇难的。

清晨，边散步边听新闻的皮定均突然喊大儿子皮国宏：“快回家让你妈妈打开收音机,朱老总去世了!”这天的早餐一家人吃得很沉闷,大儿子国宏为父亲的安全担心,说:“爸爸,让我跟你一起去吧。一是可以学习,二是我可以助你的警卫员小刘一臂之力。”

上午9时29分,皮定均乘伊尔-14从福州起飞,10点33分,到漳州机场,15分钟后,换乘米-8飞机去东山。

11点15分,将军在这一瞬间,化作了闽东山峰上的一声惊雷。

夫人张烽表现得镇定自若,她把丧事安排得井井有条,然而在人后,却止不住每每潸然泪下。

皮定均牺牲一年后,骨灰送往北京八宝山。15年后,应豫西老根据地群众的要求,部分骨灰安放在登封革命烈士陵园,另一部分,按照张烽的愿望,存放在毁机的灶山之巅。张烽别无他求,只希望自己百年之后,能与丈夫和长子一起相伴在云霞缭绕的灶山之上。

她托人从惠安石雕场购得一块上等雪青石墓碑,亲自撰下碑文:

> 九死一生,将军闯过枪林弹雨,永留百世英名
> 人妖颠倒,亲人竟遭机毁人亡,谁解千古之谜

事隔多年,张烽回忆起丈夫的死,说:“有一次,他到医院探望一位患偏瘫的战友,回到家时对我说:‘我将来要是得了那种病,你给我点安眠药。我可不那样活着受罪。’我说,‘你不会得那样的病,你呀,要死,也就是一倒下就死了。’这话却应验了。”

那一场不成功的恋爱。“我很希望有一个我喜欢的爱人。我很愿意得到爱情。我很愿意爱一个人。我很愿意得到一个爱我的人给我的爱情。可是我不会说,我不会说,不敢说,说出来以后怕她不跟我,不爱我,这怎么办?”

1940年8月的一天,太行军区第五分区司令员皮定均正和涉县县长郑晶华研究工作,突然从门外进来一个姑娘。她十七八岁,中等个儿,瓜子脸儿,一双特别有神的眼睛。眼神里含着漂亮姑娘常有的拒小伙子于千里之外的厉害。皮定均心中的情弦,竟然一下子就被拨动了。姑娘连看都没看他一眼,向县长汇报完工作,转身就飘走了。她不是不知道县长屋子里还有一个大活人,但是她一点也不好奇,她根本就不打算对一个军人感兴趣。

“哎,这是谁呀?”

“我们县的妇救会主任。”

“呃——怎么过去没见过?”

县长对这种微妙态度的流露是很敏感的,笑了。

“她叫什么名字?”

“张烽。”

“哪里人?”

“城关的。”

“多大了?”

“十七八岁。”

“她没嫁人吧?”

“那我可不知道。”郑县长实在忍不住了,哈哈地大笑起来。

“不知道?我给你说,我给你个任务怎么样,把这个姑娘给我介绍介绍,做我的老婆。”

郑县长觉得挺突兀,又觉得年轻的司令员惊人的爽快,便说:“那好,我去跟她说说,你等消息吧。”

郑县长找到张烽,如此这般一说,张烽当即顶了回去:“你看他好,你去么。”

郑县长哭笑不得:“我去干嘛?张烽,你听我说,人家……”

关于皮定均,张烽早有耳闻。在涉县城边上的河南店,一举消灭300鬼子,使他一夜之间成了人人传颂的英雄,她是敬重他的。但是,把他和自己的命运联系起来,她可从来没有想过。“我不愿意嫁给军人!”她一口回绝了。

郑晶华只好找皮定均交差:“皮司令,你给我的那个任务,嘿,我没完成。”

这件事被搁置起来了,但是皮定均并没有忘掉张烽。

有意栽花花不发,无心插柳柳成荫。

1941年冬天,五分区来了一位女同志,一米六的个头,圆脸,神采奕奕的亮眼睛,看人时直冲着你,眉毛细长而弯,浅浅的酒窝,小小的红唇。纤细的腰间束条皮带,勾勒出丰满健美的曲线。她被分到宣传科任文教干事,教唱歌、教文化。歌唱得好,戏唱得好,打拍子打得更好,第一次亮相就把五分区给震了:她姣好的身材随着歌曲的调子时而前倾,时而后仰,有时两臂用力张开,有时又把两臂猛地收拢。她那似乎要拥抱大家的手势,她那满溢出来的热情,成了一种无形的力,深深地把同志们吸引了。人们很快得知,她是来自北平,参加过“一二·九”运动的学生。

而她,第一次听分区司令员做报告,就被这个其貌不扬的小个子大大地“震了一下”。皮定均做报告,根本不用讲稿,讲起话来,手也动,脚也动,满脸都是表情,洋洋万言讲下来,一口水不喝,一句废话没有,他那爆发式的激情很快就把大家融

原福州军区司令员皮定钧中将

化了、陶醉了。

散会了，她打听起皮定均的情况。

“这个司令员，以前做过文工团工作吗？”

“没有。”

“是个知识分子吧？”

被问的同志笑了：“他一天书也没念过，长征途中从战友的背包上学认生字，会签名，能看简单的电报，许多东西都是别人念给他听。”

“啊，是这样。”她真不敢想象，这会是个没念过一天书的人。

皮定均当然不知道，他的一次寻常的报告会在姑娘心中种下一颗珍贵的种子。但是，他也很快注意到了这个多才多艺的姑娘。

这一天，两极的电终于碰撞出了一朵小小的火花。

冬季反“扫荡”结束，天气转暖，皮定均从磁县回到分区机关驻地，快走到驻地的溪边，他老远就看见她在洗衣服，一双手在大石板上揉搓，好听的《游击队之歌》隔着小溪飘过来。

皮定均不由得心中一动，他吩咐马夫和警卫员先回去，自己径自走向溪边。

“是你啊，我们的宣传干事、教育干事！”他远远地喊她。

她站起来，她注意到，皮定均的脸上挂着反扫荡的辛苦，比第一次听他做报告时要瘦些，但精神依旧，眼睛圆圆的，亮亮的。

皮定均坐在一块被水冲刷得溜光的大青石上说:“你一个人在这里洗衣服,不怕狼吗?”

“哪有狼啊?不怕!”

“你是哪里人?”

“浙江省绍兴。”

“你们浙江出美人。”

“我的母亲是很漂亮。”

“你也很漂亮啊。”他笑起来。

她的脸微微红了。

“开个玩笑,姑娘们都喜欢人说漂亮。”他停顿了一下,“仗打完了,我最近可以休整一下,大约有半个月的时间在司令部。你明天可以到我那里去一趟吗?”

她点了点头。

“我想学文化,人家都说你是一个文化程度很高的同志,我想请你做我的老师。”

皮定均什么都想学,学写字、学数学、学写诗、学音乐……多亏了她是个学文科的大学生,样样都来的。

他先学会了背《孔雀东南飞》,又学会了《木兰辞》,皮定均十分聪明,一点就透。学完了“唧唧复唧唧”他还嫌不够,又要她连词带谱地教《秋水伊人》。

皮定钧将军夫人张烽。1996 年作者摄于福州

望穿秋水，不见伊人的倩影，

更残漏尽，孤雁两三声，

往日的温情，只换得眼前的凄清，

梦魂无所寄，空有泪满襟，

几时你归来呀，伊人哟！

……

听着她的讲解，他不禁黯然神伤，怀念起不久前牺牲的两个战友。

“他们还那么年轻，真可惜！”他的情绪再也提不起来，第一堂课到此为止。

后来她开始给他上数学课。他像是一个聪明的可爱的又顽皮的孩子。

皮定均也觉得，自己在这个姑娘面前，心情总是特别的好。难道说，这就是爱情？

当他们的课讲到公倍数、公约数时，他兴奋极了，紧紧地抓住了她的手：“我今天懂了，学文化不光是上识字课。你多好啊！你好好给我讲，我有决心学文化，这就是文化！”

她的两只手被他抓在一起，她觉得他的手非常有力。她向外瞟了一眼，小院的门前有人进进出出，她不愿被人家看到他这样攥着她的手，可是，她没有把手抽回来。

半个月的时间过去了，他的脑子里装进一大堆概念，也装进了美好的憧憬。他骑上他的青骡子，上前线去了。

战争中有火有血，但也有诗有爱。

皮定均的马夫和警卫员都发现，每当司令员回一次司令部的驻地西达城，他的心情就特别好。

又一次紧张的战斗之后，他又见到了自己的“教员”。

新的一堂文化课开始后他就问：“刘师长要求，司令员要亲自动笔写军事报告，我怎么能学会这个？”

“你从写日记做起吧。”她回答说。

为了鼓励他写日记，第二天上课时，她送给他一个装潢和纸张都很精致的本子，那是她从北平带到根据地的。她已经用过一部分，记的是太行山民谚。在笔记本的扉页上，她写着这样两句话：

世界上没有语言能表达出今天以至永远人民对我们的希望意味着什么；

世界上没有语言能抒发出革命者对人民所做贡献的赞扬。

"礼物我收下了,我是觉得我的语言的贫乏,我是得多锻炼。比如说,"他凝视着她,"我很希望有一个我喜欢的爱人。我很愿意得到爱情。我很愿意爱一个人。我很愿意得到一个爱我的人给我的爱情。可是我不会说,我不会说,不敢说,说出来以后怕她不跟我,不爱我,这怎么办?"

她没料到,一个本子引出这些话来,这一连串的"我很愿意"!他的语言怎么能说是"贫乏"的呢?倒是她自己感到语言的不够用了。

她没有给他正面的回答。姑娘的心思就是这样怪。

这天,是八月仲秋,溶溶的月光中,清漳河的水在静静地流淌。突然,远处传来悠扬的箫声。皮定均侧耳倾听。是《秋水伊人》。他循着箫声,走向了心爱的姑娘。

月满则亏,泰极否来。

这一对相爱的年轻人最终却没有结合。当时,像他们这样自由恋爱的极少。大多只是单方面看上,由组织上出面说句话,同意就同意了,不同意就多费些口舌,这样的是终归要成的。

他们俩的相爱却一时间闹得沸沸扬扬。

在巨大的压力之下,她先垮了下来,得了一场大病;随即,他被刘伯承师长叫去谈话。

从刘师长那里回来,他没有吃晚饭,钻进了他的小屋,把门插死。

第二天,他没有像往常一样早早起床到连队检查出操情况。整整一天,他没有从那两扇门中走出来,人们蹑手蹑脚地从门前经过。

这是他一生中唯一的一次撂挑子睡大觉,他初尝爱情的心灵经受了一场风暴。

她走了,被调往师部。她背着背包,背包上挂着新做的箫管。沿着清漳河畔的小路,她一支接一支地大声地唱着歌,直唱得泪水涟涟。这是她刻骨铭心的初恋。1981年,皮定均牺牲4年之后,她挥笔写下了纪念皮定均的长诗《年轻的将领》。

1942年,冬季反扫荡胜利之后,皮定均又想起了张烽。他想,既是只有介绍的才能结婚,那他只要人给他介绍张烽一个。

他打听了一下,那个叫张烽的姑娘调到太行区委党校学习去了。年底,在一次会议上,他遇见了谢富治的爱人刘湘屏。刘湘屏和张烽很熟悉。他想拜托她是比较合适的。

"这门亲事说成了,你怎么谢我呢?"刘湘屏笑问。

"重重地谢呗!"

“行啊，她还想挑个什么样的？你等着好消息吧！”刘湘屏蛮有把握。

她去做张烽的工作了：“张烽啊，我给你介绍，介绍……介绍一个很好的、优秀的指挥员。”

“我又不是总司令，你给我介绍这个干什么？”

“哎，你们交个朋友么。我带你去见见面？”

张烽猜到了这是谁托的刘大姐。她说：“我现在不想见谁。”

刘湘屏想，这准是姑娘害羞的托辞，这好办，接触接触就好了。

一二九师文工团演出《孔雀东南飞》，刘湘屏弄到两个小凳子，把张烽和皮定均的座位摆在一起，而她自己就坐在皮定均背后坐阵。她还特别嘱咐皮定均：“你沉住气，今天先接触接触，以后慢慢熟悉。”

哪想到，一场戏看下来，张烽简直是把皮定均当成了一枚地雷，她始终正襟危坐，回答皮定均没话找话的问话，一律是干巴巴、冷冰冰、硬梆梆，搞得爱看戏的皮定均把一出戏看得如坐针毡。

张烽回到宿舍后，扯下一张毛边纸写道：“刘科长，现在摆在我面前的是学习斗争，不能谈恋爱的。这方面，党校又有明文规定。希望你以后不要再提这件事了。”

果然和她料想的一样，这张条子很快转到了皮定均手里。

刘湘屏安慰皮定均说：“你看她条子上不是写着党校明文规定吗？我对这件事可是要负责到底了。”

皮定均本来已经打算放弃对张烽的追求了，让她这么一说，希望之火又重新燃烧起来。他不愿意像有些人那样，由别人介绍一个陌生者，然后就住在一起。不，他的老婆，必须是他自己看上，必须是他爱的人。

萝卜炖肉的婚礼。中原突围，战将书写史之绝笔；化装独行，张烽历尽万千惊险。突围胜利，夫妇却得到没有料到的第五种结果：两个人都没死，但两个孩子全不在了。

新调来的分区政委徐子荣到任之前，向刘伯承师长辞行。刘伯承特地叮嘱他关心一下皮定均的婚事。

他问皮定均：“我们这里女同志不少哇，你看中哪个了？”

皮定均回答：“我就要张烽。”

徐子荣胸有成竹地说：“这事包在我身上了。”

皮定均出发去开辟新的根据地，徐政委开始了他的紧锣密鼓。他派通讯员把张烽叫到办公室，说：“张烽同志，我跟你讲，我现在正式谈一谈你的婚姻问题。”

张烽听着,觉得这哪里是在谈婚姻,简直就是在谈组织问题。

“你有没有对象?”

“没有。”

“没有就好。”

“那你给我介绍谁呀?”

“就是皮定均同志。”

“我不愿意和军事干部结婚。”

徐子荣动之以情,晓之以理,总算把张烽说松了口,说要和家里人商量。可没等她回家,她的姐姐就来找她了。原来,这一次,皮定均把工作做在了前头。张烽的心终于被打动了,开始了与皮定均的接触。两个人的爱情之火,就这样被点燃了,而且从此燃烧不息。

1943 年 6 月将尽时,张烽与皮定均在太行七分区驻地豫西林县合涧镇上庄举办了战地婚礼。婚礼十分地简单,做了两个菜,一个是炖肉,一个是水煮萝卜。

主持人说:“今天为什么请大家吃饭呢?因为皮定均司令员和张烽两位同志结婚。”

没人说话。

一个女同志打破了沉默,说道:“叫新郎新娘互敬一杯!”

“没有酒啊。”

“那就算了,让他们说说恋爱史吧!”

皮定均只是笑笑,没有吭声。张烽心里道,哪有什么恋爱史呀。

大家都闷头吃,谁也不说话。吃完了就算完了。两个人的被子一合,就是成了婚。

婚后 3 天,张烽回到离合涧镇八里的木篡村去了。她是那里征粮工作组的负责人。7 月 7 日,日伪军突然对上庄发起攻击,开始对林县新区的大扫荡。皮定均率部血战终日,转移不知去向。张烽留在当地与干部群众坚持斗争。半年之后,几经历险,到豫西当区委书记,才又和皮定均到一起。

1946 年 6 月 24 日下午,一份电报和一道加急命令把一旅旅长皮定均和政委徐子荣召到 50 里之外的中原军区第一纵队司令部。

他们是骑着马去的。像旋风一样卷过公路的马匹惊动了地里干活的庄稼人。警卫员的马匹在后面紧跟不舍。司令部驻在一家老乡的大院里。司令员王树声和政委戴季英见到皮定均他们两个,立即把他们领进了作战室。

“这是中央和中原局的指示!”王树声把一份电报递给他们。电报的内容告诉两个人,蒋介石已下令于 6 月 26 日向我中原部队发动总攻。为粉碎国民党反动派的围歼阴谋,中原局根据中央指示,决定主力突围到陕甘宁边区,留下一支精干坚强的部队作掩护,以保障主力突围的后侧安全。

一纵有 3 个旅, 皮定均旅即整编前的豫西支队。他们以当初仅有的 1500 余人,在没有后方支援的无比艰难环境中,从太行山东进豫西,历时一年多,战斗百余次,歼敌数万,解放 16 个县,队伍壮大 6 倍,发展到一万余人。由这支有独立作战经验的部队担任全纵队的突围掩护重任,显然,纵队首长考虑是合适的,而且经过军区党委的批准。王树声说:"主力今天晚上就开始行动,你们赶快回去布置,要用一切办法拖住敌人、迷惑敌人,使敌人在 3 天内找不到我们的主要行动方向。等主力越过平汉铁路,就是突出重围的初步胜利,你们的掩护任务就算完成了。以后你们按当时情况选择突围方向,或就地分散打游击,或尾随主力向西,或回豫西,去太行,或南渡大江,或东出苏皖……"

主力突围之后,这支部队到底向哪里?将面临一种怎样的情况?他们的心里都很清楚。毫无疑问,中央和中原局是下了这样的决心,丢卒保车。为了保存主力,局部牺牲是必要的。然而失去这样一支好部队,失去皮定均和徐子荣这样优秀的指挥员,王树声和戴季英都感到心疼。

4 双手紧握在一起。皮定均和徐子荣别无他言。"请首长放心,坚决完成任务。为了粉碎敌人的阴谋,什么困难我们都能克服。"

王树声说:"中央给了军区一笔款子。李先念司令员特别交待,让多给你们一些。"

在送两个人往外走时,王树声眼看着别处,似乎不大经意地低声交代说:"旅的几个领导干部,每人准备一套便衣。"

这是什么意思? 打惯大仗恶仗的军人们都清楚:此一仗,凶多吉少。皮定均这时脑子里闪过了张烽——突围之前,是不是应该让她先走?这样一来,他就可以全副身心地带领部队——即便有什么不测,那也只有他自己。他不愿让心爱的妻子在这种时候与自己在一起。然而,全副武装的数万部队尚且没有把握全部冲杀出去,张烽一介弱女子,又如何冲得出去呢?

皮定均有一刻为此焦灼不安。但他毕竟是身经百战的战将,他很快就决定了自己该做的事。

白雀园。

一旅党委会在情况万分紧急中召开。皮定均、徐子荣、副旅长方升普、副政委兼政治部主任郭林祥、参谋长张介民参加了这次会议。

完成掩护纵队主力突围的任务,大家深感担子的沉重。敌我目前的态势当是如何呢? 中原部队在敌人的蚕食、压缩下,被挤压在纵横不足百里的狭长地段内。

一旅处在这个狭长地段的东端。国民党军从半年以前就开始策划围歼这支部队，调集了 11 个正规军 26 个师 30 余万人，筑起 10 万个以上碉堡和密密层层的铁丝网、堑壕、鹿砦，严封密堵。一旅的正面之敌约有 10 万余众，构成纵深达二三十公里的封锁区。除了东面的敌人，还有南北两面的敌人。

旅党委会决定把阻击任务交给一团和二团。依托工事，利用丘陵、山沟、田埂、河道等有利地形，节节抗击，顶住东面的敌人，拖住两翼之敌，为主力突围赢得 3 天时间。

3 天之后主力越过平汉路，一旅背后失去依托，将四面受敌，那时该向何处突围？

西去追赶主力。但这样一来势必把敌人全部引向西面，不仅对主力极端不利，而且也会将自己置于 30 万敌人的围追堵截之中。此案不通。

向西北突围，打回豫西老根据地。但它的方向与第一议案太接近了。

向南，是浩浩长江天险。以一支孤军要突破它简直是不可能的。

向东北或者向北，眼下正是梅雨季节，黄淮平原和纵横交错的河流，水深流急，要连续渡河也几乎是不可能的。

只有向东，但这样一来无异于孤军跳入虎口。与主力部队背道而驰，钻入敌人经营半年之久、十几万重兵层层防守的铁壁合围之中，怎样才能突得出去？

“为了掩护主力胜利突围，即使要付出重大牺牲我们也在所不惜！”皮定均坚定地说。

1946 年中原突围前一个月，张烽和另外几名旅领导的爱人集体化装成村妇，混在难民中，离开部队。这几个装作难民的女人一上路就被暗探盯住了。走了一

参加中原突围的部队胜利返回

天。第二天,走到距离敌人封锁线还有7里路的地方,实在是太累了,晚上便停下来休息。这时的张烽,已是怀孕7个月。

这天晚上,她们到村店中投宿时,这伙特务便住在了她们隔壁。徐子荣的爱人孟松涛半夜听见了他们的嘀咕:"从哪方面都能证明她们不是难民。"孟松涛吓得一骨碌爬起来,推醒了张烽。

"长官。"突然,加进来一个耳熟的声音,"我看清楚了,肚子最大的是旅长老婆,以前在巩县;没怀孕的是政委老婆,是偃师县的头头,人们都叫她小孟;最白最矮的是副政委老婆,是个干事,姓周;剩下的那个是参谋长的老婆。"

"这天真热,谅她们插翅难飞,明天再抓吧!"

两个人紧张得大气不出。最后牙一咬,张烽说,三十六计走为上计。两个女人从后门跌跌撞撞跑了出去。一口气跑到我军的阵地上。见到皮定均,张烽眼里闪着泪花说:"你们把我们瞎送!差点叫人家抓了。"

第一次没走出去。但皮定均下了决心,张烽还是得化装走。这已是中原部队主力突围前一周了。临别的晚上,两个人对将来的情况做了种种的设想。那时候,他们的第一个儿子已有一岁多了,寄养在涉县老乡家里。还有张烽肚子里即将来到人间的第二个孩子。

皮定均说:"大家都胜利,4口人团圆。"

"我死了,咱们还有一个孩子。你,他,半个家还在。"张烽说。

"我死了,有你和两个孩子在。"

"咱们都死了。只剩下一个孩子。"

也许这对他们是最后的一些安慰。两个人都不再说话。望着低矮黑暗的屋顶和窗外漫延无边的黑暗。但突围之后出现了他们没有预料到的第5种结果,两个人都没死,但两个孩子全不在了。

第二天,张烽又一次化装上路了。皮定均交待了三个地方的地下党接头地点:郑州、开封、徐州,只要找到三个中的一个就可以,再通过地下党,或去山东,或去苏北。

大战在即。

张烽走了。

6月26日,皮旅主阵地上腾起了第一股浓烟。敌人的疯狂进攻终于开始了。

这时中原部队主力已向西突围两天。两天,东面的十几万敌人按兵不动,他们被皮定均迷惑住了。他组织部队大摇大摆向东运动,晚上又悄悄撤下来,造成我军主力准备向东突围的假象。真的主力向西突围了,敌人却不敢相信那是真的,以为那是佯动。敌人严阵以待观望了两天,给皮旅争取了两天兵不血刃的宝贵时间。

1976年夏，皮定钧司令员不幸遇难，罗瑞卿专赴福州哀悼，向其家属子女慰问。

顶住敌人的攻击，对于皮旅来说并不是办不到的事。然而问题的关键在于3天阻击任务完成之后，怎样才能把部队收拢到一起，迅速跳出虎口。一个旅数千人20多里宽的防守正面，怎么能一下子全收了回来？收回来以后又该怎样处置？

为此，皮定均已是几天几夜没合眼了。他到底设想过多少种可能和方案，大概只有他自己清楚。他没向任何人透露。

整个上午炮声隆隆，杀声震天。敌人潮水般涌上来，我军吼叫着冲下去。可是我们的反击部队刚一上山，敌人后脚又粘上来。敌人死死咬住不放这一支孤军。皮定均眉毛拧成一个疙瘩。

时近中午，突然出现转机。天空中电闪雷鸣，风雨大作。罕见的狂风暴雨使整个世界变成一片混沌，几米之外难分你我。

皮定均苦思不得、千载难逢的机遇意外地来临了。毫不犹豫！果断抓住稍纵即逝的机遇是一位军事指挥者的天才。皮定均下令：

“出击！把敌人赶得远一点，然后撤回来。前面留一个营。”

他要把部队拉到一个神不知鬼不察的地方。这个地方在他脑子里已经转悠了许多天数千遍。他甚至已经派侦察部队勘察好一切，包括隐蔽之后的防守和转移。但这一切，只是到此时他才感觉到将由他的战士们变为现实。

狂风暴雨中滚动着冲锋的号声、枪声、炮声和手榴弹的爆炸声。这一切似乎都是一瞬间的事。半个小时过后，厮杀的战场突然归于宁静。我们的战士，依照命令撤了。撤到哪里去，他们还不知道。

张烽和护送她的皮旅政治部保卫干事李明祥走到解放区和蒋管区之间的界河之边。

雨来了。他们躲进一间屋檐下避雨。这时来了几个人,盯着两个人看。张烽一见这目光,立即就想起上次化装突围的情形。李明祥是搞保卫工作的。毫不犹豫地拉起张烽就往回走。

身后就响起了枪声。风雨下得急,大雨也帮助了他们。

第二天夜里,区政府派了一位交通,帮助他们潜越。潜越被敌人发现是定抓无疑的。敌人防范得十分严密。但只有这一条路了。那位交通领着两个人在敌人的地堡间像游鱼一样穿来绕去,走了一夜,穿过层层工事构成的封锁线,来到敌人后方。张烽挺着大肚子又走了一个上午,到了信阳火车站。

李明祥挤进去买火车票,那位不知名的交通撩起衣襟擦汗。张烽真想握握他的手,称呼一声同志。但是不能。到处都可能有敌人暗探的眼睛。他们就这样告别了。交通,永远是那个穿着普通老百姓服装的人。

在拥挤不堪的火车上颠簸了一昼夜,张烽和李明祥来到郑州。找地下党的联络点没找到,他们只好又从郑州乘火车去开封。可是车站挤满了人,根本买不到票,更不要说上车。郑州不能久留。张烽在豫西时在巩县当过区委书记。这里离巩县很近,那里的许多地主都逃到了郑州,张烽害怕万一碰到一个认出了她。

车就要开了,张烽看到许多没买到票的人都往车厢顶上爬,心一狠,也从两节车厢中间向几米高的车顶攀。至于她是怎样以怀孕 8 个月的身子爬上车顶的,事后连她自己也说不上来了。

坐着火车顶子到了开封,按地址找到联络点,房东说:"那位先生出门快一个月啦,没有回来过。"到了徐州,结果几乎完全一样。线断了。张烽被逼入了绝境。

原来拟定去山东或江苏解放区的计划无法实现。敌人对山东、江苏解放区的进攻眼看就要发动,徐州是敌人的屯兵要地,特务横行,张烽举目无亲,孩子也即将降生。所以她琢磨着要回到太行去。太行是生她养她的地方,她口音对,情况熟,遇到敌人盘查也好应付。就这样,她和李明祥假装成夫妻,一路向太行解放区奔去。过了一道又一道关卡,走到临漳县漳河边。这里已是解放区的天下了。张烽碰到了以往的熟人。但熟人带给她的却是不幸的消息,她的儿子几天前患病拉肚子永远地离开了。

女儿却提前来到了人间。张烽早产了,孩子生在途中一户老乡的家里。她躺在炕上生起了病,打摆子,有时清醒,有时迷糊。

这时,她开始无比怀念浴血奋战生死未卜的丈夫。

6 月 26 日傍晚，皮旅顶着狂风暴雨在泥泞不堪的公路上和山野间几乎以急行军的速度跋涉了一个夜晚。旅长皮定均走在队伍的最前面。越公路，穿森林，过稻田。光滑的田埂把皮定均和他的战马摔到了泥水里，通信员也轮流跌跤。7千人的队伍下饺子一样扑过一片又一片水汪汪的田野，向哪里去？跟着皮旅长！

天将亮时，皮定均把他的队伍带到了刘家冲。一个仅有6户人家的小小山村，座落在离两条堂而皇之的大公路咫尺之遥的大山坳里。而且它就在一旅驻地白雀园的鼻子底下。部队转了一夜，差几里路就回到驻地了。

皮定均这一招是谁也想不到的。包括我们的战士和愚蠢的敌人。在这里守了若干天的一小队敌军昨天刚刚撤走，因为仗打起来了，他们认为这个小小的山坳实在没有什么价值。这时7千人满满当当地挤满了刘家冲的仅有房屋和山坡树林，隐蔽不动，原地休息，看着公路上追敌乱哄哄地一队又一队一车又一车从眼皮下面赶过去。

28日凌晨，皮旅7千人马同阳光一起来到潢麻公路上。皮定均下令："跑步通过！"

前面是小界岭，河南和湖北交界的一座山峰，两省间的交通要道。敌人经营了数月之久的第一道封锁线，而这时成了一座空山——守敌都去"追"皮旅去了。皮旅如同检阅似地通过了第一道封锁线。

7月1日，皮旅插入鄂豫皖边界，一场血战，夺取三省咽喉要地大牛山。

7月2日，皮旅到了金寨县。皮定均的故乡。皮定均在当天的日记中说："我离开了16年的故乡，这次又回来了。"

7月3日晚，皮定均部署侦察连伪装成国民党部队巧取金寨县重镇吴家店。部队在此休整3天，每人有了一双布鞋、两双草鞋，有了5天的干粮。7月7日一早，7千人的部队继续东进。

7月9日，皮旅经历告别大别山的最后的殊死一战：青风岭之战，把千里大别山甩在身后。11日，冒着敌人的弹雨强渡大河磨子潭。跨过磨子潭，便是一马平川的皖中平原。

皮定均的决心是5昼夜飞越皖中平原。

在敌人还来不及反应完不成层层包围的兵力部署时，5昼夜连续行军，不停顿，不宿营，飞越700里！这就是皮定均的旋风战术。

背包丢了，7千个背包，丢了整整一山沟。文件烧了，老马和伤病员精减了。部队出发了。

这绝对是一场生命的争夺战。许多人一面走路一面睡觉，一不留神就掉到了水田里。有的猛地醒来一摸前面没人，便赶紧追上去，结果把前头的人撞个跟头。骑在马上的扑通扑通往下掉，脚，直走得皮开肉绽，血肉模糊。

第5天下午，皮旅终于跨过了津浦铁路，进入解放区。跨越铁路的最后一战更

作者(右一)在厦门采访皮定钧中将夫人张烽

为激烈。敌人的装甲列车派上了用场,与碉堡火力交叉射击,沿线敌人兵分5路,倾巢出动。千里突围的最后一仗!皮定均下了他整个突围途中最痛快的一道命令:“把炮弹、子弹全部打光,一发也不留!”

中原突围,史之绝笔!

1946年8月4日,延安《解放日报》发表头条新闻:

《突破蒋军包围追击中原东进我军一部胜利抵达苏皖边区》

文章说:华中新华日报于重要地位刊载此胜利突围消息,并以《谨向皮定均将军所部致敬》为题发表社论,“这一令人兴奋的消息,证明了人民军队是不可战胜的力量。在求和平、求团结、求生存的铁的意志面前,反动派的包围阻击袭击困扰种种残忍阴谋,显得何等无能……”

都说女人是一个家庭中的盐,咸咸淡淡,都得她来调节。张烽在这个家中的角色,就是盐。

一家7口,有这样一张全家福,皮定均交抱双肘,一脸兴高采烈,孩子们也都高高兴兴地站在两旁,偏偏张烽一个板着面孔,没有一丝笑意。

这都是皮定均招惹的,不然,他也不会笑得这么灿烂。和所有的烽火岁月中的军人家庭一样,他们在战争年代过的也是聚少离多的日子,张烽常常要一个人面对很多问题,一个人跑情况,一个人操持家务,最重要的,是一个人拉扯孩子。

他们共有7个子女,老大叫豫北,象征着是父亲开辟新根据地时孕育的生命;

老二桐柏，是在皮旅突围前夕，张烽怀着7个月的身孕，将要化装突围的头天晚上，两人商量着取的；依次下去：国宏——渡江战役前出生，国勇——做一个勇敢的边防战士，卫平——生她时，皮定均正在上甘岭，为保卫和平而战；卫华——保卫中华，效农——志在北大荒。

7个孩子，5个出生时皮定均不在妻子身边，这对他来说，是对妻子的一份永远的愧疚。国勇出生时，他陪着张烽进了产房。那是1951年中秋节的晚上。孩子快要降生时，他俯身对张烽说："我出去一下。"直到听见婴儿哇哇的哭声，他才又进了产房。

后来，张烽问他干什么去了，他说："我身上发抖。"

"你发什么抖？"

"害怕。我在门口站了一会儿，我怕人家看到我害怕会笑我。"

这个在枪林弹雨中闯过来的将军，在此刻竟然像个胆小的少年。张烽不是没有经历过九死一生的险情。

这一次，一家7口好不容易团聚，张烽张罗着要照相，孩子们集合了，拍照的同志也来了，她去叫皮定均，皮定均对这类事向来兴趣不大，他不想照。张烽火了，说："这是早就说好的事，你又想变，这不行！你有什么了不起！马克思说过，再伟大的人物，在他的家庭里也是普通的一员。"

张烽把脸沉下来了，皮定均马上变成了个听话的大孩子，不仅要拍，而且表现还要好。可张烽的火气不上来是不上来，上来了一时半会儿退不下去。

一波未平，一波又起。下午，儿子国宏又来告了父亲一状。他眼里含着泪，手里拿着一张女孩子的半身照片，找到妈妈："妈，你看爸爸，我拿着这张相片去征求他的意见，他说'去去去，我不管你这档子事儿。'"

张烽安慰儿子："别生气，你爸爸可能正忙着呢。"

张烽找到皮定均："你呀，到老了还不会当爹。儿子征求你的意见是尊重你，你怎么能来个'去去去'呢？"

皮定均自知理亏，笑道："你怎么老给我上小课呀？"

"孩子们都大了，以后不能总那么简单了。"

"好吧，以后我复杂点儿。"皮定均又是点头又是摆手，"但这类事，以后，还是你来管吧。"

皮定均忙于军务，但他在家里没有一点夫子味。

大女儿回家探亲，一天吃过晚饭，皮定均趁张烽出门，把女儿叫到跟前，指着一个箱子，神秘地说："我告诉你，这是你妈妈的百宝箱，说不定里边还有不少洋钱票，钥匙就在那边的抽屉里，你要什么，自己尽管拿好了。"

女儿笑了："好哇！看妈妈回来，我要向她告你！"

“哎,我可是为了照顾你才说的呀！”

父女俩开怀大笑。张烽也进来了,弄清原委,也跟着笑起来。

数十年后,就是这样一个幸福的家庭,就是这样一对同甘共苦的夫妻,却在突然间生死离别了。1996年,当笔者专程到福州采访张烽老人时,她恰好去了厦门。笔者又赶到厦门。与张烽老人谈起往事,她对皮定均将军以往的一切都记忆犹新,对夫妇曾有的日子充满怀念。满头银丝的老人热情有礼,谈笑自若。而当笔者冒昧问起将军突逝时的情景时,张烽老人顷刻泪流满面。她有生之年唯一的遗憾就是至今无法查明丈夫和长子的死因,而且,这注定了是一个无从破解的谜。那么,当她死后,能到灶山之巅和心爱的将军及长子相伴,她也就满足了。

我们不由又想起夫人亲自撰写的那副挽联：

九死一生,将军闯过枪林弹雨,永留百世英名

人妖颠倒,亲人竟遭机毁人亡,谁解千古之谜

罗荣桓,元帅。1902年生于湖南省衡山(今衡东)县。1927年加入中国共产主义青年团,同年转入中国共产党。参加了湘赣边界秋收起义。土地革命战争时期,任工农革命军第一军一师一团特务连党代表,中国工农红军第四军十一师三十一团营党代表,第二纵队党代表,红四军政治委员,红一军团政治部主任,江西军区政治部主任,红军总政治部巡视员、动员部部长,红八军团政治部主任,红一军团政治部副主任,红军大学一科政治委员,中国工农红军后方政治部主任。参加了长征。抗日战争时期,任八路军一一五师政治部主任、政治委员,山东军政委员会书记,一一五师代师长兼政治委员,山东军区司令员兼政治委员,中共中央山东分局书记。解放战争时期,任东北民主联军副政治委员,东北军区副政治委员,东北野战军政治委员,第四野战军第一政治委员,中共中央华中局第二书记,华中军区、中南军区第一政治委员。中华人民共和国成立后,任中央人民政府最高人民检察署检察长,中国人民解放军总政治部主任兼总干部部部长,人民革命军事委员会副主席。1955年被授予元帅军衔。于1963年逝世。

陪伴元帅一生

——罗荣桓元帅和夫人林月琴

35岁的罗荣桓,身经百战。17岁订婚完婚。离家时一封宣布夫妻关系解除的信。“罗主任和我的同学林月琴倒是挺合适的一对。”

1937年1月,罗荣桓随党中央进驻延安,就任红军后方政治部主任。

35岁的罗荣桓，虽身经百战，但并没有考虑自己的婚姻问题。17岁那年，作为一方乡绅的父亲，瞒着他定了一门亲事，并让他在父亲做50大寿时完婚。当时罗荣桓强烈反对这门包办婚姻。但作为孝子的他反对无效，父母硬逼着罗荣桓拜堂成亲。后来，在革命处于最低潮的时候，罗荣桓加入中国共产党。在离开武昌去通城搞农民暴动时，他给家里写了两封信，一封是给父母的，告诉他们再也不要写信联系了，因为今后将行踪不定，而且生死难卜，不想因自己连累家人。另一封是写给比他大两岁的妻子颜月娥的"离婚书"，信中说：为了革命，我不知何年何月才能回家，希望你改嫁，是否离开罗家，一切由你自己做主。既不强迫你留下，也不强迫你离开，但我们之间的夫妻关系宣布解除。从此，罗荣桓断绝同家庭的一切来往，义无反顾地投身到革命的熔炉里。

多年征战之后，有一个人对罗荣桓的婚姻大事开始牵挂于心。许建国原是红三军团保卫局长，在红军大学学习时与罗荣桓是同期学友，还曾是罗荣桓的老部下。长征开始时，组建红八军团，罗荣桓是政治部主任，许建国是保卫局长。对罗荣桓的婚姻，许建国还真当成了一件大事。

许建国和新婚妻子刘桂兰谈起这个事，心直口快的刘桂兰马上表示："这个忙我帮定了！"

刘桂兰原是红四方面军的女战士，经历过长征，此时正在中共中央党校学习。刘桂兰感到罗荣桓非常老练忠厚，而且还是个大学生，这在红军高级指挥员中并不多见。给罗主任物色对象，谁合适呢？她脑海里一个清晰的形象出现了。她，就是刘桂兰在党校的同学林月琴，一个只有22岁的年轻秀丽的红军女干部。

林月琴是安徽省金寨县南溪街人，1929年入团，1930年参军。1932年，由于张国焘执行"左"倾的土地政策，她因家庭成份被错划为地主，受株连被送到劳改队。当四方面军向河南、陕西转移时，林月琴和其他几位女同志被遣散。可她们仍然自动紧跟红军队伍。有的人称她们为"跑反队"，叫她们回去。可是用棍子赶也赶不走。四方面军转移到川陕边区，从鄂豫皖出来的同志又都成为骨干。林月琴担任了妇女工兵营长。参加红军6年来，她经历了从鄂豫皖根据地到川陕边区，又从川陕边区到陕北的两次大的战略转移。如今，她暂别颠沛流离的生活，被选调到中共中央党校学习。

"罗主任和我的同学林月琴倒是挺合适的一对。"刘桂兰和许建国那天晚上商量了好久，决定向罗荣桓提亲。

瓜熟蒂落。对罗荣桓，林月琴早有耳闻。只是不能把战场上叱咤风云的将军与眼前这个文气而又憨厚的人联系在一起。

一个星期天的早晨，许、刘二人走进罗荣桓的窑洞，冯文彬正在和罗荣桓聊天。

一听提亲，罗荣桓感到很不好意思，连说话都不流利了。坐在一旁的冯文彬沉不住气了：

"荣桓，害什么臊呀，这样吧，咱俩一块去。"

"哎，我说冯文彬，又不是给你提亲，你着哪门子急呀？"刘桂兰笑着数落冯文彬。

"他不是脸皮薄吗？我去给他壮壮胆。再说，我也可以见习见习，一举两得嘛！"一句话，把大家都逗得活跃起来。

"罗主任脸皮薄，人家女同志脸皮更薄，我看这样吧，咱先不向林月琴挑明，等你俩互相看中了，再挑明不迟。"

又到了一个星期日，刘桂兰邀请林月琴到她家做客。

来到刘桂兰的住处，只见满屋子的人，其中很多人都不认识，林月琴不由踌躇一下。在大家交谈过程中，她注意到了一位戴眼镜的30多岁的同志，很拘束地坐在一边，一句话也不说，只是随着大家一起嗨嗨地笑，显得格外憨厚、老实。

以后，林月琴每次去许建国家，发现客人尽管常有变换，而这位戴眼镜的同志却总在座。"那位戴眼镜的同志是谁呀？"林月琴私下问刘桂兰。

"他呀，就是咱后方政治部主任罗荣桓同志。"刘桂兰贴在林月琴耳边笑着说，"另外，还没有结婚呢。"

"谁问你这个来。"林月琴脸一红，这时她才感到以前的一切都是女友有意安排的。对罗荣桓，她早有耳闻，只是不能把战场上叱咤风云的将军与眼前这个文气而又憨厚的人联系在一起。如今，相互间都有了一个美好的印象。

瓜熟蒂落，水到渠成。冯文彬等人纷纷告退，罗荣桓和林月琴单独见面的时候是越来越多了。

罗荣桓几乎每天傍晚都骑马蹚过延河。同志们问警卫员："罗主任呢？"警卫员总回答："罗主任练骑马去了。"

林月琴所在的党校和后方政治部隔着一条延河。

春天延河涨水，成了他俩见面的障碍。有一次，后方政治部巡视员肖文玖和蔡顺礼到二十五军六团去检查工作。他们向团政委王平说起罗主任没有牲口的事，王平立即挑了两匹好马给他们。

当天晚饭后，罗荣桓便骑上一匹大白马向河边奔去。警卫员急忙跑步跟上。罗荣桓笑嘻嘻地回过头对警卫员说：

“我在河边练骑马，你不用跟了。”

从那以后，罗荣桓几乎每天傍晚都骑马蹚过延河。同志们晚饭后问警卫员：

“罗主任呢？”

警卫员总回答：“罗主任练骑马去了。”

不少人很纳闷：罗荣桓是从井冈山下来的，他难道还不会骑马？对这个问题知道得最清楚的自然是林月琴了。“晚饭后”已成了她每日的“七月七”，大白马则是她心中的“鹊桥”。每当日落西山火红的晚霞映照着东流的延河水时，林月琴就会透过小卞河的窗户向延河望去，只要看到那匹雪白的大马过了延河，她便悄悄关上窗户，走出学校，去迎接她的“牛郎”。党校外的小树林里、宝塔山下、延河岸边，留下了他们的足迹。

春天到了，延河两岸的山岭上到处都盛开着山丹丹。罗荣桓和林月琴这对革命伴侣，从相识到相知，他们要准备办喜事了。

结婚之日，蒙在鼓里的甘渭汉非要和罗荣桓一起睡。倒是谭政忍不住揭穿了谜底：“你这小甘，人家今晚要结婚，你睡在里面算怎么回事啊？”

5月16日，党的全国代表会议胜利闭幕。这一天又正好是星期天，于是被定为罗荣桓与林月琴结婚大喜的日子。

清晨，后方政治部的院子里就开始热闹起来了。战友们早早都起来帮着张罗。恰在此时，红二十九军政委，只有20多岁的甘渭汉策马来到罗荣桓住处。他从定边赶来延安参加党的全国代表大会，会议一结束便急忙赶来看望老首长。心想今晚不走了，就跟罗荣桓住在一起，聊个通宵。

正在忙活的罗荣桓一眼看见了老战友，急忙出门迎接，两人兴奋不已。

走到院内，甘渭汉看见一个个警卫员、炊事员都在忙碌着和面、杀鸡，不禁感到奇怪，便问道：

“今天这样兴师动众，不是为了迎接我吧？”

“就是为了迎接老战友！”罗荣桓诡秘地一笑。

“你怎么知道我要来呀？”甘渭汉更感奇怪。

“我有情报嘛！”

甘渭汉怀疑地摇摇头。他说着跨进屋内，不禁高兴起来：

"罗主任，你还真灵呢，双人床都给搭好了，铺盖这么干净。"众人哈哈大笑。甘渭汉按照老习惯，吩咐警卫员把马褡子搬进屋里来，他准备晚上好好睡一宿。警卫员从马背上拿下行李，刚走到门口，就被罗荣桓叫住了，他指着隔壁的一间厢房说：

"放到那边去，打扫一下，搭个门板。"

"这是怎么了？"甘渭汉心里很纳闷，莫非罗主任变了？他不解地望着昔日彼此不分的战友。"不让我跟你睡在一起呀？"他小声嘟囔着。大家笑的更欢了。

"好久不见了，有些工作上的问题还要向你汇报，向你请教，睡在一起才好谈啊。"

大家望着甘渭汉的窘状和憨样，故意不把谜底揭穿，倒是谭政有点不忍：

"你这个小甘，人家今晚要结婚，你睡在里面算怎么回事啊？"

"小甘是想听房吧，那得预先藏到床下面。"有人笑说。

恍然大悟的甘渭汉，指着罗荣桓不依不饶："好你啊，娶了媳妇忘了小弟，我非罚你不可。"

当晚，政治部的所有同志，从部长、干事到警卫员、马夫和全体来宾都吃了罗主任的喜面。面条里尽管油很少，只放了点白菜、萝卜，但大家都吃得喷喷香。大家纷纷祝贺新郎新娘并肩携手，迎接伟大的抗日战争的胜利来临，为民族解放，为中国革命的胜利贡献自己的青春。

新婚久别的夫妻战地相会。不会开玩笑的罗荣桓，望着林月琴穿着的那双球鞋，笑着说："哎呀，你也变成'洋包子'了。"

1937年7月7日，中华民族的抗日战争全面展开。

这时，林月琴和罗荣桓刚刚度过新婚蜜月。

"七·七"事变发生不久，罗荣桓被任命为红一军团政治部主任，赴甘肃省正宁县就任，而林月琴转入抗日军政大学学习。

1938年3月，林月琴生下了她与罗荣桓的第一个孩子，并按罗荣桓走前的吩咐，取名北屯。北屯刚满月，林月琴就服从组织的安排到西安工作。

1938年"五一"节后不久的一天，罗荣桓从师部驻地申家庄到汾河边上，欢迎从延安来的同志。

当罗荣桓戴着深度近视眼镜，正向远处眺望的时候，一个身着整齐的军装，脚穿一双新球鞋的女同志，轻快地跑到他的面前。林月琴，罗荣桓眼前一亮。原来八路军前方兵站的站长杨立三回到延安，向毛主席说到前方部队已分散开辟根据地，较为稳定，建议将林月琴和刘伯承的夫人汪荣华带到前方来，经主席同意，他们一起到前方来了。

新婚夫妻在战地相会，心情格外激动。不会开玩笑的罗荣桓，望着林月琴穿着的那双球鞋，笑着说："哎呀，你也变成'洋包子'了。"在当时，女同志穿双球鞋已经是很时髦的了，这是林月琴用自己积蓄了很久的津贴买的。

分别十来个月，因战事紧张，罗荣桓很少能听到妻子的消息。一见面，又问这，

罗荣桓与林月琴在山西孝义合影

又问那，特别是关心妻子产后的身体，以及他们第一个孩子的情况。后来他们就谈到了林月琴来前方的工作安排问题。罗荣桓斟酌再三，对林月琴说："原有规定，家属留在后方，现在调你到前方是组织照顾。因此，关于你的工作，我已和区党委林枫同志商量过了，我觉得你还是到地方工作为好。"林月琴听完没吭声，因为她从中央组织部带来的介绍信，是给一一五师政治部的，不是给地方党委的，再说，她从1930年参军以来，一直在军队工作，还当过红四方面军妇女工兵营营长。罗荣桓说：

"我是相信你的工作能力的，可按目前情况，地方工作对女同志比较合适，再说，最好不要在我领导的单位工作，这样对你的锻炼更大一些。"

林月琴到晋西区委报到了。

大孩子夭折。二儿子交给老乡抚养。罗荣桓得了严重的肾病。林月琴情不自禁地扑进丈夫的怀抱。

1938年10月，罗荣桓作为一一五师代表，到延安参加中共中央六届六中全会。会议期间，他抽空去看望寄养在老乡家的北屯。孩子面黄肌瘦，已经半岁了。罗荣桓第一次见到自己的儿子。

那家老乡对孩子很有感情，请求罗荣桓把孩子送给他们。罗荣桓没有同意。不幸的是以后北屯因营养不良而夭折了。林月琴作为母亲，一连数日，像掉了魂一样，再坚强也难以控制失子的悲痛。

1938年底，罗荣桓率部挺进山东，林月琴带着6个月的身孕随主力部队向晋东南转移。天上下着鹅毛大雪，部队连夜奔袭，越过敌人封锁的汾河和同蒲铁路，从山西介休县东南的绵山西麓，翻越绵山。

1939年2月14日，正当罗荣桓调动部队分散转移时，林月琴生下了第二个儿子。她想：这次孩子要自己喂养。因为孩子是在爸爸率领部队东进时出生的，所以取名东进。

同年5月，第一一五师留守处奉命由晋东南向山东转移。林月琴母子跟随留守处。又开始了一次千里行军。虎头虎脑的东进被安置在一个箩筐里，由一名挑夫挑着，担子的另一头是行李。身体还很虚弱的林月琴和大家一起跋山涉水，穿越封锁线，一路很是辛苦。

可是在一次部队转移时，小东进却闯了"祸"。那天，发现敌情，只听"哇"地一声，小东进哭了起来。大家不约而同的将视线移到炕上。有的同志主张抽几个同志护送小东进跟部队转移。罗荣桓严肃地说：

“现在我们一个战士要顶10个用，怎么能抽出人护送他。”

林月琴眼眶里噙着泪水，生怕孩子会离开她。罗荣桓走过去，爱抚地摸了一下儿子的小脸蛋，歉疚地望着妻子，毅然地说：

“我看，干脆把他交给老乡养吧。”

那个细雨蒙蒙的雨夜，小东进被寄养在一个可靠的老百姓家里。

没有了拖累，林月琴和罗荣桓，开始了山东抗日战场长达6年的战斗生活。

1941年，山东敌后抗日战场进入困难时期，日本侵略军对我抗日根据地频繁实施“铁壁合围”式的大扫荡。罗荣桓夜以继日地指挥战斗，顾不上吃饭，完全没有了休息，有时连喝上一口水也非易事。因为过度劳累，他得了严重的肾病。

罗荣桓的病情在不断加重，但仍无法确诊。后来，卫生部和林月琴找了几位当地的老中医，用中药治病，仍不见效。林月琴望着罗荣桓那日益憔悴、两眼深陷的模样，禁不住暗自落泪。对于罗荣桓，她内心清楚，她能劝阻他不吃辣椒，并想方设法为他做一些易于消化的、有营养的饭菜，但却难以说服他放下繁重的工作。

1942年，罗荣桓和夫人林月琴与子女在一起

一一五师向党中央报告了罗荣桓的病情，但罗荣桓仍然照常工作着，只是在行军转移时，他不得不听从同志们的劝告上了担架。有一次，他和担架班的同志拉起家常，当他听说抬担架的同志都是从老六团来的，有的还是红军战士，马上挣扎着起来，非要从担架上下来。他对大伙说："你们都是部队的骨干，以一当十，你们几个人就等于一个连的战斗力，你们赶快回去参加战斗，我还是骑马。"他强撑着骑上马，坚持到达目的地。

此时，新四军代军长陈毅也知道了罗荣桓的病情，拍电报给中共中央，建议让罗荣桓来新四军治病。

1943 年 4 月，林月琴陪罗荣桓踏上了由山东到苏北的求医征程。四、五月的苏北，阴雨连绵，一路上林月琴紧紧守护在担架旁，已经很长时间没有睡过一个安稳觉了，但她仍挺着，她要保证罗荣桓没有丝毫的闪失。经过一个多月的艰难跋涉，罗荣桓、林月琴一行顺利到达黄花塘。

在新四军军部里，罗生特(一位奥地利籍的泌尿科专家)为罗荣桓进行了全面的身体检查，判定是肾脏发生了病变，可能是肾癌，也可能是多囊肾。由于没有 X 光机，无法进一步确诊。

精神的力量往往会创造医学难以解释的奇迹。罗荣桓以他旺盛的体力、精力，白天指挥作战，晚上工作到深夜。1945 年的一天晚上，罗荣桓手里拿着一份电报，兴奋地对林月琴说：

"好消息！日本投降了！"

林月琴激动地望着丈夫，她简直不能相信自己的耳朵：

"是真的吗？"

凝视着丈夫憔悴而兴奋的面容，林月琴情不自禁地扑进丈夫的怀抱：

"8 年了，我们胜利了，将来医疗条件好了，你的病会治好的，到时我们一起参加新中国的建设。"

这个晚上，他们彻夜未眠，直到东方泛出微微的曙光。

国外治疗，异域相伴。生命不息，死而后已。在开国元帅中，罗荣桓是逝世最早的一位。

1946 年 2 月，林月琴护送罗荣桓到达平壤。

经平壤苏军总医院确诊，罗荣桓得的是肾癌。由于医院不具备施行肾切除手术的条件，无法治疗，直到8月初，林月琴才陪伴罗荣桓到达医疗条件好的苏联接受治疗，医院决定为他做手术，摘除长了肿瘤的左肾。

动手术的那天，林月琴早早地来到医院，可罗荣桓已被送进了手术室。下午，林月琴终于盼来了医院的电话。她紧张地抓起话筒，电话里传出了王稼祥（当时也在苏联治病）的声音："荣桓已动完手术，情况很好。"林月琴这才稍稍放了心。

手术后，经过一个多月的治疗，伤口逐渐愈合了。苏方医务人员建议罗荣桓去风景秀丽、气候温暖的克母米亚疗养，以进一步恢复肾功能并治疗高血压和心脏病。但当时中国战局已进入关键的一年，各个战场都在为转入反攻而激烈战斗。罗荣桓决定回国。

1947年5月，罗荣桓和林月琴回到国内，立即投入到紧张、繁忙的工作中。看到罗荣桓一回国便夜以继日地工作，林月琴颇有忧虑：

"医生让你每天工作3个小时，可你却每天超过十几个小时，能挺得住吗？"

罗荣桓笑着对妻子说："现在正进行夏季攻势，东北战场将由战略防御转入战略反攻，事情那么多，我怎么能休息呢？"

新中国成立后，罗荣桓被任命为人民解放军总政治部主任，兼任总干部部长，还当选为中央人民政府委员，担任最高人民检察署检察长，人民革命军事委员会副主席，国防委员会副主席，中共中央政治局委员，人大常委会副委员长等重要职务，1955年被授予元帅军衔。

肩负如此重任的罗荣桓，因工作过分劳累，致使手术后一度好转的身体又渐渐恶化。为了使罗荣桓有生之年能为党为人民作出更多的贡献，林月琴放弃了发展自己的许多机会，以全部的精力悉心照顾罗荣桓的生活，一心做好罗荣桓工作上、生活上的助手。

上世纪50年代，罗荣桓的病已经很严重了。到了1963年9月28日，罗荣桓再次住进了北京医院。罗荣桓以无比坚强的毅力同疾病进行着最后的斗争。

肾功能的衰竭引起尿毒症，当时医院还没有人工肾的设备，毒素不能排出，便从皮肤排出，实在不行，就采取腹膜透析的方法，向腹内注射生理盐水。盐水注进去，肚子胀得像鼓一样，看得人都受不了。然而罗荣桓却一声不吭，有时皮肤发痒，常常用很热的暖水袋来止痒，以致把皮肤都烫破了。

最痛苦的是尿毒刺激肠胃，不能吃饭，吃了就吐。林月琴和医生想尽一切办法，也不能制止呕吐。一顿饭往往吃上四五次，每当吃下一点东西而没有再吐的时

上图：1955 年 9 月 23 日，罗荣桓在中南海怀仁堂接受毛泽东主席授衔、授勋

下图：1954 年 3 月 14 日，罗荣桓与林月琴（左）、张瑞华（右）等在广东

候，林月琴高兴得像个孩子。

为了能让罗荣桓下床活动，林月琴把家里的一把旧靠椅装上4个轮子，搬到医院里，推着他在走廊里转一转。

自从罗荣桓病重住院以来，林月琴就在病房里临时搭了一张小床，她日夜守在罗荣桓的身旁。望着与自己风雨同舟20多年的战友和亲人深受疼痛的折磨，她的心都要碎了。但表面上她却强忍悲伤，不把情绪带给周围的人和丈夫。罗荣桓理解妻子的心情，他也以顽强的意志忍着病痛，以减轻亲人的忧虑。

在最后的日子里，罗荣桓一直昏迷不醒。12月15日，他再次苏醒过来，看看床前的林月琴和孩子们，他拉着林月琴的手，深情地说：

“这些年，你为我作了很大的牺牲。”

罗荣桓元帅60寿辰时与家人在一起

毛主席等参加罗荣桓元帅遗体告别仪式

对这位与自己同甘共苦26年的老伴，他没有更多的话嘱咐了，只是说：

"我死以后，分给我的房子不要再住了，搬到一般的房子里去住，不要特殊。"然后，他又慈祥地一个一个看看自己的孩子，对他们说：

"我一生选择了革命的道路，这一步是走对了，你们要记住这一点。我没有遗产留给你们，没有什么可以分给你们的，爸爸就留给你们一句话：坚信共产主义这一伟大真理，永远干革命。"

1963年12月16日，中国人民伟大的儿子，无产阶级忠诚的战士罗荣桓，在夫人林月琴及孩子们的守护下，心脏停止了跳动。

在开国元帅中，罗荣桓是逝世最早的一位。